诗词小大家

唐诗宋词细品慢讲

唐诗三百首

蘅塘退士 编　陈婉俊 补注

文津出版社

图书在版编目（CIP）数据

唐诗三百首／（清）蘅塘退士编；陈婉俊补注． —北京：文津出版社，2017.7
（唐诗宋词细品慢讲）
ISBN 978－7－80554－654－4

Ⅰ．①唐… Ⅱ．①蘅… ②陈… Ⅲ．①唐诗—诗集 Ⅳ．①I222.742

中国版本图书馆 CIP 数据核字（2017）第 085743 号

· 唐诗宋词细品慢讲 ·

唐诗三百首
TANGSHI SANBAI SHOU

蘅塘退士 编　　陈婉俊 补注

*

文 津 出 版 社 出 版
（北京北三环中路 6 号）
邮政编码：100120

网　　址：www．bph．com．cn
北 京 出 版 集 团 公 司 总 发 行
新 华 书 店 经 销
大厂回族自治县益利印刷有限公司

*

880 毫米×1230 毫米　　32 开本　　13.25 印张　　254 千字
2017 年 7 月第 1 版　　2017 年 7 月第 1 次印刷
ISBN 978－7－80554－654－4
定价：36.00 元
质量监督电话：010－58572393

出 版 说 明

唐诗是我国古典文学史上的一朵奇葩，其数量之大、质量之高、流派之丰富，都是空前绝后的，收入《全唐诗》的就有四万八千九百多首，包括了二千二百多位诗人的作品。

早在唐朝便有许多普及唐诗的选本出现，以后历代又有各种各样的选本问世。其中清朝蘅塘退士选编的《唐诗三百首》因所选作品、作者都有一定的代表性，又比较浅显，篇幅也适当，二百年来刊刻最多，传播最广，是诸多选本中最有影响的一种。

《唐诗三百首》的旧注本亦有许多种，其中以陈婉俊的补注本简明精当，流行最广。她的注解除简介作者生平外，比较注重语词名物的诠释，博引旁征，字梳句栉，对今天的读者仍有一定的参考价值。因此，我们此次出版《唐诗三百首》，就采用了陈婉俊的补注本加以标点，改正了一些明显的错误，给注解加上了序号，以便广大读者阅读。

蘅塘退士原序

世俗儿童就学,即授《千家诗》,取其易于成诵,故流传不废。但其诗随手掇拾,工拙莫辨,且止五七律绝二体,而唐、宋人又杂出其间,殊乖体制。因专就唐诗中脍炙人口之作,择其尤要者,每体得数十首,共三百余首,录成一编,为家塾课本。俾童而习之,白首亦莫能废,较《千家诗》不远胜耶?谚云:"熟读唐诗三百首,不会吟诗也会吟。"请以是编验之。

姚 莹 序

上元伯英女史，余外孙李镜缘世芬内也，为陈叔良观察女。幼聪慧，喜读书，叔良钟爱之，相攸綦严。适余侄倩李仲甫以其尊人海帆先生官西蜀，侨寓金陵，因得为镜缘缔婚焉。余时权两淮鹾政，会晋省，得悉良缘，知女史为闺中之秀，然不意其能著述也。越数载，女史来归镜缘，余已移官海外。寓书问讯，于邮筒中获睹女史诗词，为欣赏者久之。迨余左迁西蜀，道出里门，镜缘亦归里。见其案头有补注唐诗，询知为伯英女史所辑。考核援引，俱能精当，殆所谓读书难字过者欤。属付枣梨，津逮初学。镜缘则逊谢不遑，为不欲为诊痴符比也。余谓不然，自古注书，得之闺阁者恒鲜，而精当尤难。兹所补注，倩梓人传之，亦一时佳话也。余老矣，且远处西陲，是刻之成，尤以先睹为快，镜缘志之。其终赓余言，是则老人之殷盼也夫。

道光二十四年嘉平月石甫老人姚莹书。

四藤吟社主人序

《唐诗三百首》为蘅塘退士定本,风行海内,几至家置一编,惜笺注太疏,读者病之。上元陈伯英女史,手辑补注八卷,字梳句栉,考核精严,能令读者不假祭獭而坐获食蹠,津逮初学,功匪浅鲜。第其书版藏李氏餐花阁中,坊间罕有其本,所以沾丐士林者恐未能遍也。爰取其书,重加厘订,付之手民,以广其传。书中体例,悉仍其旧。惟少陵《咏怀古迹》诗本五首,蘅塘止录其二,不免挂漏。今刻仍为补入,俾读者得窥全豹。注则悉依《杜诗镜诠》,未敢窜易一字焉。刻成,悉心雠校,尚无淮雨别风之谬,较餐花阁本似更精致云。

光绪十一年仲夏月中浣四藤吟社主人识。

凡 例

一、是书名曰《补注》，但诠实事，以资检阅。若诗中义蕴之深，意境之妙，读者宜自领取，无庸强就我范，曲为之说，反汩初学性灵也。识者鉴诸。

一、取证之书，当以最先者为主。自王逸注《离骚》于"玄圃"引《淮南子》，李善注《洛神赋》之"远游履"引繁钦《定情诗》，使后人藉口。至近世笺唐诗者，遂有引宋人诗为证，且杂以俗语，殊乖体例。兹编援引，未敢效尤。

一、是编引注之义有二：凡诗中用事，即引本事以证之者为正注。至寻源溯流，博采他书以相证者为互注。正注非陈、隋以上之书不列于篇，而互注则自唐、宋及明，间为采入，然必有按某书、某某云字样以别之，终不敢以口吻为策府也。

一、诗中有误用事者，如少伯之龙城飞将是也；有借用事者，如右丞之卫青天幸是也。诸如此类，不可枚举。今误者辨之，借者证之，非如宋、元诸人，窜易古书，为之立解。

一、诗中字有疑误，必索古本订正，其无可参订者，则云当作某字。字有两可者，则云一作某字，或云某本作某字。至于点画讹舛,鲁鱼混淆,则寄目以视,假腕以书,亦不能保其必无也。尚冀世之君子是正焉。

一、诗人爵里、姓氏,原书阙注。今博览史传诸书,更为广注,俱列于诸公诗之初见者题上,俾读是公诗即得梗概。其余行事,有关于诗,则随篇分附,此不备载。

一、凡诗中所咏邑里、山川、古迹,必稽之前籍,参以唐志,又实以明地志及《大清一统志》。盖陵谷既迁,名号数易,非本诸唐志,则不知所自来,非证以今名,则不复可寻考,兼而列之,庶几览古之一助。阅者幸不以妄引后世书传概之。

一、凡宋、元、明诸家诗话,有关词义,间采一二。他如品骘高下,较量浅深等语,概置弗录。正以是编专注而未及评解,雕龙之论,姑俟异日。

一、诗中有一事屡见者,设俱为繁引,未免词复言重。今凡有事已见前者,后不复赘。间有重见者,引用之字面虽同,而引证之字义要自有辨。

一、是书原刻旁批,往复周详。有讥其浅陋者,然意在启迪初学,并非概语宏通,其诱掖苦心,不可没也,今悉仍之。

上元女史陈婉俊识

目　录

唐诗三百首补注卷一　五言古诗

003　/　张九龄
　　　　感遇

005　/　李白
　　　　下终南山过斛斯山人宿置酒
　　　　月下独酌　春思

008　/　杜甫
　　　　望岳　赠卫八处士　佳人　梦李白二首

014　/　王维
　　　　送綦毋潜落第还乡　送别　青溪
　　　　渭川田家　西施咏

019　/　孟浩然
　　　　秋登兰山寄张五　夏日南亭怀辛大
　　　　宿业师山房待丁大不至

022　/　王昌龄

同从弟南斋玩月忆山阴崔少府

024 / 丘为
寻西山隐者不遇

026 / 綦毋潜
春泛若耶溪

027 / 常建
宿王昌龄隐居

028 / 岑参
与高适薛据登慈恩寺浮图

030 / 元结
贼退示官吏

033 / 韦应物
郡斋雨中与诸文士燕集

初发扬子寄元大校书

寄全椒山中道士　长安遇冯著

夕次盱眙县　东郊　送杨氏女

040 / 柳宗元
晨诣超师院读禅经　溪居

043 / 王昌龄
塞上曲　塞下曲

045 / 李白

关山月　子夜吴歌　长干行

049 / 孟郊
列女操　游子吟

唐诗三百首补注卷二　七言古诗

053 / 陈子昂
登幽州台歌

054 / 李颀
古意　送陈章甫　琴歌
听董大弹胡笳兼寄语弄房给事
听安万善吹觱篥歌

063 / 孟浩然
夜归鹿门歌

064 / 李白
庐山谣寄卢侍御虚舟
梦游天姥吟留别　金陵酒肆留别
宣州谢朓楼饯别校书叔云

073 / 岑参
走马川行奉送封大夫出师西征
轮台歌奉送封大夫出师西征

　　　　白雪歌送武判官归京
078 / 杜甫
　　　　韦讽录事宅观曹将军画马图
　　　　丹青引　寄韩谏议注　古柏行

唐诗三百首补注卷三　七言古诗

093 / 杜甫
　　　　观公孙大娘弟子舞剑器行 并序
097 / 元结
　　　　石鱼湖上醉歌 并序
099 / 韩愈
　　　　山石　八月十五夜赠张功曹
　　　　谒衡岳庙遂宿岳寺题门楼
　　　　石鼓歌
112 / 柳宗元
　　　　渔翁
113 / 白居易
　　　　长恨歌　琵琶行 并序
129 / 李商隐
　　　　韩碑

唐诗三百首补注卷四　七言乐府

137　/　高适
　　　燕歌行
140　/　李颀
　　　古从军行
142　/　王维
　　　洛阳女儿行　老将行　桃源行
151　/　李白
　　　蜀道难　长相思二首　行路难　将进酒
161　/　杜甫
　　　兵车行　丽人行　哀江头　哀王孙

唐诗三百首补注卷五　五言律诗

177　/　唐玄宗
　　　经鲁祭孔子而叹之
179　/　张九龄
　　　望月怀远
180　/　王勃

　　　　杜少府之任蜀州

182 / 骆宾王
　　　　在狱咏蝉并序

184 / 杜审言
　　　　和晋陵陆丞早春游望

186 / 沈佺期
　　　　杂诗

188 / 宋之问
　　　　题大庾岭北驿

190 / 王湾
　　　　次北固山下

191 / 常建
　　　　破山寺后禅院

192 / 岑参
　　　　寄左省杜拾遗

193 / 李白
　　　　赠孟浩然　渡荆门送别　送友人
　　　　听蜀僧濬弹琴　夜泊牛渚怀古

197 / 杜甫
　　　　春望　月夜　春宿左省
　　　　至德二载甫自京金光门出间道归

凤翔乾元初从左拾遗移华州掾与
亲故别因出此门有悲往事
月夜忆舍弟　天末怀李白
奉济驿重送严公四韵
别房太尉墓阆州　旅夜书怀　登岳阳楼

204 / 王维
辋川闲居赠裴秀才迪　山居秋暝
归嵩山作　终南山　酬张少府
过香积寺　送梓州李使君　汉江临眺
终南别业

210 / 孟浩然
临洞庭上张丞相　与诸子登岘山
宴梅道士山房　岁暮归南山
过故人庄　秦中寄远上人
宿桐庐江寄广陵旧游
留别王维　早寒有怀

216 / 刘长卿
秋日登吴公台上寺远眺
送李中丞归汉阳别业
饯别王十一南游　寻南溪常道士
新年作

220 / 钱起
    送僧归日本　谷口书斋寄杨补阙

222 / 韦应物
    淮上喜会梁州故人　赋得暮雨送李曹

224 / 韩翃
    酬程近秋夜即事见赠

225 / 刘眘虚
    阙题

226 / 戴叔伦
    江乡故人偶集客舍

227 / 卢纶
    送李端

228 / 李益
    喜见外弟又言别

229 / 司空曙
    云阳馆与韩绅宿别　喜外弟卢纶见宿
    贼平后送人北归

231 / 刘禹锡
    蜀先主庙

233 / 张籍
    没蕃故人

234 / 白居易
　　　草

235 / 杜牧
　　　旅宿

236 / 许浑
　　　秋日赴阙题潼关驿楼　早秋

238 / 李商隐
　　　蝉　风雨　落花　凉思　北青萝

241 / 温庭筠
　　　送人东游

242 / 马戴
　　　灞上秋居　楚江怀古

244 / 张乔
　　　书边事

245 / 崔涂
　　　除夜有怀　孤雁

246 / 杜荀鹤
　　　春宫怨

247 / 韦庄
　　　章台夜思

248 / 僧皎然

寻陆鸿渐不遇

唐诗三百首补注卷六　七言律诗

251 / 崔颢
　　黄鹤楼　行经华阴

253 / 祖咏
　　望蓟门

254 / 崔曙
　　九日登望仙台呈刘明府

256 / 李颀
　　送魏万之京

257 / 李白
　　登金陵凤凰台

258 / 高适
　　送李少府贬峡中王少府贬长沙

259 / 岑参
　　和贾至舍人早朝大明宫之作

261 / 王维
　　和贾至舍人早朝大明宫之作
　　奉和圣制从蓬莱向兴庆阁道中

留春雨中春望之作应制

　　　积雨辋川庄作　赠郭给事

266 / 杜甫

　　　蜀相　客至　野望

　　　闻官军收河南河北

　　　登高　登楼　宿府　阁夜

　　　咏怀古迹五首

276 / 刘长卿

　　　江州重别薛六柳八二员外

　　　长沙过贾谊宅

　　　自夏口至鹦鹉洲望岳阳寄

　　　元中丞

278 / 钱起

　　　赠阙下裴舍人

279 / 韦应物

　　　寄李儋元锡

280 / 韩翃

　　　同题仙游观

281 / 皇甫冉

　　　春思

282 / 卢纶

晚次鄂州

283 / 柳宗元
　　登柳州城楼寄漳汀封连四州刺史

284 / 刘禹锡
　　西塞山怀古

286 / 元稹
　　遣悲怀三首

289 / 白居易
　　自河南经乱关内阻饥兄弟离散各
　　在一处因望月有感聊书所怀寄
　　上浮梁大兄於潜七兄乌江十五
　　兄兼示符离及下邽弟妹

290 / 李商隐
　　锦瑟　无题　隋宫　无题
　　筹笔驿　无题　春雨　无题

299 / 温庭筠
　　利州南渡　苏武庙

301 / 薛逢
　　宫词

302 / 秦韬玉

　　　　贫女

303 / 沈佺期
　　　　独不见

唐诗三百首补注卷七　五言绝句

307 / 王维
　　　　鹿柴　竹里馆　送别　相思　杂诗
310 / 裴迪
　　　　送崔九
311 / 祖咏
　　　　终南望余雪
312 / 孟浩然
　　　　宿建德江　春晓
313 / 李白
　　　　夜思　怨情
314 / 杜甫
　　　　八阵图
315 / 王之涣
　　　　登鹳雀楼
316 / 刘长卿

　　　　送灵澈　弹琴　送上人

318 / 韦应物
　　　秋夜寄丘员外

319 / 李端
　　　听筝

320 / 王建
　　　新嫁娘

321 / 权德舆
　　　玉台体

322 / 柳宗元
　　　江雪

323 / 元稹
　　　行宫

324 / 白居易
　　　问刘十九

325 / 张祜
　　　何满子

326 / 李商隐
　　　登乐游原

327 / 贾岛

寻隐者不遇

328 / 李频
　　渡汉江

329 / 金昌绪
　　春怨

330 / 西鄙人
　　哥舒歌

331 / 崔颢
　　长干行二首

332 / 李白
　　玉阶怨

333 / 卢纶
　　塞下曲

335 / 李益
　　江南曲

唐诗三百首补注卷八　七言绝句

339 / 贺知章
　　回乡偶书

340 / 张旭

桃花溪

341 / 王维
九月九日忆山东兄弟

342 / 王昌龄
芙蓉楼送辛渐　闺怨
春宫怨

344 / 王翰
凉州曲

345 / 李白
送孟浩然之广陵　下江陵

346 / 岑参
逢入京使

347 / 杜甫
江南逢李龟年

348 / 韦应物
滁州西涧

349 / 张继
枫桥夜泊

350 / 韩翃
寒食

351 / 刘方平

　　　　　月夜　春怨

352 / 柳中庸
　　　　征人怨

353 / 顾况
　　　　宫词

354 / 李益
　　　　夜上受降城闻笛

355 / 刘禹锡
　　　　乌衣巷　春词

356 / 白居易
　　　　宫词

357 / 张祜
　　　　赠内人　集灵台　其二　题金陵渡

359 / 朱庆馀
　　　　宫中词　近试上张水部

361 / 杜牧
　　　　将赴吴兴登乐游原　赤壁　泊秦淮
　　　　寄扬州韩绰判官　遣怀　秋夕
　　　　赠别　金谷园

368 / 李商隐
　　　　夜雨寄北　寄令狐郎中　为有

　　　　隋宫　瑶池　嫦娥　贾生

372 / 温庭筠
　　　瑶瑟怨

373 / 郑畋
　　　马嵬坡

375 / 韩偓
　　　已凉

377 / 韦庄
　　　金陵图

378 / 陈陶
　　　陇西行

379 / 张泌
　　　寄人

380 / 无名氏
　　　杂诗

381 / 王维
　　　渭城曲　秋夜曲

383 / 王昌龄
　　　长信怨　出塞

385 / 李白

清平调
387 / 王之涣
出塞
388 / 杜秋娘
金缕衣
389 / 陈晋蕃跋

唐诗三百首补注卷一

五言古诗

张九龄

九龄，字子寿，韶州曲江人。七岁知属文，擢进士，始调校书郎。玄宗即位，迁右补阙，进中书侍郎。母丧夺哀，拜同平章事。卒谥文献。

感　　遇 《唐音》注：感遇云者，谓有感于心而寓于言，以摅其意也。

兰叶春葳蕤①，桂华秋皎洁。
欣欣此生意②，自尔为佳节③。
谁知林栖者④，闻风坐相悦。
草木有本心⑤，何求美人折。

①［葳蕤］《字典》：蕤，儒佳切，音甤。《说文》：草木华垂貌。王粲诗：昊天降丰泽，百卉挺葳蕤。　②［欣欣］陶潜《归去来辞》：木欣欣以向荣，泉涓涓而始流。［生意］《世说》：桓玄败后，殷仲文还为大司马咨议，意似二三，非复往日。大司马厅前有一老槐，甚扶疏。殷因月朔与众在厅，视槐良久，叹曰："槐树婆娑，无复生意。"③［佳节］

曹植表：一阳佳节。　④［林栖］曹毗对：儒不追林栖之迹，不希抱鳞之龙。　⑤［本心］《魏志·管宁传》：岂自遭之而违本心哉?

江南有丹橘，经冬犹绿林①。
岂伊地气暖，自有岁寒心②。
可以荐嘉客③，奈何阻重深④。
运命唯所遇⑤，循环不可寻⑥。
徒言树桃李，此木岂无阴⑦。

①［江南丹橘］《楚辞》：后皇嘉树，橘徕服兮。受命不迁，生南国兮。王逸注：橘受天命生于南国。《吴都赋》：其果则丹橘余甘，荔枝之林。［经冬绿］李尤《七叹》：梁土清尘，卢橘是生。白华绿叶，扶疏冬荣。　②［地气暖］《周礼·冬官》：橘逾淮而北为枳，此地气然也。曹植《橘赋》：背江洲之暖气。［岁寒］《论语》：岁寒，然后知松柏之后凋也。李元操《咏橘》诗：能守岁寒心。　③［嘉客］《诗经》：所谓伊人，于焉嘉客。刘桢诗：蘋藻生其涯，华叶纷扰溺。采之荐宗庙，可以羞嘉客。　④［重深］《鲁灵光殿赋》：东序重深而奥秘。⑤［运命］李康论：夫治乱，运也；穷达，命也。　⑥［循环］《史记·高祖纪·赞》：三王之道若循环，终而复始。谢灵运诗：四时循环转，寒暑自相承。　⑦［无阴］《吴都赋》：椰叶无阴。《韩诗外传》：春树桃李，夏得阴其下，秋得食其实。

李 白

白，字太白。母梦长庚星而生。通诗书，喜纵横术，击剑为任侠。天宝初，贺知章言于玄宗，有诏供奉翰林，因失意于贵妃，赐金放还。禄山反，永王璘节度东南，迫致之。及璘败，白坐系浔阳狱，流夜郎，以赦得释。代宗以左拾遗召，而白已卒，年六十四。

下终南山过斛斯山人宿置酒①

暮从碧山下，山月随人归。
<small>四句下山。</small>
却顾所来径，苍苍横翠微②。
相携及田家，童稚开荆扉③。
<small>过斛斯山人。</small>
绿竹入幽径，青萝拂行衣。
欢言得所憩④，美酒聊共挥⑤。
<small>宿置酒。</small>
长歌吟松风⑥，曲尽河星稀。
我醉君复乐，陶然共忘机⑦。

①［终南山］《元和郡县志》：终南山在雍州万年县南五十里。《太平寰宇记》：终南山在鄠县南三十里。《雍录》：终南山横亘关南面，西起秦陇，东彻蓝田，凡雍、岐、郿、鄠、长安、万年，相去且八百里，而连峙据其南者，皆此一山也。《一统志》：终南山在西安府南五十里。［斛斯］《通志·氏族略》：代北复姓有斛斯氏，其先居广牧，世袭勿莫大人号，斛斯部因氏焉。 ②［翠微］《尔雅》：山未及上翠微。疏谓：未及顶上，在旁陂陀之处名翠微。一说山气青缥色，故曰翠微也。③［荆扉］沈约诗：荆扉且新故。李周翰注：荆扉，以荆为扉也。④［所憩］《诗·召南》：召伯所憩。注：憩，音器，息也。 ⑤［共挥］《曲礼》：饮玉爵者弗挥。注：振去余酒曰挥。⑥［松风］《风俗通》：河间杂歌二十一章，内有《风入松》曲。⑦［陶然］陶潜诗：挥兹一觞，陶然自乐。

月下独酌

花间一壶酒，独酌无相亲。

举杯邀明月，对影成三人。
<small>题本独酌，诗偏幻出三人。</small>

月既不解饮，影徒随我身。
<small>月影伴说，反覆推勘，俞形其独。</small>

暂伴月将影，行乐须及春。

我歌月徘徊①，我舞影零乱。

醒时同交欢,醉后各分散。

永结无情游,相期邈云汉②。

①[月徘徊]曹植诗:明月照高楼,流光正徘徊。 ②[邈]《离骚》:神高驰之邈邈。[云汉]《诗·棫朴章》:倬彼云汉,为章于天。注:云汉,天河也。

春　　思

燕草如碧丝,秦桑低绿枝①。

当君怀归日,是妾断肠时。

春风不相识,何事入罗帏②。

承燕草。　　承秦桑。

①[燕草秦桑]按:萧士赟云:燕北地寒,生草迟,当秦桑低绿之时,燕草方生。 ②[罗帏]古乐府:微风吹闺闼,罗帏自飘扬。

杜　甫

甫，字子美，襄阳人。举进士不第，因游长安。玄宗朝奏赋三篇，帝奇之，使待制集贤院，数上赋颂，高自称道。肃宗拜右拾遗。坐房琯事，出为华州司功。属饥乱，弃官客秦州，负薪采橡栗自给。流落剑南，严武表为参谋检校工部员外郎，往来夔、梓间。大历中，客耒阳。一夕，大醉，卒，年五十九。有集六十卷。

望　岳

岱宗夫如何①，齐鲁青未了②。_{字字是望。}
造化钟神秀，阴阳割昏晓③。
荡胸生层云④，决眦入归鸟⑤。
会当凌绝顶，一览众山小。_{结明望字。}

①［岱宗］《虞书》：东巡狩至于岱宗。《五经通义》：宗，长也，为群岳之长也。《前汉·郊祀志》：岱宗，泰山也。按：泰山，在山东泰安州。　②［齐鲁］《史记》：泰山之阳则鲁，其阴则齐。　③［割］

《老子》：大制不割。割，分也。　④［荡胸］马融《广成颂》：动荡胸臆。［云］《公羊传》：触石而出，肤寸而合，不崇朝而遍天下者，泰山之云也。　⑤［决眦］《子虚赋》：弓不虚发，中必决眦。公借用谓人目眦决裂入鸟之归处。

赠卫八处士①

人生不相见，动如参与商②。
今夕复何夕③，共此灯烛光。
少壮能几时，鬓发各已苍。
访旧半为鬼④，惊呼热中肠⑤。
焉知二十载，重上君子堂。
昔别君未婚，儿女忽成行。
怡然敬父执，问我来何方。
问答未及已，儿女罗酒浆。
夜雨剪春韭⑥，新炊间黄粱⑦。
主称会面难⑧，一举累十觞。
十觞亦不醉，感子故意长。
明日隔山岳，世事两茫茫。

①［卫八处士］按：《唐史拾遗》记公与李白、高适、卫宾相友善。时宾年最少，号小友，此当是也。　②［参商］《左传》：子产曰："昔高辛氏有二子，伯曰阏伯，季曰实沈，居于旷林，不相能也，日寻干戈，以相征讨。后帝不臧，迁阏伯于商丘，主辰，商人是因，故辰为商星；迁实沈于大夏，主参，唐人是因，以服事夏商，故参为晋星。"按：商星居东方卯位，参星居西方酉位，此出彼没，永不相见。曹植《与吴质书》：别有参商之阔。　③［今夕何夕］《诗经》：今夕何夕，见此良人。　④［半为鬼］魏文帝《与吴质书》：昔年疾疫，亲故多罹其灾，观其姓名，已登鬼录矣。　⑤［中肠］阮籍诗：倾城迷下蔡，容好结中肠。　⑥［剪韭］《郭林宗别传》：林宗有友人夜冒雨至，剪韭作炊饼食之。　⑦［黄粱］《尔雅》：黄粱穗大毛长，米壳俱粗于白粱。　⑧［会面］古诗：道路阻且长，会面安可知。

佳　人

绝代有佳人①，幽居在空谷②。
自云良家子③，零落依草木。
关中昔丧乱④，兄弟遭杀戮。
官高何足论，不得收骨肉。
世情恶衰歇⑤，万事随转烛⑥。

夫婿轻薄儿⑦，新人美如玉。
<small>以上叙佳人之遭遇。</small>
合昏尚知时⑧，鸳鸯不独宿⑨。
<small>以下写佳人之志节。</small>
但见新人笑，那闻旧人哭。

在山泉水清，出山泉水浊⑩。

侍婢卖珠回，牵萝补茅屋。

摘花不插发，采柏动盈掬⑪。

天寒翠袖薄，日暮倚修竹。

①［绝代］李延年歌：北方有佳人，绝世而独立。 ②［空谷］《诗》：皎皎白驹，在彼空谷。 ③［良家子］《史记·外戚世家》：窦姬以良家子入宫侍太后。 ④［关中］《禹贡》：雍州之域，天文鬼井分野，周王畿地，秦曰关中。即今西安府。《汉书》注：自函关以西，总名关中。 ⑤［恶］作去声。 ⑥［转烛］庾肩吾诗：聊持转风烛，暂照广陵琴。 ⑦［轻薄儿］沈约诗：洛阳繁华子，长安轻薄儿。⑧［合昏］《风土记》：合昏，槿也，华晨舒而昏合。《本草》：合欢，即夜合也。人家多植庭除，一名合昏。 ⑨［鸳鸯］梁元帝《鸳鸯赋》：岂如鸳鸯相逐，俱栖俱宿。郑氏《昏礼谒文赞》：鸳鸯鸟雌雄相类，飞止相匹。按：雄名曰鸳，雌名曰鸯。江总诗：池上鸳鸯不独宿。 ⑩［清浊］按：守正清而改节浊也。 ⑪［盈掬］《诗》：终朝采绿，不盈一掬。

梦 李 白 二首①

死别已吞声②,生别常恻恻③。

江南瘴疠地④,逐客无消息⑤。

故人入我梦,明我长相忆。
<small>信其真。</small>
恐非平生魂,路远不可测。
<small>疑其真。</small>
魂来枫林青⑥,魂返关塞黑。
<small>又信其是。</small>
君今在罗网⑦,何以有羽翼。
<small>又疑其非。</small>
落月满屋梁⑧,犹疑照颜色。
<small>其来毕竟无疑。</small>
水深波浪阔,天使蛟龙得。
<small>其去恐有不测。</small>

浮云终日行,游子久不至。

三夜频梦君,情亲见君意。

告归常局促⑨,苦道来不易。
<small>六句梦中情景。</small>
江湖多风波,舟楫恐失坠⑩。

出门搔白首,若负平生志。

冠盖满京华⑪,斯人独憔悴⑫。
<small>六句醒后悲怀。</small>
孰云网恢恢⑬,将老身反累。

千秋万岁名⑭,寂寞身后事⑮。

①［李白］《李白集·序》：天宝十五年，白卧庐山，永王璘迫致之。璘军败，白坐系浔阳狱，得释。乾元元年，终以污璘事，长流夜郎，遂泛洞庭，上峡江至巫山，以赦得释。又按本传：坐永王璘事，长流夜郎，会赦还浔阳，坐事下狱。时宋若思将吴兵赴河南，道经浔阳，释囚，辟为参谋。集中有赠中丞宋公五排诗序其事。 ②［吞声］江淹《恨赋》：自古皆有死，莫不饮恨而吞声。 ③［恻恻］《寡妇赋》：庶浸远而哀降兮，情恻恻而弥甚。 ④［瘴疠］《南史·任昉传》：流离大海之南，寄命瘴疠之地。孙万寿诗：江南瘴疠地，从来多逐臣。 ⑤［逐客］《史记·秦始皇纪》：十年，大索逐客，李斯上书说，乃止逐客令。 ⑥［枫林］《招魂》：湛湛江水兮，上有枫。极目千里兮，伤春心。魂兮归来，哀江南。 ⑦［罗网］《后汉书·邓皇后纪》：先君既以武功书之竹帛，兼以文德教化子孙，故能束脩不触罗网。 ⑧［屋梁］《神女赋》：其始来也，耀乎若白日初出照屋梁；其少进也，皎若明月舒其光。 ⑨［局促］《史记·灌夫传》：上怒曰："公平日数言魏其武安短，今日廷论，局促效辕下驹。" ⑩［失坠］《后汉书·梁统传》：宣帝聪明正直，总御海内，臣下奉宪，无所失坠。 ⑪［冠盖］班固《西都赋》：冠盖如云，七相五公。 ⑫［颜颔］《楚辞·渔父辞》：屈原既放，游于江潭，行吟泽畔，颜色颜颔，形容枯槁。按："颜颔"亦作"憔悴"。 ⑬［恢恢］《老子》：天网恢恢，疏而不漏。 ⑭［千秋万岁］阮籍诗：千秋万岁后，荣名安所之。 ⑮［身后］庾信诗：眼前一杯酒，谁论身后名。

王　维

维，字摩诘，太原人。九岁知属辞。开元九年擢进士第一，官给事中。两都陷，为贼所得，服药佯喑。贼平定罪，以《凝碧池》诗闻于行在，特宥之。官至尚书右丞。工草隶，善画，名盛于开元、天宝间。宁、薛诸王，待若师友。有别墅在辋川，尝与裴迪游其中，赋诗为乐。丧妻不娶，孤居三十年。上元初卒。

送綦毋潜落第还乡

圣代无隐者，英灵尽来归①。
<small>从赴试起。</small>
遂令东山客②，不得顾采薇③。
既至金门远④，孰云吾道非⑤？
<small>四句落第。</small>
江淮度寒食⑥，京洛缝春衣⑦。
置酒长安道，同心与我违⑧。
<small>四句还乡。</small>
行当浮桂棹⑨，未几拂荆扉。
远树带行客，孤城当落晖。
<small>四句送行。</small>
吾谋适不用⑩，勿谓知音稀⑪。

①［英灵］《隋书》：李德林美容仪，善谈吐。天统中兼中书侍郎，于宾馆受国书，陈使江总目送之曰："此河朔之英灵也。" ②［东山］《晋书·谢安传》：安，字安石，尚从弟也。始有东山之志，居会稽，与王羲之及高阳许询、桑门支遁游处，出则渔弋山水，入则言咏属文。虽受朝寄，然东山之志始末不渝，每形于言色。又中丞高崧曰："卿屡违朝旨，高卧东山。" ③［采薇］《史记》：武王既平殷乱，伯夷、叔齐耻食周粟，隐于首阳山，采薇而食。 ④［金门］《解嘲》：今吾子幸得应金门，上玉堂有日矣。注：金门，金马门也，宦署门傍有铜马，故谓之金马门也。 ⑤［吾道非］《史记·孔子世家》：诗云"匪兕匪虎，率彼旷野"，吾道非耶？吾何为于此。 ⑥［寒食］《荆楚岁时记》：去冬至一百五日，即有疾风甚雨，谓之寒食，禁火三日，造饧大麦粥。按：并州俗，冬至后一百五日，为介子推断火冷食三日。 ⑦［京洛］班固《东都赋》：子徒习秦阿房之造天，而不知京洛之有制。按：京洛，东京洛阳也。 ⑧［同心］《易》：二人同心，其利断金。 ⑨［桂棹］《楚辞》：桂棹兮兰枻。注：棹，楫也。 ⑩［吾谋适不用］《左传》：子无谓秦无人，吾谋适不用也。 ⑪［知音］古诗：不惜歌者苦，但伤知音稀。

送　　　别

下马饮君酒，问君何所之。

君言不得意，归卧南山陲①。

但去莫复问，白云无尽时。

①［陲］陲，音垂。《说文》：边也，疆也。《左传·成十三年》：虔刘我边陲。《韵会》：本作垂。《尔雅·释诂》：疆界边卫圉，垂也。

青　　溪①

言入黄花川②，每逐青溪水。

随山将万转，趣途无百里。

声喧乱石中，色静深松里。
<small>闻。　　　　　见。</small>

漾漾泛菱荇，澄澄映葭苇。
<small>溪中。　　　　溪上。</small>

我心素已闲③，清川澹如此。

请留盘石上④，垂钓将已矣。

①［青溪］《水经注》：沮水南经临沮县西，青溪水注之。　②［黄花川］杜氏《通典》：凤州黄花县有黄花川。《方舆胜览》：黄花川在凤州梁泉县，大散水流入黄花川。　③［心闲］《游天台山赋》：游览既周，体静心闲。　④［盘石］成公绥《啸赋》：坐盘石，漱清泉。注：《声类》曰：盘，大石也。

渭川田家①

斜阳照墟落②,穷巷牛羊归。
野老念牧童,倚杖候荆扉。
雉雊麦苗秀③,蚕眠桑叶稀④。
田夫荷锄至⑤,相见语依依。
即此羡闲逸,怅然吟《式微》⑥。

①〔渭川〕《水经注》:渭水出首阳县乌藏山,西北有渭源城,渭水出焉。《汉书·货殖传》:齐鲁千亩桑麻,渭川千亩竹。 ②〔墟落〕范云诗:轩盖照墟落。注:墟落,谓村墟篱落。 ③〔雉雊〕潘岳《射雉赋》:麦渐渐以擢芒,雉鷕鷕而朝雊。郑康成《毛诗笺》:雊,雉鸣也。 ④〔蚕眠〕庾信《燕歌行》:春风燕来能几日,二月蚕眠不复久。注:蚕将蜕,辄卧不食,古人谓之俯,后人谓之眠。 ⑤〔荷锄〕陶潜诗:带月荷锄归。 ⑥〔式微〕《子贡诗传》:狄侵黎,黎侯出奔,卫穆公不礼焉。黎人怨之,赋《旄邱》;黎大夫劝其君以归国,赋《式微》。《诗》:式微式微,胡不归?

西　施　咏①

艳色天下重，西施宁久微。
朝为越溪女，暮作吴宫妃。
贱日岂殊众，贵来方悟稀。
邀人傅脂粉②，不自著罗衣。
君宠益娇态，君怜无是非。
当时浣纱伴③，莫得同车归。
持谢邻家子，效颦安可希④。

①〔西施〕《吴越春秋》：越得苎萝山鬻薪之女，曰西施、郑旦，饰以罗縠，教以容步，三年学成而献于吴。　②〔傅粉〕《史记》：孝惠时，郎、侍中皆傅脂粉。　③〔浣纱〕《寰宇记》：会稽县东有西施浣纱石。《水经注》：浣纱溪在荆州，为夷陵州西北，秋冬之月，水色净丽。④〔效颦〕《庄子》：西子病心而颦，其里之丑人见而美之，归亦捧心而效其颦。富人见之，闭门而不出；贫人见之，挈妻子而去之。彼知美颦，而不知颦之所以美。按："颦"古作"矉"。

孟浩然

名浩,字浩然,以字行,襄州襄阳人。少好节义,喜振人患难。隐鹿门山,年四十乃游京师。尝于太学赋诗,一座嗟服无敢抗。张九龄、王维雅称道之。维私邀入内署,俄而玄宗至,浩然匿床下。维以实对,帝喜曰:"朕闻其人而未见也,何惧而匿?"诏浩然出。帝问其诗,浩然再拜,自诵所为,至"不才明主弃"之句,帝曰:"卿不求仕而朕未尝弃卿,奈何诬我。"因放还。张九龄为荆州,辟置于府。府罢,开元末,病疽背卒。

秋登兰山寄张五①

北山白云里,隐者自怡悦②。
_{兰山。}
相望试登高③,心随雁飞灭。
_{登山。}
愁因薄暮起,兴是清秋发。

时见归村人,沙行渡头歇。
_{下山。}
天边树若荠④,江畔洲如月。
_{远望。　　近见。}
何当载酒来,共醉重阳节⑤。
_{寄张。}

①［兰山］《名山记》：石门山在庆符县治南，下瞰石门江，林薄间多兰，有春兰、秋兰、石兰、竹兰、素兰、凤兰，一名兰山。　②［怡悦］陶弘景《答诏问山中何所有诗》：山中何所有，岭上多白云。只可自怡悦，不堪持赠君。　③［登高］《齐民·月令》：重阳日必以糕酒登高眺迥，以畅秋志，采茱萸、甘菊泛酒。　④［树若荠］《颜氏家训》：《罗浮山记》云："望平地树如荠。"故戴嵩诗云："长安树如荠。"后有咏树诗云："遥望长安荠。"此耳学之误。　⑤［重阳载酒］《续晋阳秋》：陶潜尝九日无酒，坐宅边东篱下菊丛中，摘菊盈把。未几，望见白衣人至，乃刺史王宏送酒也。

夏日南亭怀辛大

山光忽西落，池月渐东上。
散发乘夕凉，开轩卧闲厂①。
<small>夏日。　　　　南亭。</small>
荷风送香气，竹露滴清响。
<small>　　气。　　　　声。</small>
欲取鸣琴弹，恨无知音赏②。
<small>　怀辛。</small>
感此怀故人，终宵劳梦想③。

①［闲厂］《南都赋》：体爽垲以闲厂。《广韵》：厂，露舍也，屋

无壁也。　②［知音］《吕氏春秋》：伯牙鼓琴，钟子期善听之。方鼓琴，志在太山，子期曰："善哉乎鼓琴，巍巍乎如太山。"志在流水，子期曰："善哉鼓琴，洋洋乎若流水。"子期死，伯牙擗琴绝弦，终身不复鼓琴，以为世无足知音者也。　③［梦想］司马相如《长门赋》：忽寝寐而梦想兮，魂若君之在旁。

宿业师山房待丁大不至

夕阳度西岭，群壑倏已暝。
<small>起宿意。</small>
松月生夜凉，风泉满清听。
<small>见。　　　　闻。</small>
樵人归欲尽，烟鸟栖初定。
之子期宿来①，孤琴候萝径。
<small>待丁不至。</small>

①［之子］《诗》：之子于归。注：之子，是子也。

王昌龄

昌龄,字少伯,江宁人。第开元十五年进士,补秘书郎,迁汜水尉。晚节不矜细行,贬龙标尉。以乱还乡,为刺史闾丘晓所杀。

同从弟南斋玩月忆山阴崔少府①

高卧南斋时,开帷月初吐。
清辉澹水木,演漾在窗户②。
<small>四句玩月。</small>
苒苒几盈虚③,澄澄变今古④。
美人清江畔,是夜越吟苦⑤。
<small>忆崔。　　　山阴。</small>
千里共如何⑥,微风吹兰杜⑦。

① [山阴]《汉·地理志》:山阴,会稽郡县。　② [演漾] 阮籍《咏怀》诗:泛泛乘轻舟,演漾惟所望。　③ [苒苒]《晋书·李暠传》:时移节迈,苒苒三年。陶潜诗:苒苒经十载,暂为人所羁。　④ [澄] 谢庄《月赋》:降澄辉之霭霭。　⑤ [越吟]《史记》:越人庄舃仕楚执珪,有顷,病,楚王曰:"舃思越则越声,不思越则且楚声。"

往听之,则犹尚越声也。王粲《登楼赋》:庄舄显而越吟。庾信《哀江南赋》:吴歈越吟,荆艳楚舞。 ⑥[千里]谢庄《月赋》:美人迈兮音尘绝,隔千里兮共明月。 ⑦[兰杜]江孝嗣诗:石泉行可照,兰杜向含风。

丘 为

为,苏州嘉兴人。事继母孝,常有灵芝生于堂下。累官太子右庶子,时年八十余,而母无恙,给奉禄之半。初还乡,县令谒之,为候门磬折,令坐,乃拜里胥,立庭下,既出,乃敢坐。经县署,降马而趋。卒年九十六。

寻西山隐者不遇

绝顶一茅茨①,直上三十里。
_{寻。}
扣关无僮仆,窥室惟案几。
_{不遇。}
若非巾柴车②,应是钓秋水。
_{陆路。 水路。}
差池不相见③,黾勉空仰止④。

草色新雨中,松声晚窗里。

及兹契幽绝,自足荡心耳。

虽无宾主意,颇得清净理。

兴尽方下山⑤,何必待之子。
_{上山起,下山结。}

①［茅茨］《史记》：尧、舜采椽不斫，茅茨不剪。注：茅茨，茅盖屋也。　②［巾车］《左传》：子产曰："文公之为盟主也，诸侯宾至，车马有所，巾车脂辖。"按：《周礼·巾车》注：巾，犹衣也。巾车，车官之长。《孔子息陬操》：巾车命驾，将适唐都。［柴车］《高士传》：何点常蹑草屩，乘柴车。江淹《拟陶》诗：日暮巾柴车。③［差池］《诗》：燕燕于飞，差池其羽。注：差池，不齐之貌。《左传》：郑公孙侨曰："谓我敝邑，迩在晋国，譬诸草木，吾臭味也，而何敢差池。"　④［仰止］《诗》：高山仰止，景行行止。　⑤［兴尽］《语林》：王子猷居山阴，大雪，夜眠觉，开室酌酒，四望皎然，因起徬徨，咏左思《招隐》诗。忽忆戴安道，时戴在剡溪，即便夜乘轻船就戴，经宿方至。既造门，不前便返。人问其故，子猷曰："吾本乘兴而行，兴尽而返，何必见戴。"

綦毋潜

綦毋潜,字孝通。开元中,由宜寿尉入为集贤院待制,迁右拾遗,终著作郎。

春泛若耶溪①

幽意无断绝,此去随所偶。
晚风吹行舟,花路入溪口。
际夜转西壑,隔山望南斗②。
潭烟飞溶溶,林月低向后。
生事且弥漫,愿为持竿叟。

①〔若耶溪〕《水经注》:若耶溪水,上承嶕岘麻溪。溪之下孤潭周数亩,麻潭下注若耶溪。水至清,照众山倒影,窥之如画。《寰宇记》:若耶溪在会稽县东二十八里。 ②〔南斗〕《越绝书》:越故治今大越山阴,南斗也。张衡《周天大象赋》:眺北宫于玄武,泊南斗于牵牛。

常　建

建，开元十五年进士，官盱眙尉。

宿王昌龄隐居

清溪深不测，隐处惟孤云。_{隐居。}
松际露微月，清光犹为君。_{宿王。}
茅亭宿花影，药院滋苔纹。
余亦谢时去①，西山鸾鹤群②。_{因宿起见。}

①〔谢时〕《列仙传》：王乔，周灵王太子晋也。好吹笙，作凤鸣，游伊、洛间。道士浮邱公，接以上嵩山。三十余年后，见柏良，谓曰："可告我家，七月七日待我于缑氏山头。"至期，果乘白鹤驻山头，望之不得到，举手谢时人，数日乃去。　②〔鸾鹤〕《稽神记》：裴航佣巨舟，载于襄汉。同载有樊夫人者，国色也，航赂侍婢达诗曰："倘若玉京朝会去，愿随鸾鹤入青冥。"

岑　参

参，南阳人。天宝中进士，试大理评事，摄监察御史。杜甫荐之，转右补阙，累迁侍御史，出为嘉州刺史。

与高适薛据登慈恩寺浮图①

塔势如涌出②，孤高耸天宫。
_{先从下望。}
登临出世界③，蹬道盘虚空。
_{四句登。}
突兀压神州④，峥嵘如鬼工⑤。
四角碍白日，七层摩苍穹。
_{二句到顶。}
下窥指高鸟，俯听闻惊风。
_{此从上临下。}
连山若波涛，奔走似朝东⑥。
_{八句四方景。　东。}
青槐夹驰道⑦，宫观何玲珑。
_{南。}
秋色从西来，苍然满关中。
_{西。}
五陵北原上⑧，万古青濛濛。
_{北。}
净理了可悟，胜因夙所宗。
誓将挂冠去⑨，觉道资无穷。

①［高适］见下。［薛据］荆南人，官太子思议郎。［慈恩寺塔］《长安志》：慈恩寺，隋无漏寺故地。高宗在东宫时，为文德皇后立，故名慈恩。浮图，永徽三年沙门玄奘所立，后渐颓。长安中改建。《寺塔记》：慈恩寺凡十余院，总一千八百九十七间。　②［涌出］《法华经》：佛前七宝塔，高五百由旬，出地涌出，住在空中。　③［世界］《金刚经》：三千大千世界。　④［神州］《河图括地志》：昆仑东南，地方五千里，名曰神州，中有五山，帝王居之。《唐书·礼乐志》：孟冬祭神州地祇于北郊。左思诗：皓天舒白日，灵景耀神州。　⑤［峥嵘］左思赋：径三峡之峥嵘，蹑五阨之寒浐。　⑥［朝东］《诗》：沔彼流水，朝宗于海。《神仙传》：麻姑入，拜王方平，曰："接侍以来，见东海三为桑田。"　⑦［驰道］《史记·秦始皇纪》：二十七年赐爵一级，治驰道。注：应劭曰："驰道，天子道也。"　⑧［五陵］《西都赋》：北眺五陵。李善注：高帝葬长陵，惠帝葬安陵，景帝葬阳陵，武帝葬茂陵，昭帝葬平陵。　⑨［挂冠］《后汉书·逸民传》：王莽时，逢萌解冠，挂东城门归，将家属浮海。

元　结

字次山，瀼州人。天宝十二载举进士。国子司业苏源明见肃宗，荐结可用。召诣京师，上《时议》三篇，擢右金吾兵曹参军，摄监察御史，为山南西道节度参谋。以讨贼功迁监察御史里行，节度吕諲请益兵拒贼，帝进结水部员外郎，佐諲府。又参山南东道来瑱府，瑱诛，结摄领府事。代宗立，固辞丐侍亲，归樊上，授著作郎。久之，拜道州刺史。进授容管经略使，身谕蛮豪，绥定八州。会母丧，人皆诣节度府请留，加金吾卫将军。所至立教爱民。著有《元子》十篇。卒，赠礼部侍郎。

贼退示官吏

癸卯岁，西原贼入道州①，焚烧杀掠，几尽而去。明年，贼又攻永破郡，不犯此州边鄙而退。岂力能制敌与？盖蒙其伤怜而已。诸使何为忍苦征敛，故作诗一篇以示官吏。

① 代宗广德元年。

昔年逢太平，山林二十年。

泉源在庭户，洞壑当门前。
井税有常期②，日晏犹得眠。
忽然遭世变，数岁亲戎旃③。
今来典斯郡，山夷又纷然。
城小贼不屠，人贫伤可怜。
是以陷邻境，此州独见全。
使臣将王命，岂不如贼焉。
今被征敛者，迫之如火煎。
谁能绝人命，以作时世贤。
思欲委符节④，引竿自刺船。
将家就鱼麦，归老江湖边。

①［西原贼］《唐书·元结传》：代宗拜结道州刺史。初，西原蛮掠居人万数去，遗户裁四千，诸使调发符牒二百函，结以人困甚，不忍加赋，即上言："臣州为贼焚破，粮储、屋宇、男女、牛马几尽。今百姓十不一在，耋、孺骚离，未有所安。请免百姓所负租税及租庸使和市杂物十三万缗。"帝许之。明年，租庸使索上供十万缗，结又奏："岁正租庸外，所率宜以时增减。"诏可。结为民营舍给田，免徭役，流亡归者万余。　②［井税］《诗》：岁取十千。注：九夫为井，井税一夫，其田百亩。《孟子》：耕者九一。注：九一者，井田之制也。方一里为一井，

其田九百亩,中画井字,界为九区。一区之中,为田百亩,中百亩为公田,外八百亩为私田。八家各受私田百亩,而同养公田,是九分而税其一也。 ③[戎旃]《齐书·谢朓传》:契阔戎旃,从容燕语。 ④[符节]《孟子》:若合符节。注:符节以玉为之,刻文字而中分之,彼此各藏其半,有故则左右相合,以为信也。《汉书》符节注:符节者,如今宫中诸官之诏符也。

韦应物

应物,京兆长安人。少以三卫郎事明皇。后折节读书,屡仕为滁州刺史,改江州。入为左司郎中,复出为苏州刺史。贞元中尚存,按其年百余岁矣。为郎时似近豪侠,至后鲜食寡欲,焚香扫地而坐。诗品高洁,朱子谓其无一字造作,气象近道,真传人也。而新、旧《唐书》俱不为之立传,何耶?

郡斋雨中与诸文士燕集[①]

兵卫森画戟[②],燕寝凝清香。
海上风雨至,逍遥池阁凉。
烦疴近消散[③],嘉宾复满堂。
自惭居处崇,未睹斯民康[④]。
理会是非遣[⑤],性达形迹忘[⑥]。
鲜肥属时禁,蔬果幸见尝。
俯饮一杯酒,仰聆金玉章[⑦]。
神欢体自轻,意欲凌风翔[⑧]。
吴中盛文史[⑨],群彦今汪洋[⑩]。

方知大藩地⑪，岂曰财赋强⑫。

①[郡斋]按：贞元初，应物为苏州刺史。　②[兵卫]《战国策》：宗族甚盛，居处兵卫甚设。[画戟]《唐·卢坦传》：旧制，官阶俱三品，始听立戟。按：戟音棘，格也，旁有枝格也。双枝为戟，单枝为戈。③[痾]痾，亦作疴，病也。潘岳《闲居赋》：旧痾始痊。　④[民康]曹植《七启》：散乐移风，国富民康。　⑤[是非]《列子》：横心之所念，横口之所言，不知我之是非利害欤？亦不知彼之是非利害欤？　⑥[形迹]陶潜诗：谁为形迹拘。　⑦[金玉]《抱朴子》：《三坟》金玉。　⑧[凌风翔]古诗：焉得凌风飞。阮籍诗：挥袖凌虚翔。　⑨[吴中]《史记》：项梁尝杀人，与籍避仇吴中。　⑩[汪洋]刘孝威诗：风神洒落，容止汪洋。　⑪[大藩]萧悫诗：大藩连帝室。　⑫[财赋]《书·禹贡》：厎慎财赋。

初发扬子寄元大校书①

凄凄去亲爱②，泛泛入烟雾③。
_{四句初发。}
归棹洛阳人④，残钟广陵树⑤。
_{十字作八层看。}
今朝此为别，何处还相遇。
_{四句寄元。}
世事波上舟⑥，沿洄安得住。

①［扬子］《一统志》：镇江府，大江，即扬子江也，一名京江。东注大海，北距广陵。［校书］《通典》：校书郎，唐置八人。掌雠校典籍，为文士起家之正选。　②［凄凄］谢惠连诗：凄凄留子言。［亲爱］傅咸赋序：情相亲爱，有如同生。　③［烟雾］古诗：纨扇如圆月，出自机中素。画作秦王女，乘鸾入烟雾。　④［归棹］梁简文帝诗：悠悠归棹人。　⑤［广陵］《志胜》：广陵，即古扬州之域。其曰广陵郡者，东汉及唐天宝间名，相沿于西汉之广陵国也。　⑥［波上］《三辅黄图》：缆云舟于波上。

寄全椒山中道士①

今朝郡斋冷②，忽念山中客。
<small>四句道士。</small>
涧底束荆薪③，归来煮白石④。
欲持一瓢酒⑤，远慰风雨夕。
<small>四句寄。</small>
落叶满空山，何处寻行迹⑥。

①［全椒］《一统志》：滁州有全椒县，县有神山，有洞极深，景物幽邃。［道士］《释名》：人行大道曰道士。士者何？理也，事也。身心顺理，惟道是从，从道惟事，故曰道士。　②［郡斋］按：建中二年，应物出刺滁州。　③［荆薪］陶潜诗：荆薪代明烛。　④［白石］《晋

书·鲍靓传》：靓学兼内外，明天文、河、洛书。为南海太守，尝行部入海，遇风，饥甚，取白石煮食之。　⑤［一瓢］《论语》：一箪食，一瓢饮。　⑥［行迹］陶潜诗：寂寂无行迹。

长安遇冯著①

客从东方来，衣上灞陵雨②。
问客何为来，采山因买斧。
冥冥花正开，飏飏燕新乳。
昨别今已春，鬓丝生几缕。

①［冯著］按：《全唐诗》注：冯著尝受李广州署为录事。　②［灞陵］《汉书·地理志》：京兆尹县：灞陵，故芷阳，文帝更名。庾信诗：灞陵采樵路，成都卖卜钱。按：灞作霸。

夕次盱眙县①

落帆逗淮镇②,停舫临孤驿。

浩浩风起波,冥冥日沉夕。
闻。　　　　　见。
人归山郭暗③,雁下芦洲白④。
陆路。　　　　水路。
独夜忆秦关⑤,听钟未眠客。

①[盱眙县]《一统志》:盱眙县在泗州城南七里。汉置,属临淮郡,唐属楚州。　②[逗]《玉篇》:逗,住也。[镇]按:《韵钥》:藩镇、山镇,皆取安重镇压之义。《一统志》:泗州有泗水镇。　③[山郭]谢朓诗:还望青山郭。　④[芦洲]鲍照诗:今旦入芦洲。考各本俱作芦州。按:当作芦洲,从王选本。　⑤[秦关]张华《萧史》诗:龙飞逸天路,凤起出秦关。

东　　郊

吏舍跼终年①,出郊旷清曙。

杨柳散和风,青山澹吾虑。
近景。　　　　远景。
依丛适自憩②,缘涧还复去。
止。　　　　行。

微雨霭芳原,春鸠鸣何处③。
<small>见。　　闻。</small>
乐幽心屡止,遵事迹犹遽。
终罢斯结庐④,慕陶直可庶。

①[吏舍]《史记·曹相国世家》:相舍后园近吏舍。　②[丛]《诗·葛覃》注:灌木曰丛。　③[春鸠]曹植诗:春鸠鸣飞栋。④[结庐]陶潜诗:结庐在人境,而无车马喧。注:结,构也。按:《全唐诗》注:言当此之时,心以幽事为乐,而辄复中止者,盖遵以隐遁为高,则犹嫌骤耳。然终当罢官而结庐也。平生企慕陶公,今而后其庶几乎!

送杨氏女

永日方戚戚①,出行复悠悠。
女子今有行②,大江溯轻舟。
尔辈苦无恃③,抚念益慈柔。
<small>此五字一篇之主。</small>
幼为长所育,两别泣不休。
对此结中肠,义往难复留④。
<small>一笔收住。</small>
自小阙内训⑤,事姑贻我忧。
<small>再申前说。</small>
赖兹托令门,任恤庶无尤⑥。

贫俭诚所尚,资从岂待周。
孝恭遵妇道⑦,容止顺其猷。
别离在今晨,见尔当何秋。
居闲始自遣,临感忽难收。
归来视幼女,零泪缘缨流⑧。
应前作收,归到幼女。

①［慽慽］慽,音戚,或作慼,通作戚。《说文》:忧也。《论语》:小人长戚戚。陆机《赠张士然诗》:慽慽多远念,行行遂成篇。　②［有行］《诗》:女子有行,远父母兄弟。　③［无恃］《诗·小旻》:无父何怙,无母何恃。　④［义往］《礼》:女子二十而嫁,义当往也。　⑤［内训］《后汉书·班昭传》:作《女诫》七篇,有助内训。　⑥［无尤］《说文》:尤,过也,怨也。《易》:王臣蹇蹇,终无尤也。《老子》曰:夫惟不争故无尤。　⑦［妇道］《孟子》:以顺为正者,妾妇之道也。⑧［缨］《仪礼》:主人入,亲说妇之缨。注:缨,佩属,以五采为之,形如小囊。盖女子十五时许嫁所佩。既嫁说之,亲说,示缨为己系也。［泪缨］郭璞《游仙诗》:悲来恻丹心,零泪缘缨流。

柳宗元

宗元，字子厚，河东人。贞元九年，举博学宏词科，进授校书郎，累迁监察御史，擢礼部员外郎。顺宗即位，王叔文得政，引入内政与计事。俄而叔文败，坐贬永州司户，放浪山水间，以诗文自娱。元和十年，徙柳州刺史。时刘禹锡得播州，宗元谓播州非人所居，而梦得有亲在堂，无母子俱往理。如不往，便为母子永诀。愿请于朝，以柳易播。会大臣为禹锡奏改刺，改刺连州。宗元在柳州有善政，年四十七卒于官，柳州人以神事之。

晨诣超师院读禅经

汲井漱寒齿①，清心拂尘服。
闲持贝叶书②，步出东斋读。
真源了无取③，妄迹世所逐。
遗言冀可冥④，缮性何由熟⑤。
道人庭宇静，苔色连深竹⑥。
日出雾露余，青松如膏沐⑦。

澹然离言说，悟悦心自足。

①［汲井］谢灵运诗：激涧代汲井。　②［贝叶］《西域传》：西域有贝多树，国人以其叶写经，故曰贝叶书。　③［真源］刘孝威诗：降道访真源。　④［遗言］王粲诗：古人有遗言。　⑤［缮性］《庄子》：缮性于俗。注：缮，治也。　⑥［苔色］《别赋》：春宫閟此青苔色。　⑦［膏沐］《诗·卫风》：岂无膏沐，谁适为容。

溪　　居

久为簪组束①，幸此南夷谪②。
闲依农圃邻③，偶似山林客。
晓耕翻露草，夜榜响溪石④。
来往不逢人，长歌楚天碧。

①［簪组］王勃《秋日宴洛阳序》：簪组盛而车马喧，庭宇虚而管弦亮。　②［南夷］《楚辞·九章》：哀南夷之莫吾知兮。　③［农圃］《北史·甄琛传》：专事产业，躬亲农圃。　④［榜］《楚辞》：齐吴榜以击汰。注：榜，进船也。《广韵》：榜人，舟人也。按：榜，北孟切，祊去声。

乐　　府

《汉书·礼乐志》：武帝定郊祀之礼，乃立乐府，采诗夜诵，有赵、代、秦、楚之讴。以李延年为协律都尉，多举司马相如等数十人造为诗赋，略论律吕，以合八音之调。师古注：乐府之名，盖始于此。按：李孝光《郭茂倩乐府诗序》云：太原郭茂倩所辑乐府诗百卷，上采尧舜时歌谣，下迄于唐，而置次起汉《郊祀》，茂倩欲因以为四诗之续耳。《郊祀》若《颂》，《铙歌》《鼓吹》若《雅》，《琴曲》《杂诗》若《国风》，以其始汉，故题云《乐府诗》。乐府，教乐之官也，于殷曰瞽宗，周因殷，周官又有大司乐之属，至汉乃有乐府名。茂倩杂取诗谣，不可以皆被之弦歌。且后人所作，弗中于古，率成于伶心，犹录而不削，其意或有属也。

王昌龄

塞 上 曲

蝉鸣空桑林,八月萧关道①。
出塞入塞寒,处处黄芦草。
从来幽并客②,皆共尘沙老。
莫学游侠儿,矜夸紫骝好③。

①[萧关]《汉书·匈奴传》:孝文十四年,匈奴入朝那萧关。《括地志》:陇山关在原州,即古萧关。 ②[幽并]《汉书·地理志》:周既克殷,定官分职,改禹徐、梁二州合之于雍、青,分冀州之地以为幽、并。《隋书·地理志》:自古言勇侠者,皆推幽、并。然涿郡太原,自前代以来,皆多文雅之士。 ③[紫骝]《古今乐录》:《紫骝马》,盖从军久戍怀归而作也。杨炯诗:侠客重周游,金鞍控紫骝。

塞 下 曲

饮马度秋水①,水寒风似刀。

平沙日未没,黯黯见临洮②。

昔日长城战③,咸言意气高。

黄尘足今古④,白骨乱蓬蒿。
<small>好大喜功,到头总是黄尘白骨。</small>

①［饮马］陈琳《饮马长城窟诗》：饮马长城窟,水寒伤马骨。按：注言：秦人苦长城之役也。　②［临洮］《汉书·地理志》：陇西郡临洮县。江淹《上建平王书》：西泪临洮狄道,北距飞狐阳原。　③［长城］《广舆记》：陕西有临洮府,长城在府城西,秦始皇筑。　④［黄尘］刘昶断句：白云满鄣来,黄尘暗天起。

李 白

关 山 月①

明月出天山②,苍茫云海间。
长风几万里③,吹度玉门关④。（月）
汉下白登道⑤,胡窥青海湾⑥。（关）
由来征战地,不见有人还。
戍客望边邑,思归多苦颜。
高楼当此夜⑦,叹息未应闲。

①[关山月]《乐府解题》:《关山月》,伤别离也。萧士赟曰:"《关山月》者,乐府《鼓角横吹》十五曲之一。"王褒诗:无复汉地关山月。 ②[天山]《汉书·武帝纪》:天汉二年,贰师将军三万骑出酒泉,与右贤王战于天山。注:天山在西域蒲类国,去长安八千余里,即祁连山也。匈奴谓天为祁连。 ③[长风]陆机诗:长风万里举。 ④[玉门关]《后汉书·班超传》:超上疏曰:"臣不敢望到酒泉郡,但愿生入玉门关。"注:玉门关属敦煌郡,今沙州也,去长安三千六百里。⑤[白登]《汉书·匈奴传》:冒顿围高帝于白登七日。注:白登:台名,去平

城七里。《括地志》：朔州定襄县，本汉平城县。县东北三十里有白登山，山上有台名曰白登台。　⑥［青海］《北史·吐谷浑传》：治伏俟城，在青海西十五里，青海周围千余里。《潜确类书》：洮州卫有青海，在洮州之西，周围千里，中有小山。隋将段文振西征，逐虏于青海，即此。　⑦［高楼］徐陵《关山月》诗：思妇高楼上，当窗应未眠。

子夜吴歌①

长安一片月，万户捣衣声。
秋风吹不尽，总是玉关情。
何日平胡虏，良人罢远征②。

①［子夜］《唐书·乐志》：《子夜歌》者，晋曲也。晋有女子名子夜造此，声过哀苦。《乐府古题要解》：后人因为四时行乐词，谓之《子夜四时歌》，吴声也。　②［良人］《孟子》：其妻归告其妾曰："良人者，所仰望而终身也。"《正义》：妻谓夫曰良人。

长　干　行①

妾发初覆额，折花门前剧②。

郎骑竹马来③,绕床弄青梅。

同居长干里,两小无嫌猜。

十四为君妇,羞颜未尝开。

低头向暗壁,千唤不一回。

十五始展眉,愿同尘与灰。

常存抱柱信④,岂上望夫台⑤。

十六君远行,瞿塘滟滪堆⑥。
<small>时明皇幸西蜀,从行军士,久而未归。</small>

五月不可触,猿声天上哀。

门前迟行迹,一一生绿苔⑦。

苔深不能扫,落叶秋风早。

八月蝴蝶黄⑧,双飞西园草。

感此伤妾心,坐愁红颜老⑨。

早晚下三巴⑩,预将书报家。

相迎不道远,直至长风沙⑪。

①[长干]《吴都赋》:长干延属,飞甍舛互。注:建业南五里有山冈,其间平地,吏民杂居,号长干。中有大长干、小长干,皆相连。大长干在越城东,小长干在越城西。地有长短,故号大、小长干。《方舆胜览》:建康府有长干里,去上元县五里,在秦淮南。《乐府遗声》:都邑三十四曲中有《长干里行》。按:地下而广曰干。庾信《怨歌行》:

家住金陵县前,嫁得长干少年。 ②[剧]按:剧,音极,戏也。
③[竹马]《博物志》:小儿五岁,曰鸠车之戏,七岁,曰竹马之戏。
④[抱柱]《庄子》:尾生与女子期于梁下,女子不来,水至不去,抱柱而死。 ⑤[望夫台]按:苏辙《栾城集》:望夫台,在忠州南数十里。
⑥[瞿塘滟滪堆]《一统志》:瞿塘在夔州府城东,旧名西陵峡,乃三峡之门。两崖对峙,中贯一江,滟滪堆当其口。《太平寰宇记》:滟滪堆周回二十丈,在夔州西南二百步,蜀江中心。瞿塘峡口,冬水浅,屹然露百余尺。夏水涨,没数十丈。其状如马,舟人不敢进。谚云:"滟滪大如马,瞿塘不可下。滟滪大如襆,瞿塘不可触。" ⑦[绿苔]江总诗:自悲行处绿苔生,何悟啼多红粉落。 ⑧[蝴蝶黄]按:杨升庵谓蝴蝶或黑或白,或五彩皆具,惟黄色一种,至秋乃多,盖感金气也。太白"八月蝴蝶黄"之句,以为深中物理。 ⑨[坐愁]鲍照诗:安能行叹复坐愁。 ⑩[三巴]谯周《三巴记》:阆白水东南流,曲折三回如巴字。《华阳国志》:献帝建安六年,改永陵为巴郡,以固陵为巴东,安汉为巴西,是为三巴。《小学绀珠》:三巴:巴郡,今重庆府;巴东,今夔州;巴西,今合州。⑪[长风沙]《唐诗纪事》:长风沙,地名,在池州之雁汊下八十里。《太平寰宇记》:长风沙,在舒州怀宁县东一百九十里,置在江界,以防寇盗。按:自金陵至长风沙凡七百里。又按:肄园居士云:长风沙,即今怀宁县东五十里长风夹也。自金陵至长风沙五百里,或以为七百里,误。

孟　郊

　　字东野,湖州武康人。少隐嵩山,年五十始成进士,为溧阳尉。韩愈极重之,荐于郑余庆,奏为参军。未几,卒。张籍谥曰贞曜先生。

列　女　操

　　梧桐相待老,鸳鸯会双死①。
　　贞妇贵徇夫,舍生亦如此。
　　波澜誓不起②,妾心古井水。

　　①〔鸳鸯〕《古今注》:鸳鸯,水鸟,凫类也。雌雄未尝相离,人得其一,一思而死,故谓之匹鸟。　②〔波澜〕谢灵运诗:倾耳聆波澜,举目眺岖嵚。

游 子 吟

慈母手中线,游子身上衣。
临行密密缝,意恐迟迟归。
谁言寸草心,报得三春晖。

唐诗三百首补注卷二 七言古诗

陈子昂

子昂，字伯玉，梓州射洪人。文明初，举进士。武后时，擢灵台正字，迁右拾遗。尝上疏劝武后兴明堂、太学。后改称周，子昂上《周受命颂》。圣历初，解官归。县令段简贪暴，闻其富，欲害之。捕送狱中，忧愤死。

登幽州台歌①

前不见古人，后不见来者。
念天地之悠悠②，独怆然而涕下③。

①[幽州]《尔雅》：燕曰幽州。《释名》：幽州在北，幽昧之地也。《晋书·地理志》：舜以冀州南北阔大，分卫以西为并州，燕以北为幽州，周人因焉。《春秋元命苞》：箕星散为幽州，分为燕国。　②[悠悠]陆机赋：天悠悠而弥高。《列子》：名者实之宾，而悠悠者趋名不已。　③[怆然]《唐韵》：怆，楚亮切，音创，伤也。《礼·祭义》：霜露既降，君子履之，必有凄怆之心，非其寒之谓也。

李　颀

颀，东川人。开元十三年进士，调新乡县尉。有集传于世。

古　意

男儿事长征，少小幽燕客。
赌胜马蹄下，由来轻七尺①。
杀人莫敢前，须如猬毛磔②。
黄云陇底白云飞，未得报恩不得归。
辽东小妇年十五③，惯弹琵琶解歌舞。
今为羌笛出塞声④，使我三军泪如雨。

①［七尺］沈约《王俭碑铭》：倾方寸以奉国，忘七尺以事君。②［猬毛磔］《晋书·桓温传》：温豪爽有风概，姿貌甚伟。刘惔尝称之曰："温眼如紫石棱，须作猬毛磔，孙仲谋、晋宣王之流亚也。"《埤雅》：猬状似鼠，性极驽钝，物少犯近则毛刺攒起如矢。《物类志》：猬毛顺者雄，逆者雌。按：猬音渭。　③［辽东］《汉书·地理志》：辽东郡县。辽阳，大梁水西南至辽阳，入辽。　④［羌笛］马融《长笛赋》：

近世双笛从羌起,羌人伐竹未及已。龙鸣水中不见己,截竹吹之声相似。

注:羌,西戎也。羌笛与笛,二器不同。盖羌人伐竹未毕,有龙鸣水中,不见其身,羌人旋即截竹吹之,声与龙相似。

送陈章甫

四月南风大麦黄,枣花未落桐叶长。
_{出门时景。}
青山朝别暮还见,嘶马出门思旧乡。
陈侯立身何坦荡①,虬须虎眉仍大颡②。
_{陈平日品概。}
腹中贮书一万卷,不肯低头在草莽③。
东门酤酒饮我曹,心轻万事如鸿毛④。
_{出门时意气。}
醉卧不知白日暮,有时空望孤云高。
长河浪头连天黑,津吏停舟渡不得⑤。
_{陈出路风波。}
郑国游人未及家⑥,洛阳行子空叹息⑦。
闻道故林相识多⑧,罢官昨日今如何。
_{送别。}

①〔坦荡〕《论语》:君子坦荡荡。《晋书·阮籍传》:其外坦荡,而内淳至。　②〔虬须〕《三国志·崔琰传》:琰对客虬须直视,若有所瞋。按:虬作虯,音求。《说文》:龙子有角者。〔虎眉〕《帝王世

纪》:文王昌,龙颜虎眉。 [大颡]《周易》:巽,于人也为寡发,为广颡。③ [草莽]《孟子》:在野曰草莽之臣。 ④ [鸿毛]司马迁《报任少卿书》:人固有一死,或重于泰山,或轻于鸿毛,用之所趣异也。⑤ [津吏]《列女传》:赵简子南击楚,至河津,津吏醉卧不能渡。简子怒,将杀之。津吏之女乃持楫而前曰:"妾父知君王将渡,恐值风波,故祷河神,不胜杯酌余沥,醉于此。君命诛之,愿以微躯易父之死。" ⑥ [郑国]《说文》:郑,京兆县,周厉王子友所封。按:郑武公定平王于东都,因徙其封,施旧号于新邑,是为新郑。今河南开封府郑州是也。 ⑦ [洛阳]《汉书·地理志》:河南郡县雒阳。注:"雒"同"洛",汉火行忌水,故去洛"水"而加"隹"。 ⑧ [故林]按:故林,犹故园也。

琴　　歌

主人有酒欢今夕,请奏鸣琴广陵客①。
月照城头乌半飞②,霜凄万木风入衣。
　　　　　月明。　　　　　　风冷。
铜炉华烛烛增辉,初弹渌水后楚妃③。
　　　　　火以暖之。　　　皆曲名。
一声已动物皆静,四座无言星欲稀。
　　　　　　　　一句写旁听者。
清淮奉使千余里,敢告云山从此始。

① [广陵]《晋书·嵇康传》:康将刑东市,顾视日影,索琴弹之,

曰:"昔袁孝尼尝从吾学《广陵散》,吾每靳固之,《广陵散》于今绝矣。"《汉书·地理志》:广陵国,景帝四年更名江都,武帝元年更名广陵郡。 ②[乌飞]魏武帝《短歌行》:月明星稀,乌鹊南飞。 ③[渌水]《乐府诗集》:齐明王歌辞七曲,王融应司徒教而作也。一曰《明王曲》,二曰《圣君曲》,三曰《渌水曲》。庾信《春赋》:阳春渌水之曲,对凤回鸾之舞。[楚妃]《歌录》:石崇《楚妃叹序》曰:歌辞莫知其所由。楚之贤妃,能立德著勋,垂名于后,唯樊姬焉。故今叹咏之声,永世不绝。陆机乐府:楚妃且莫叹,齐娥且莫讴。

听董大弹胡笳兼寄语弄房给事①

蔡女昔造胡笳声②,一弹一十有八拍。
_{叙胡笳来历。}
胡人落泪沾边草,汉使断肠对归客。
古戍苍苍烽火寒③,大荒阴沉飞雪白④。
先拂商弦后角羽⑤,四郊秋叶惊摵摵⑥。
董夫子,通神明⑦,深松窃听来妖精⑧。
_{董大。}
言迟更速皆应手,将往复旋如有情。
_{弹。}
空山百鸟散还合⑨,万里浮云阴且晴。
_{以下写胡笳声中情景。}
嘶酸雏雁失群夜⑩,断绝胡儿恋母声⑪。

川为静其波,鸟亦罢其鸣。

乌珠部落家乡远⑫，逻娑沙尘哀怨生⑬。
幽音变调忽飘洒，长风吹林雨堕瓦。
迸泉飒飒飞木末⑭，野鹿呦呦走堂下⑮。
长安城连东掖垣⑯，凤凰池对青琐门⑰。
高才脱略名与利⑱，日夕望君抱琴至。
（房给事。）

①［题解］按《品汇》注：唐史：董庭兰善鼓琴，为房琯门客。天宝五载，琯摄给事中。《增韵》：弄，戏也。此疑赠庭兰兼寄次律也。②［胡笳声］《史记·乐书》：胡笳似悲栗而无孔，后世卤簿用之。伯阳避入西戎所作，卷芦叶吹之也。《蔡琰别传》：琰字文姬，先适河东卫仲道，夫亡无子，归宁于家。汉末为胡骑所获，在左贤王部伍中。春月登胡殿，感笳之音，作《胡笳十八拍》，为琴曲以见志。按：《大胡笳十八拍》，号沈家声。《小胡笳十九拍》，号祝家声。《旧唐书·音乐志》：丝桐惟琴曲有胡笳声。 ③［烽火］《史记·司马相如传》：烽举燧燔。注：《索隐》曰：《纂要》云：烽，见敌则举。燧，有难则焚。烽主昼，燧主夜。《酉阳杂俎》：狼粪烟直上，烽火用之。《汉书》：烽火通于甘泉。 ④［大荒］《山海经》：大荒之中有山，名曰大荒之山。日月所入，是谓大荒之野。［阴沉］《文心雕龙》：天高气清，阴沉之志远；霰雪无垠，矜肃之虑深。 ⑤［商弦角羽］《列子》：郑师文从师襄游，柱指钩弦，三年不成章。师襄曰："子可以归矣。"师文曰："且小假

之,以观其后。"无几何,复见师襄,曰:"子之琴何如?"曰:"得之矣,请尝试之。"于是当春而叩商弦,以召南吕,凉风忽至,草木成实;及秋而叩角弦,以激夹钟,温风徐回,草木发荣;当夏而叩羽弦,以召黄钟,霜雪交下,川池暴冱;及冬而叩徵弦,以激蕤宾,阳光炽烈,坚冰立散。师襄乃抚心高蹈曰:"微矣,子之弹也,虽师旷、邹衍无以加之。" ⑥[摵摵]卢谌诗:摵摵芳叶零。 ⑦[神明]《晋书》:束先生,通神明。 ⑧[深松]宋武帝诗:深松朝已雾。[窃听]《史记》:秦王跽曰:"寡人愿闻失计。"然左右多窃听者,范雎恐,未敢言内,而先言外事,以窥秦王之俯仰。 ⑨[百鸟]张翰诗:百鸟互相和。 ⑩[嘶酸]陆厥诗:君不见孤雁关外发,酸嘶度杨越。[雏雁]孙楚《笳赋》:若夫《广陵散》吟,五节《白纻》,《太山》长曲,哀及《梁父》。似鸿雁之将雏,乃群翔于河渚。 ⑪[胡儿]《胡笳十八拍》:不谓残生兮却得选归,抚抱胡儿兮泣下沾衣。焉得羽翼兮将汝归,一步一远兮足难移。 ⑫[乌珠]按:王阮亭《古诗选》、沈归愚选全唐诗,皆作乌孙。《史记·大宛传》:乌孙在大宛东北可二千里。《汉书·西域传》:乌孙愿得尚汉公主为昆弟,元封中,遣江都王建女细君为公主以妻焉。公主歌曰:"吾家嫁我兮天一方,远托异国兮乌孙王,穹庐为室兮旃为墙。"[部落]《晋中兴书》:胡俗以部落为种类,屠各最豪贵。⑬[逻娑]《唐书·薛仁贵传》:吐蕃入寇,命为逻娑道总管。按:逻娑,吐蕃城名。[沙尘]《十真记》:兰沙之地,去中都万里,沙如细尘。 ⑭[木末]

屈原《九歌》：采薜荔兮水中，搴芙蓉兮木末。《说文》：木上曰末。 ⑮［呦呦］《诗·小雅》：呦呦鹿鸣，食野之苹。按：自"幽音"至"堂下"，皆状其琴之声也。 ⑯［长安］《汉书·地理志》：京兆县。长安，高帝五年置。惠帝元年初城，六年成。按：长安，在陕西西安府。长安县，唐所都也。［掖垣］《唐书·权德舆传》：左右掖垣，承天子诰命。禁中有东西两掖垣，乃禁墙也。 ⑰［凤凰池］《晋书》：荀勖久在中书，专管机事。后为尚书令，甚罔罔怅怅。或有贺之者，勖曰："夺我凤凰池，何贺耶？"按：中书地在枢近，人谓之凤凰池。［青琐门］《汉书仪》：黄门郎日暮入，对青琐门拜。《宫阁簿》：青琐门在南宫。《汉书·元后传》：曲阳侯根，骄奢僭上，赤墀青琐。师古注：青琐者，刻为连环文而青涂之也。 ⑱［脱略］《谢尚传》：开率颖秀，辨悟绝伦。脱略细行，不为流俗之事。

听安万善吹觱篥歌

南山截竹为觱篥①，此乐本自龟兹出②。
<small>先叙觱篥原委。</small>
流传汉地曲转奇，凉州胡人为我吹③。
<small>安。</small>
傍邻闻者多叹息，远客思乡皆泪垂。
世人解听不解赏，长飙风中自来往④。
<small>以下写觱篥声中情景。</small>

枯桑老柏寒飕飗⑤，九雏鸣凤乱啾啾⑥，
龙吟虎啸一时发，万籁百泉相与秋。
忽然更作渔阳掺⑦，黄云萧条白日暗。
变调如闻杨柳春⑧，上林繁花照眼新⑨。
岁夜高堂列明烛，美酒一杯声一曲。

①［觱篥］《史记·乐书》：觱篥，以竹为管，以芦为首，状类胡笳而九窍，所法者角音而已。《通典》：觱篥出于胡中，胡人吹角以惊马。后乃以筋为管，竹为首。《明皇杂录》：觱篥本龟兹国乐，亦曰悲栗。注按：以其声悲也。　②［龟兹］《汉书》：龟兹国王治延城，去长安七千四百八十里。《逸史》：李謩，开元中吹笛为第一部。尝会境湖，吹《凉州》，至曲中，坐客有独孤生者曰："公声调杂夷乐，得无有龟兹之侣乎？"李生大骇，起拜曰："丈人神绝，某师实龟兹人也。"注：龟兹，音鸠慈。　③［凉州］《晋书·地理志》：汉改周之雍州为凉州，盖以地处西方，常寒凉也。《唐书·礼乐志》，天宝乐曲，皆以边地名。若《凉州》《伊州》《甘州》之类。《凉州曲》，本西凉所制也。　④［飙］《尔雅》：扶摇谓之猋。注：暴风从下而上谓之飙。按：《字典》：飚、飙同讹作飇，俗作飚，皆音标，义亦同。
⑤［飕飗］《吴都赋》：与风飕飗，飓浏飕飗。《名画记》：烟霞翳薄，风雨飕飗。　⑥［九雏］《晋书》：穆帝升平四年，凤凰将九雏见于丰

城。古乐府：凤凰鸣啾啾，一母将九雏。《孙卿子》：凤鸟啾啾，其翼若干，其声若箫。　⑦［渔阳掺］《后汉书·祢衡传》：曹操闻衡善击鼓，乃以为鼓吏。因大会宾客，阅试音节。衡为《渔阳参挝》，蹀躞而前，声节悲壮。注：挝，击鼓椎也。参挝，击鼓之法。按：《韵会正韵》：掺，七绀切，骖去声，与参同。鼓曲也。　⑧［杨柳］《技录》：《折杨柳》，古曲名也。王褒诗：涂歌杨柳曲，巷饮榴花樽。　⑨［上林］《上林赋》：独不闻天子之上林乎。注：上林苑。

孟浩然

夜归鹿门歌

山寺钟鸣昼已昏,渔梁渡头争渡喧①。
人随沙岸向江村,余亦乘舟归鹿门。
鹿门月照开烟树②,忽到庞公栖隐处③。
岩扉松径长寂寥,唯有幽人自来去。

①［渔梁］按:渔梁,当作鱼梁。《水经注》:沔水中有鱼梁洲,庞德公所居。按:鱼梁洲在湖北襄阳府。 ②［鹿门］《一统志》:山在襄阳府城东南三十里。《襄阳记》:襄阳侯习郁立神祠于山,刻二石鹿夹神道口,因谓之鹿门山。 ③［庞公］《后汉书·逸民传》:庞德公者,襄阳人也。居岘山之南,未尝入城府,躬耕田里。荆州刺史刘表数延请,不能屈。后携妻子登鹿门山采药,不返。

李 白

庐山谣寄卢侍御虚舟①

我本楚狂人②,凤歌笑孔丘。
手持绿玉杖③,朝别黄鹤楼④。
五岳寻仙不辞远⑤,一生好入名山游。
庐山秀出南斗傍⑥,屏风九叠云锦张⑦,
_{此段自下望上。}
影落明湖青黛光。
金阙前开二峰长⑧,银河倒挂三石梁⑨。
香炉瀑布遥相望⑩,迥崖沓嶂凌苍苍⑪。
翠影红霞映朝日,鸟飞不到吴天长⑫。
登高壮观天地间⑬,大江茫茫去不还。
_{四句自上临下。}
黄云万里动风色,白波九道流雪山⑭。
好为庐山谣⑮,兴因庐山发。
_{以下寄侍御。}
闲窥石镜清我心⑯,谢公行处苍苔没⑰。
早服还丹无世情⑱,琴心三叠道初成⑲。
遥见仙人彩云里⑳,手把芙蓉朝玉京㉑。

先期汗漫九垓上，愿接卢敖游太清㉒。
寄卢。

①［庐山］《太平寰宇记》：庐山，在江州南，高三千六百六十丈，周回二百五十里。其山九叠，川亦九派。《九江志》：周武王时，匡裕兄弟七人皆有道术，结庐于此，仙去，空庐尚存，故曰庐山。按：庐山，在江西南康府西北二十里。又按：南康在庐山之阳，九江在庐山之阴。［卢虚舟］按：李华《三贤论》：范阳卢虚舟幼真，质方而清。贾至有《授卢虚舟殿中侍御史制》云：敕大理司直卢虚舟，闲邪存诚，遁世颐养。操持有清廉之誉，在公有干蛊之才，可殿中侍御史。　②［楚狂］《论语》：楚狂接舆歌而过孔子，曰："凤兮凤兮，何德之衰？往者不可谏，来者犹可追。已而已而，今之从政者殆而。"孔子下，欲与之言，趋而避之，不得与之言。《高士传》：陆通，字接舆，楚人也，时谓楚狂。楚王遣使者往聘，通变名易姓游诸名山，俗传以为仙去。　③［玉杖］《后汉书·礼仪志》：民年始七十者，授之以玉杖，长尺，端以鸠为饰。　④［黄鹤楼］《太平寰宇记》：费文祎登仙，驾鹤憩此。《述异记》：荀瑰憩江夏黄鹤楼上，望西南有物飘然降自云汉，乃驾鹤之宾也。宾主欢对，辞去，跨鹤腾空，渺然烟灭。按：黄鹤楼在湖北武昌府黄鹄矶上。　⑤［五岳］《周礼·春官·大宗伯》：以血祭祭社稷，五祀五岳。按：东岳泰山，在山东泰安府。西岳华山，在陕西华阴县。南岳衡山，在湖广衡州府。北岳恒山，在山西浑源州。中岳嵩山，在河南登封县。　⑥［南斗］《一统

志》：庐山上直南斗分野。　⑦［屏风］《一统志》：屏风叠在庐山，自五老峰而下，九叠如屏。［云锦］江淹诗：云锦被沙汭。　⑧［金阙二峰］《太上决疑经》：银宫金阙，列仙所居。《述异记》：庐山西南有石门山，状若双阙。按：二峰，即香炉峰、双剑峰也。　⑨［三石梁］《述异记》：庐山有三石梁，长数十丈，广不盈尺。按：《庐山纪事》：三叠泉在九叠屏之左，水势三折而下，如银河之挂石梁。⑩［香炉瀑布］《庐山记》：东南有香炉峰，游气笼其上，氤氲若香烟。又，南北有瀑布十余处，香炉峰与双剑峰在瀑布之旁。水源在山顶，人未有穷其源者。西为康王谷之水帘，东为开元禅院之瀑布。［相望］古诗：两宫遥相望。按：望音王。　⑪［沓嶂］任昉诗：沓嶂易成响。［苍苍］《庄子》：天之苍苍。　⑫［鸟飞］马援《武溪深曲》：滔滔武溪一何深，鸟飞不度，兽不敢临。嗟哉，武溪多毒淫。⑬［壮观］司马相如《封禅书》：斯天下之壮观。　⑭［九道］郭璞《江赋》：流九派于浔阳。《太平寰宇记》：《浔阳记》云："九江在浔阳，去州五里，名曰白马江，是大禹所疏。会于桑落洲，上下三百余里合流。昔秦皇、汉武并登庐山以望九江也。"《尚书》九江注：江于此州界，分为九道。《浔阳记》：九江注：一曰乌白江、二曰蜂江、三曰乌江、四曰嘉靡江、五曰畎江、六曰源江、七曰廪江、八曰提江、九曰箘江。［雪山］《雪赋》：雪山峙于西域。⑮［谣］《列子》注：徒歌曰谣。　⑯［石镜］《一统志》：石镜峰，在南康府西二十六里，有一圆石悬崖，明净照见人影，隐现无时。谢灵运《入彭蠡湖口》诗：攀崖照石镜。　⑰［谢公］谢灵运有《登庐山绝顶望诸峤》诗。　⑱［还丹］《参同契》：色转更为紫，赫然成还丹。《广弘明集》：烧丹成水银，还水银成丹，故曰还丹。　⑲［琴心三叠］按：《黄庭经》：琴心三叠舞胎仙。梁邱子注：琴，和也；叠，积也。存三丹田使和积如一。　⑳［彩云］王融诗：巫山彩云合。　㉑［玉京］《魏书·释老志》：道家之源，出于老子。先天地生，以资万类。上处玉京，为神王之宗；下在紫微，为飞仙之主。　㉒［卢敖］《淮南子》：卢敖游于北海，至蒙谷之上，见一士，方轩轩然迎风而舞。卢敖与之语曰："惟敖背郡离党，穷于六合之外，非敖而已乎。今卒睹夫子于是，子殆可与敖为友乎。"若士䁽然而笑曰："吾与汗漫期于九垓之外，吾不可以久留。"若士举臂而竦身，遂入云中。高诱注：卢敖，燕人。秦始皇召以为博士，使求神仙，亡而不反。汗漫，不可知之也。九垓。九天之外。［太清］《淮南子》：太清之治也，和顺以寂寞。

梦游天姥吟留别①

海客谈瀛洲②，烟涛微茫信难求。
先作陪。
越人语天姥，云霓明灭或可睹③。
天姥连天向天横，势拔五岳掩赤城④。
叙天姥。

天台四万八千丈⑤,对此欲倒东南倾⑥。

我欲因之梦吴越,一夜飞度镜湖月⑦。
_{入梦游。}
湖月照我影,送我至剡溪⑧。

谢公宿处今尚在,绿水荡漾清猿啼。

脚著谢公屐⑨,身登青云梯⑩。

半壁见海日,空中闻天鸡⑪。

千岩万壑路不定,迷花倚石忽已暝。
_{倘怳迷离,纯是梦境,与实写游山景态者迥别。}
熊咆龙吟殷岩泉⑫,栗深林兮惊层巅⑬。

云青青兮欲雨,水澹澹兮生烟⑭。

列缺霹雳⑮,丘峦崩摧。

洞天石扉⑯,訇然中开⑰。

青冥浩荡不见底,日月照耀金银台⑱。

霓为衣兮风为马⑲,云之君兮纷纷而来下⑳。

虎鼓瑟兮鸾回车㉑,仙之人兮列如麻㉒。

忽魂悸以魄动㉓,怳惊起而长嗟㉔。

惟觉时之枕席,失向来之烟霞。

世间行乐亦如此,古来万事东流水。
_{二句结穴,点明作诗之旨。}
别君去兮何时还,且放白鹿青崖间㉕,

须行即骑访名山。

安能摧眉折腰事权贵㉖，使我不得开心颜。

①［天姥］《一统志》：天姥峰，在台州天台县西北，与天台山相对，其峰孤峭，下临嵊县，仰望如在天表。按：姥音母。　②［瀛洲］《十洲记》：瀛洲在东海中，地方四千里。　③［云霓］谢灵运诗：暝投剡中宿，明登天姥岑。高高入云霓，还期那可寻。　④［赤城］孙绰《天台山赋》：赤城霞起而建标。《太平广记》：章安县西有赤城山，周三十里。一峰特高，可三百余丈。按：章安即今台州府宁海县。又按：赤城山在天台北，石皆赤色，壁立如城。《舆地志》：赤城山有赤石罗列，长里余，遥望似赤城。　⑤［天台］《云笈七签》：天台山高一万八千丈，洞周围五百里。名上玉清平之天，上应台星，故曰天台。在台州天台县。⑥［东南倾］《楚辞》：康回冯怒，地何故以东南倾？　⑦［镜湖］《述异记》：越州镜湖，世传轩辕铸镜湖边，因得名。按：越州即今绍兴府。⑧［剡溪］《元和志》：剡溪出越州剡县西南，北流入上虞县界，为上虞江。按：剡县即今绍兴府嵊县。⑨［谢公屐］《南史》：谢灵运寻山陟岭，必造幽峻，岩嶂数十重，莫不备尽登蹑。尝著木屐，上山则去其前齿，下山则去其后齿。　⑩［青云梯］谢灵运《登石门最高顶》诗：惜无同怀客，共登青云梯。⑪［天鸡］《天中记》：桃都山有大树曰桃都，枝相去三千里，上有天鸡。日初出照此木，天鸡即鸣，天下鸡皆随之。⑫［熊咆龙吟］《楚辞》：虎豹斗兮熊罴咆。《广韵》：咆音庖。咆嗥，

熊虎声。张衡赋：龙吟方泽。〔岩泉〕萧钧诗：岩泉咽不流。　⑬〔层巅〕谢灵运诗：筑观基曾巅。按：曾音层。　⑭〔澹澹〕《高唐赋》：水澹澹而盘纡。《说文》：澹，水摇也。　⑮〔列缺霹雳〕扬雄《羽猎赋》：霹雳列缺，吐火施鞭。应劭注：霹雳，雷也。列缺，天隙雷光也。《通雅》：列缺，电光也。阳气从云决裂而出，故曰列缺。　⑯〔洞天〕《高士传》：洞天周涉，妙药为粮。本集注：唐贞观中，华阴云台观法师，随长公弼行至一石壁，临无底之谷，一径阔数寸。公弼以指扣石壁，划然开一门，中有天地日月。　⑰〔訇〕訇音轰，大声也。　⑱〔金银台〕郭璞诗：神仙排云出，但见金银台。　⑲〔霓衣风马〕《楚辞》：青云衣兮白霓裳。《汉书·郊祀歌》：灵之下兮若风马。傅玄《吴楚歌》：云为车兮风为马。　⑳〔来下〕《楚辞》：流澌纷兮将来下。　㉑〔虎鼓瑟〕《西京赋》：总会仙侣，戏豹舞罴。白虎鼓瑟，苍龙吹篪。〔鸾车〕《太平御览》：太微天帝，登白鸾之车。《楚辞》：既亡鸾车之幽蔼。　㉒〔列如麻〕上元夫人《步元曲》：忽过紫微垣，真人列如麻。㉓〔悸〕《说文》：悸音忌，心动也。　㉔〔惊起〕鲍照诗：惊起空叹息，恍惚神魂飞。　㉕〔白鹿〕《楚辞》：骑白鹿而容与。〔青崖〕江淹诗：猿啸青崖间。　㉖〔摧眉〕王琦注：摧眉，低首也。〔折腰〕梁萧统《陶潜传》：渊明，浔阳柴桑人也。少有高趣，为彭泽令。岁终，会郡道督邮至，吏请曰："应束带见之。"渊明叹曰："我不能为五斗米折腰向乡里小儿！"即日解绶去职。〔权贵〕《汉书》：杜业不附权贵。

金陵酒肆留别

风吹柳花满店香①,吴姬压酒劝客尝。
金陵子弟来相送,欲行不行各尽觞②。
请君试问东流水③,别意与之谁短长。

①[柳花]古乐府:柳花经东阴。 ②[尽觞]曹植诗:别易会难,当各尽觞。 ③[东流水]乐府:不见东流水,何时复西归。

宣州谢朓楼饯别校书叔云①

弃我去者,昨日之日不可留。
乱我心者,今日之日多烦忧。
长风万里送秋雁,对此可以酣高楼②。
蓬莱文章建安骨③,中间小谢又清发④。
俱怀逸兴壮思飞⑤,欲上青天览日月。（校书／自喻）
抽刀断水水更流,举杯销愁愁更愁⑥。
人生在世不称意,明朝散发弄扁舟⑦。

①［谢朓楼］《江南通志》：宁国府北楼。谢朓为宣城太守时所建，亦称谢公楼。按：今宁国府，东汉曰宣城，隋唐曰宣州。《南史》：谢朓，字玄晖，文章清丽。［校书］按：《唐书》：魏征奏引诸儒校集秘书，国家图籍，粲然完整。　②［酣］孔安国《尚书传》：乐酒曰酣。③［蓬莱］《后汉·窦章传》：是时，学者称东观为老氏藏室，道家蓬莱山。注：言东观经籍多也。蓬莱，海中神仙，为仙府。幽经秘录，并皆在焉。［建安］《沧浪诗话》：东汉建安之末，有孔融、王粲、陈琳、徐幹、刘桢、应玚、阮瑀及曹氏父子所作之诗，世谓之"建安体"。风骨遒上，最饶古气。按：建安，献帝年号。　④［小谢］钟嵘《诗品》论谢惠连云：小谢才思富捷，恨其兰玉凤凋，故长辔未骋。　⑤［壮思飞］刘桢诗：君侯多壮思，文雅纵横飞。卢思道《卢记室诔》：丽词泉涌，壮思云飞。　⑥［销愁］曹子建诗：谁与销愁。⑦［散发］《后汉书·袁闳传》：延熹末，党事将作，闳遂散发绝世。

岑参

走马川行奉送封大夫出师西征①

君不见走马川行雪海边②,平沙莽莽黄入天③。_{川行形势。}
轮台九月风夜吼④,一川碎石大如斗,随风满地石乱走。
匈奴草黄马正肥⑤,金山西见烟尘飞⑥,汉家大将西出师。_{出师西征。}
将军金甲夜不脱⑦,半夜军行戈相拨,风头如刀面如割⑧。_{以下写军行之苦。}
马毛带雪汗气蒸,五花连钱旋作冰⑨,幕中草檄砚水凝⑩。
虏骑闻之应胆慑⑪,料知短兵不敢接⑫,军师西门伫献捷⑬。

①〔走马川〕按:雪海,西域康居地。走马川,川之近雪海者。〔封大夫〕《唐书》:封常清,蒲州人。擢安西副大都护,安西四镇节度副大使。未几,改北庭都护,持节伊西节度使。 ②〔雪海〕《唐书·西域传》:葱岭水南流者,经中国入于海。北流者,经胡入于海。北三日,行度雪海,春夏常雨雪。 ③〔黄沙〕《北史·吐谷浑传》:沙州刺史部内有黄沙,周围数百里不生草木,因号沙州。何逊诗:远岸平沙合。 ④〔轮台〕《唐书·地理志》:北庭大都护府有轮台县,大历六年置,有静塞军。 ⑤〔马肥〕《史记·匈奴传》:秋,马肥,大会蹛林。

⑥［金山］《北边备对》：突厥阿史那氏得古匈奴北部之地，居金山之阳。《一统志》：金山在陕西永昌卫城北二里。又，在故昌松县南。 ⑦［金甲］蔡琰诗：金甲耀日光。 ⑧［风如刀］《汉书》：热风如烧，寒风如刀。 ⑨［五花］《名画要录》：开元内厩，有飞黄、照夜、浮云、五花之乘。［连钱］梁元帝《紫骝马》诗：长安美少年，金络铁连钱。《尔雅》：青骊驎驒。注：色有深浅，斑驳隐邻曰驒，今之连钱骢也。 ⑩［草檄］《南史·蔡景历传》：武帝将讨王僧辩，召令草檄，景历援笔立成檄。注见下篇。 ⑪［慑］按：慑，质涉切，音輒，失气也。服也。怖也。又音摄，慑慴，恐惧也。 ⑫［短兵］《楚辞》：车错毂兮短兵接。 ⑬［军师］按：王阮亭《古诗选》作车师。《汉书·西域传》：轮台，西去车师千余里。又，车师前国，王治交河城。后国，王治务涂谷。按：蘅塘退士本作军师。［献捷］《左传》：蛮夷戎狄，不式王命，王命伐之，则有献捷，王亲授而劳之。

轮台歌奉送封大夫出师西征

轮台城头夜吹角①，轮台城北旄头落②。
　　　　　闻。　　　　　　　见。
羽书昨夜过渠黎③，单于已在金山西④。
戍楼西望烟尘黑⑤，汉军屯在轮台北。
上将拥旄西出征⑥，平明吹笛大军行⑦。
　　　出师西征。

四边伐鼓雪海涌⑧，三军大呼阴山动⑨。
_{二句所闻。}
虏塞兵气连云屯⑩，战场白骨缠草根⑪。
剑河风急云片阔⑫，沙口石冻马蹄脱。
_{天寒。} _{地冻。}
亚相勤王甘苦辛⑬，誓将报主静边尘⑭。
_{送封。}
古来青史谁不见⑮，今见功名胜古人。

①〔吹角〕《演繁露》：蚩尤与黄帝战，帝命吹角作龙吟御之。
②〔旄头〕《史记·天官书》：昴曰旄头，胡星也。注：动摇若跳跃者，胡兵大起。　③〔羽书〕《史记·高帝纪》：以羽檄征天下兵。注：檄者，以木简为书，长尺二寸，用征召也。有急事，则加以鸟羽插之，名曰羽檄。〔渠黎〕《汉书·西域传》：渠犁城至龟兹五百八十里。自武帝初通西域，置校尉，屯田渠犁。按：黎亦作犂。　④〔单于〕《史记》：皇帝敬问匈奴单于。《前汉·匈奴传》：单于者，广大之貌也。按：单音蝉，单丁者，匈奴君也。　⑤〔戍楼〕庾信诗：戍楼侵岭路。⑥〔上将〕《史记》：怀王使宋义为上将。〔拥旄〕班固《祝文》：仗节拥旄。
⑦〔吹笛〕《乐纂》：军中之乐，鼓笛为上，使闻之者，壮勇而乐和。
⑧〔四边〕朱超诗：云雾四边收。〔伐鼓〕《诗·小雅》：伐鼓渊渊。《东都赋》：举烽伐鼓，申令三驱。　⑨〔大呼〕《后汉书·臧宫传》：宫进兵，呼声动山谷。〔阴山〕《汉书·匈奴传》：侯应曰："臣闻北边塞至辽东，外有阴山，东西千余里，草木茂盛，多禽兽，本冒顿单于依阻

其中,治作弓矢,来出为寇,是其苑囿也。至孝武时,出师征伐,斥夺其地,攘之于幕北。然后边境得用少安。边长老言,匈奴失阴山之后,过之未尝不哭也。" ⑩[房塞]《汉书·匈奴传》:遣人之西河虎猛,制房塞下。注:虎猛,县名,制房塞在其界。[兵气]《汉书·西域传》:矛端生火,此兵气也。[云屯]《后汉书·南匈奴传》:控弦抗戈,觇望风尘。云屯鸟散,更相驰突。 ⑪[白骨]蔡琰诗:白骨不知谁。江淹《恨赋》:试望平原,蔓草萦骨。 ⑫[剑河]《唐书·回鹘传》:青山东,有水曰剑河,偶艇以度,水悉东北。河经其国,合而北入海。⑬[亚相]汉制:御史大夫谓之亚相,见《容斋续笔》。[勤王]《书·金縢》:昔公勤劳王家。⑭[边尘]江淹诗:何日边尘静。⑮[青史]江淹《上建平王书》:俱启丹册,并图青史。

白雪歌送武判官归京

北风卷地白草折①,胡天八月即飞雪。
  因风下雪。
忽如一夜春风来,千树万树梨花开②。
  四句咏雪。
散入珠帘湿罗幕③,孤裘不暖锦衾薄④。
将军角弓不得控⑤,都护铁衣冷犹著⑥。
  四句雪后之寒。
瀚海阑干百丈冰⑦,愁云惨淡万里凝。
  因雪成冰。

中军置酒饮归客⑧,胡琴琵琶与羌笛⑨。
<small>以下送武。</small>
纷纷暮雪下辕门⑩,风掣红旗冻不翻⑪。
轮台东门送君去,去时雪满天山路。
山回路转不见君,雪上空留马行处。
<small>仍归到雪上作结。</small>

①[白草]《汉书·西域传》:鄯善国多白草。注:白草,草之白者,似莠而细,无芒。　②[梨花]萧子显诗:洛阳梨花落如雪。　③[入帘]《雪赋》:终开帘而入隙。[罗幕]陆机诗:兰室接罗幕。　④[狐裘]《诗·桧风》:羔裘逍遥,狐裘以朝。[锦衾]《诗》:角枕粲兮,锦衾烂兮。　⑤[角弓]鲍照诗:角弓不可张。《周礼》:燕之角翰曰角弓,出幽燕。　⑥[铁衣]《木兰诗》:寒光照铁衣。　⑦[瀚海]《史记·匈奴传》:骠骑将军与左贤王接战,左贤王遁走。骠骑封于狼居胥山,禅姑衍,临瀚海而还。注:瀚同翰,瀚海,北海名。群鸟解羽于此。糜羲诗:瀚海愁云生。[阑干]按:阑干,纵横貌。《吴都赋》:珠琲阑干。[百丈冰]《神异经》:北方层冰万里,厚百丈。　⑧[中军]《诗》:中军作好。《周礼》:大司马中军以鼙令鼓。　⑨[胡琴]《剑侠传》:王敬宏于威远军会宴,有侍妓善鼓胡琴。[琵琶]《晋书·阮咸传》:咸妙解音律,善弹琵琶。《释名》:琵琶本出于胡中,马上所鼓也。推手前曰枇。引手却曰杷。象其鼓时,因以为名也。⑩[辕门]《汉书》注:军行以车为阵,辕相向为门。　⑪[旗冻]虞世基诗:霜旗冻不翻。

杜 甫

韦讽录事宅观曹将军画马图①

国初已来画鞍马,神妙独数江都王②。
将军得名三十载,人间又见真乘黄③。
曾貌先帝照夜白④,龙池十日飞霹雳⑤。
_{先作陪衬。}
内府殷红马脑盘⑥,婕妤传诏才人索⑦。
盘赐将军拜舞归⑧,轻纨细绮相追飞。
贵戚权门得笔迹⑨,始觉屏障生光辉。
昔日太宗拳毛䯄⑩,近时郭家狮子花⑪。
今之新图有二马,复令识者久叹嗟。
此皆骑战一敌万⑫,缟素漠漠开风沙。
其余七匹亦殊绝,迥若寒空动烟雪。
_{又七匹。}
霜蹄蹴踏长楸间⑬,马官厮养森成列⑭。
_{带叙。}
可怜九马争神骏,顾视清高气深稳⑮。
_{总一笔。}
借问苦心爱者谁,后有韦讽前支遁⑯。
_{点韦。}
忆昔巡幸新丰宫⑰,翠华拂天来向东⑱。
_{以下就马发感慨。}

腾骧磊落三万匹⑲，皆与此图筋骨同⑳。
自从献宝朝河宗㉑，无复射蛟江水中㉒。
君不见金粟堆前松柏里㉓，龙媒去尽鸟呼风㉔。

①［韦讽］按：黄鹤注：讽为阆州录事，居在成都。［曹将军］《名画记》：曹霸，魏曹髦之后。髦画称于魏代。霸在开元中已得名。天宝末，每诏画御马及功臣。官至左武卫将军。　②［神妙］孔臧《柳赋》：固神妙之不如。［江都王］《名画记》：江都王绪，霍王元轨之子，太宗犹子也。善书画，鞍马擅名。垂拱中，官至金州刺史。③［乘黄］《竹书纪年》：帝舜元年，出乘黄之马。《穆天子传》：伯夭皆致河典，乃乘渠黄之乘，为天子先，以极西土。董迪《画跋》：乘黄，其状如狐，背上有角。霸所画马，未尝如此，特论其神骏耳。④［照夜白］《明皇杂录》：上所乘马有玉花骢、照夜白。《开元记》：照夜白，封太山回，令陈闳图之。《画鉴》：曹霸《人马图》，红衣美髯奚官牵玉面骍，绿衣阉官牵照夜白。　⑤［龙池］《唐六典》注：兴庆宫，今上潜龙旧宅也。宅东有井，忽涌出为小池，尝有云气，或黄龙出其中。景云中，其沼浸广，遂颃洞为龙池也。《长安志》：龙池，在南内南薰殿北。　⑥［内府］《周礼》：内府掌受九贡、九赋、九功之货贿。［马脑盘］《唐书·裴行俭传》：平都支、遮匐获玛瑙盘，广二尺，文彩烂然。按：玛瑙，亦作马脑。　⑦［婕妤才人］《唐书·百官志》：内宫有婕妤九人，正三品。才

人七人,正四品。《汉书·外戚传》注:婕,言接幸于上。好,美称也。 ⑧〔拜舞〕《吴越春秋》:群臣拜舞天颜舒。 ⑨〔权门〕《汉书·息夫躬传》:趋权门为名。〔笔迹〕陆机表:事踪笔迹,皆可推校。 ⑩〔拳毛䯄〕《长安志》:太宗所乘六骏,刻石象于昭陵北阙之下。五曰拳毛䯄,黄马黑喙,平刘黑闼时所乘。 ⑪〔狮子花〕《杜阳杂编》:代宗自陕还,命御马九花虬并紫玉鞭辔赐郭子仪。以身被九花文,号九花虬。额高九寸,毛拳如麟。亦有狮子骢,皆其类。按:《天中记》载《杜诗注》:狮子花即九花虬也。 ⑫〔骑战〕《六韬》:车与骑战,一车当几骑。⑬〔蹴踏〕《南都赋》:蹴踏咸阳。〔长楸〕曹植诗:走马长楸间。 ⑭〔马官〕《晋书·天文志》:东壁北十星曰天厩,主马之官。若今驿亭也。〔厮养〕按:郭茂倩《乐府·杂曲》,有《邯郸才人嫁为厮养卒妇歌》。按:《汉书》注:析薪为厮,烹炊为养。 ⑮〔清高〕《高士传》:郑朴修静默,世服其清高。 ⑯〔支遁〕《世说》:支遁尝养数匹马,或言:"道人畜马不韵。"支遁曰:"贫道重其神骏耳。" ⑰〔新丰宫〕《唐书·地理志》:京兆府昭应县,本新丰,有温泉宫,更曰华清宫。《唐志》:昭应本新丰,有宫在骊山下。 ⑱〔翠华拂天〕《上林赋》:建翠华之旗。《东都赋》:旌旗拂天。 ⑲〔腾骧〕《西京赋》:乃奋翅而腾骧。〔磊落〕按:《文选》注:磊落,众多貌。〔三万匹〕萧子显诗:汉马三万匹。 ⑳〔筋骨〕《列子》:伯乐曰:"良马可形容筋骨相也。" ㉑〔献宝〕《穆天子传》:天子西征至阳纡之山,河伯冯夷之所都居，是惟河宗氏，天子沉璧礼焉。河伯乃与天子披图视典，用观天子之宝器，曰天子之宝。《玉海》引《水经注》：玉果、璇珠、烛银、金膏等物，皆河图所载，河伯所献。穆王观图，乃导以西迈矣。按：穆王自此归而上升，以此玄宗之升遐也。　㉒〔射蛟〕《汉书·武帝纪》：元封五年，自浔阳浮江，亲射蛟江中，获之。　㉓〔金粟堆〕《旧唐书》：明皇亲拜五陵，至睿宗桥陵，见金粟山冈有龙蟠虎踞之势，复近先茔。谓侍臣曰："吾千秋万岁后，宜葬此地。"暨升遐，遵先旨葬焉。《长安志》：明皇泰陵在蒲城东北三十里金粟山。　㉔〔龙媒〕《汉书·礼乐志》：天马倈兮龙之媒。〔呼风〕《楚辞》：遵野莽以呼风。

丹青引 赠曹将军霸①

将军魏武之子孙②，于今为庶为清门③。
<small>四句叙曹家世。</small>
英雄割据今已矣④，文彩风流今尚存⑤。
学书初学卫夫人⑥，但恨无过王右军⑦。
丹青不知老将至，富贵于我如浮云⑧。
开元之中常引见⑨，承恩数上南薰殿⑩。
<small>先写画人。</small>
凌烟功臣少颜色⑪，将军下笔开生面⑫。
良相头上进贤冠⑬，猛将腰间大羽箭⑭。
褒公鄂公毛发动⑮，英姿飒爽来酣战⑯。

先帝天马玉花骢,画工如山貌不同⑰。
<small>次写画马。</small>
是日牵来赤墀下⑱,迥立阊阖生长风⑲。
<small>先写真马。只一句气象万千。</small>
诏谓将军拂绢素,意匠惨澹经营中⑳。
斯须九重真龙出㉑,一洗万古凡马空㉒。
<small>次写画马。只二句已尽其工处。</small>
玉花却在御榻上,榻上庭前屹相向。
<small>真马画马夹写,更奇。</small>
至尊含笑催赐金㉓,圉人太仆皆惆怅㉔。
弟子韩干早入室㉕,亦能画马穷殊相。
<small>余波再叙。</small>
干惟画肉不画骨,忍使骅骝气凋丧㉖。
<small>收画马,言外见霸之工在画骨。</small>
将军画善盖有神,必逢佳士亦写真㉗。

即今飘泊干戈际,屡貌寻常行路人。

途穷反遭俗眼白㉘,世上未有如公贫。
<small>有欲去此四句者,其说颇有见。</small>
但看古来盛名下㉙,终日坎壈缠其身㉚。

①〔丹青〕《汉书·苏武传》:李陵贺武曰:"竹帛所载,丹青所画。" ②〔魏武〕按:曹将军,曹髦之后。曹髦,魏武帝之曾孙。在位六年,为司马昭所弑。 ③〔为庶〕《左传·昭公三十二年》:三后之姓,于今为庶。注:夏、商、周,三后之子孙,本高贵也,今或降而为众庶。 ④〔割据〕《汉书·叙传》:割据山河。 ⑤〔文彩〕《报任安书》:文彩不彰于后世。〔风流〕《后汉·樊英传》:世之所谓名士者,其风流可知矣。 ⑥〔卫夫人〕《法书要录》:羊欣传古来能书人名,蔡

邕受于神人而传崔瑗及女文姬。文姬传之钟繇，钟繇传之卫夫人，卫夫人传之王羲之。《书断》：卫夫人名铄，字茂漪，廷尉展之女弟，恒之从女，汝阴太守李矩之妻也。隶书尤善，规矩钟公，右军尝师之，永和五年卒。子充为中书郎，亦工书。《书史会要》：王旷，导从弟，与卫世为中表，故得蔡邕书法于卫夫人，以授子羲之。　⑦［王右军］《晋书》：王羲之字逸少，起家秘书郎，后为右军将军。《书断》：篆、籀、八分、隶书、章草、飞白、行书、草书，通谓之八体，惟王右军兼工。　⑧［富贵浮云］《论语》·不义而富且贵，于我如浮云。　⑨［引见］《汉书·于商传》：引见白虎殿。　⑩［南薰殿］《长安志》：兴庆宫之北有龙池，前有瀛洲，门内有南薰殿。　⑪［凌烟］《唐书》：太宗图功臣于凌烟阁。　⑫［下笔］《贾捐之传》：君房下笔，语言妙天下。［生面］《南史·王琳传》：回肠疾首，切犹生之面。　⑬［进贤冠］《后汉·舆服志》：进贤冠，古缁布冠也。文儒者之服。　⑭［猛将］李陵《答苏武书》：猛将如云，谋臣如雨。［羽箭］《酉阳杂俎》：太宗好用四羽大笴长箭，尝一抉射洞门阖。　⑮［褒公鄂公］《旧唐书》：凌烟功臣李靖等二十四人：开府仪同三司、鄂国公尉迟敬德第七。故辅国大将军、扬州都督、褒国忠壮公段志元第十。　⑯［英姿］《后汉书·马武传》：英姿茂绩。［酣战］《韩非子》：楚师酣战之声。　⑰［貌不同］沈约诗：如娇如怨貌不同。　⑱［赤墀］见上蔡女《胡笳》青琐注。　⑲［阊阖］《淮南子》：排阊阖，沦天门。《离骚》：吾令帝阍开关兮，倚阊阖而望予。

⑳［意匠］《文赋》：意司契而为匠。［经营］《历代画品》：画有六法，五曰经营位置。　㉑［斯须］《乐记》：礼乐不可斯须去身。按：《读杜心解》及王阮亭《古诗选》，"斯须"俱作"须臾"。［真龙］《论衡》：楚叶公好龙，真龙闻而下之。《尚书中候》：帝尧即政，有真龙衔甲，赤文绿色，有帝王录兴亡之数。　㉒［凡马］《抱朴子》：凡马野鹰。㉓［至尊］《尔雅》疏：君者至尊之号。《史记·武帝纪》：朕以眇眇之身承至尊，兢兢焉惧弗任。　㉔［圉人］《周礼》：圉人掌养马。［太仆］《汉书·百官表》：太仆，秦官，掌舆马。［惆怅］按：《申氏说杜》：惆怅者，讶其画之似真。　㉕［韩干］《名画记》：韩干，大梁人，王右丞见其画推奖之。官至太府寺丞。善写人物，尤工鞍马。初师曹霸，后独自擅。玄宗好大马，西域岁有献马者，干悉图其骏，则有玉花骢、照夜白等。　㉖［骅骝］《汉书·地理志》：造父得骅骝、骐耳之乘。［凋丧］陆机诗：旧齿皆凋丧。　㉗［写真］《唐书》：阎立本善于写真，《十八学士图》乃立本之迹。　㉘［眼白］《晋书·阮籍传》：籍能为青白眼，见礼俗之士以白眼对之。母终，嵇喜来吊，籍作白眼。喜不怿而退。　㉙［盛名下］《后汉·黄琼传》：盛名之下其实难副。㉚［坎壈］《九辩》：坎壈兮，贫士失职而志不平。《楚辞》：志坎壈而不违。

寄韩谏议注①

今我不乐思岳阳②,身欲奋飞病在床③。
<small>此诗向无确解。所称美人,或以为即指谏议,则谏议</small>
美人娟娟隔秋水④,濯足洞庭望八荒⑤。
<small>不知何人,无从据信。钱注谓指李泌,尤牵强附会,</small>
鸿飞冥冥日月白⑥,青枫叶赤天雨霜⑦。
<small>毫无证据,但其诗直迫屈宋,不可不读。学者当如</small>
玉京群帝集北斗⑧,或骑麒麟翳凤凰⑨。
<small>读兼葭秋水之篇,初不知其何指,而往复低佪,自有</small>
芙蓉旌旗烟雾落,影动倒景摇潇湘⑩。
<small>不能已者。必求其以实之则凿矣。</small>
星宫之君醉琼浆⑪,羽人稀少不在旁⑫。

似闻昨者赤松子⑬,恐是汉代韩张良⑭。

昔随刘氏定长安⑮,帷幄未改神惨伤⑯。

国家成败吾岂敢,色难腥腐餐枫香⑰。

周南留滞古所惜⑱,南极老人应寿昌⑲。

美人胡为隔秋水,焉得置之贡玉堂⑳。
<small>结明诗旨。</small>

①[谏议]按:谏议大夫起于后汉。《续通典》:武后龙朔二年改为正谏大夫。开元以来,仍复。凡四人,属门下官。 ②[不乐]《诗·唐风》:今我不乐,日月其除。[岳阳]师注:岳州巴陵郡曰岳阳,有君山、洞庭、湘江之胜。按:此系谏议隐居处。《地理志》:岳州在岳之阳,故曰岳阳。按:岳阳即今湖广岳州府。 ③[奋飞]《诗·邶风》:静言思之,不能奋飞。 ④[娟娟]鲍照《初月》诗:未映西北墀,娟娟

似娥眉。　⑤〔洞庭〕《禹贡》：九江孔殷。注：九江，即今之洞庭湖也。沅水、渐水、元水、辰水、叙水、酉水、澧水、资水、湘水，皆合于洞庭，意以是名九江也。按：洞庭在府西南。〔八荒〕《扬雄传》：陟西岳以望八荒。　⑥〔鸿飞冥冥〕《法言》：鸿飞冥冥，弋人何篡焉。
⑦〔枫叶〕谢灵运诗：晓霜枫叶丹。〔雨霜〕鲍照诗：北风驱雁天雨霜。
⑧〔玉京〕按：元君注：玉京者，无为之天也。东、南、西、北，各有八天，凡三十二天，盖三十二帝之都。玉京之下，乃昆仑北都。〔群帝〕江淹诗：群帝共上下。〔北斗〕《晋书·天文志》：北斗在太微北，七政之枢机，号令之主。　⑨〔麒麟〕《集仙录》：群仙毕集，位高者乘鸾，次乘麒麟，次乘龙凤鹤，每翅各大丈余。　⑩〔倒景〕《大人赋》：贯列缺之倒景。《注》引《陵阳子明经》：列缺气去地二千四百里；倒景气去地四千里，其景皆倒在下。〔潇湘〕谢朓诗：洞庭张乐地，潇湘帝子游。
⑪〔星宫〕《前汉·天文志》：经星常宿，中外官凡百七十八名，积数七百八十三星，皆有州国官宫物类之象。〔琼浆〕《楚辞》：华爵既陈，有琼浆些。　⑫〔羽人〕《楚辞》：仍羽人于丹丘。　⑬〔赤松子〕《史记·留侯世家》：张良曰："吾以三寸舌为帝者师，封万户，位列侯，布衣之极，于良足矣。愿弃人间事，从赤松子游耳。"乃学避谷引道轻身。　⑭〔韩张良〕陆机《高祖功臣传》：太子少傅留文成侯韩张良。
⑮〔刘氏〕《汉书·高祖纪》：帝尝与吕后曰："周勃厚重少文，然安刘氏者必勃也，可令为太尉。"　⑯〔帷幄〕《高帝纪》：运筹帷幄之中，

决胜千里之外,吾不如子房。 ⑰[色难]《神仙传》:壶公数试费长房,继令啖溷,臭恶非常,长房色难之。[腥腐]鲍照诗:何时与尔曹,啄腐共吞腥。[枫香]《尔雅》注:枫有脂而香。《南史》:任昉营佛殿,调枫香二石。 ⑱[周南留滞]《史记·太史公自序》:是岁,天子始建汉家之封,而太史公留滞周南,不得与从事。注:古之周南,今之洛阳。 ⑲[老人寿昌]《晋书》:老人一星在弧南。一曰南极,常以秋分之旦见于丙,秋分之夕没于丁。见则治平,主寿昌。 ⑳[玉堂]《十洲记》:昆仑有流精之阙,碧玉之堂,西王母所治也。按:《梦溪笔谈》:唐翰林院在禁中,乃人主燕居之所。玉堂、承明、金銮殿,皆在其间。

古 柏 行

孔明庙前有老柏①,柯如青铜根如石②。
霜皮溜雨四十围,黛色参天二千尺③。
君臣已与时际会④,树木犹为人爱惜⑤。
二句揭明通首作意。
云来气接巫峡长⑥,月出寒通雪山白⑦。
忆昨路绕锦亭东⑧,先主武侯同閟宫⑨。
崔嵬枝干郊原古,窈窕丹青户牖空⑩。
落落盘踞虽得地⑪,冥冥孤高多烈风⑫。
扶持自是神明力⑬,正直原因造化功。
是古柏。

大厦如倾要梁栋⑭,万牛回首丘山重⑮。
是孔明庙前之柏,正喻夹发,言近指远,托兴遥深。
不露文章世已惊⑯,未辞剪伐谁能送⑰。
苦心岂免容蝼蚁⑱,香叶曾经宿鸾凤⑲。
志士仁人莫怨嗟,古来材大难为用。
结穴。

①[孔明庙柏]《蜀志》:诸葛亮,字孔明,身长八尺。每自比于管仲、乐毅。先主即帝位,策为丞相。建兴元年封武乡侯。按:赵注《杜诗解》:成都先主庙,武侯祠堂附焉。夔州先主庙、武侯庙各别。此诗盖指夔州柏也。按:杜诗《夔州十绝》云:"武侯祠堂不可忘,中有松柏参天长。"即指此。 ②[铜石]任昉《述异记》:卢氏县有卢君冢,冢傍柏一株,根劲如铜石。 ③[黛色]江淹《竹赋》:黛色参天。 ④[际会]张衡诗:邂逅承际会。 ⑤[爱树]《左传》:思其人而爱其树。 ⑥[云来]萧悫诗:云来觉山近。[巫峡]《宜都山川记》:巴东三峡巫峡长。 ⑦[雪山]《后汉书·班超传》注:西域有白山,通岁有雪,亦名雪山,在成都西。 ⑧[锦亭]《蜀志》:锦江,织锦成,濯其中则鲜明,故曰锦江。按:锦江在成都。又按:朱注:严武有《寄题杜二锦江野亭》诗,故曰锦亭。 ⑨[閟宫]《诗·鲁颂》:閟宫有侐。注:閟,深闭也。宫,庙也。侐,清静也。《寰宇记》:先主庙西院即武侯庙。庙前有双大柏,古峭可爱,人云武侯所植。赵注:此追言成都庙中柏也。
⑩[窈窕]《鲁灵光殿赋》:旋室婳娟以窈窕。[户牖]鲍照诗:开轩当

户牖。 ⑪［落落］杜笃赋：长松落落。［盘踞］中山王《文木赋》：或如龙盘虎踞。［得地］沈约赋：栖根得地。 ⑫［烈风］陆机序：欲陨之叶，无所借烈风。 ⑬［扶持］《游天台山赋》：实神明之所扶持。 ⑭［大厦］《文中子》：大厦之倾，非一木所支。［梁栋］《晋书》：括柏豫章虽小，已有栋梁之器。梁武帝诗：出家为上首，入仕作梁栋。 ⑮［万牛］按：本诗注：杜预《水灾疏》：所留好种万头，此万牛所本。［丘山］鲍照诗：丘山不可胜。 ⑯［文章］中山王《文木赋》：既剥既刊，见其文章。 ⑰［剪伐］《诗·召南》：蔽芾甘棠，勿剪勿伐，召伯所茇。 ⑱［蝼蚁］贾谊赋：横江湖之鳣鲸兮，固将制于蝼蚁。按：蝼即蝼蛄，秦晋间谓之蠢。 ⑲［鸾凤］《易林》：枝叶茂盛，鸾凤以庇。谢承《后汉书》：方储种松柏，鸾栖其上。

唐诗三百首补注卷三 七言古诗

杜 甫

观公孙大娘弟子舞剑器行并序①
书法妙。题已定诗旨。

大历二年十月十九日，夔府别驾元持宅，见临颍
<small>代宗年号。</small>
李十二娘舞剑器，壮其蔚跂。问其所师，曰："余公孙大娘弟子也。"开元三载，余尚童稚，记于郾城②，观公孙氏舞剑器浑脱③，浏漓顿挫，独出冠时。自高头宜春、梨园二伎坊内人④，洎外供奉，晓是舞者，圣文神武皇帝初，公孙一人而已。玉貌锦衣⑤，况余（按：蘅塘退士云："况余二字，当是晚余之讹。"又按：《读杜心解》评云："玉貌忆公孙，白首悲今我，则况余二字不谬矣。"）白首，今兹弟子，亦匪盛颜。既辨其由来，知波澜莫二。抚事感慨，聊为《剑器行》。往者吴人张旭⑥，善草书书帖，数常于邺县见公孙大娘舞西河剑器，自此草书长进。豪荡感激，即公孙可知矣。

昔有佳人公孙氏，一舞剑器动四方。
观者如山色沮丧⑦，天地为之久低昂。
㸌如羿射九日落⑧，矫如群帝骖龙翔⑨。
来如雷霆收震怒⑩，罢如江海凝清光。
绛唇珠袖两寂寞，晚有弟子传芬芳。
临颍美人在白帝⑪，妙舞此曲神扬扬⑫。
与余问答既有以⑬，感时抚事增惋伤⑭。
先帝侍女八千人，公孙剑器初第一。
五十年间似反掌⑮，风尘澒洞昏王室⑯。
梨园子弟散如烟，女乐余姿映寒日⑰。
金粟堆前木已拱⑱，瞿塘石城草萧瑟。
玳弦急管曲复终，乐极哀来月东出⑲。
老夫不知其所往，足茧荒山转愁疾⑳。

①［公孙剑器］《明皇杂录》：安禄山献白玉箫管数百事，陈于梨园。诸公主及虢国以下，竞为贵妃弟子。时公孙大娘能为《邻里曲》及《裴将军满堂势》《西河剑器浑脱》舞，妍妙皆冠绝于时。　②［临颍郾城］《唐书·地理志》：临颍、郾城二县，俱属许州。按：许州在河南。　③［剑器浑脱］《乐府杂录》：健舞曲有《棱大》《阿连》《柘

枝》《剑器》《胡旋》《胡腾》等。《正字通》：《剑器》，武舞，用女伎雄妆，空手而舞。《文献通考》：或以剑器为刀剑，误也。《唐书》：中宗宴近臣及修文学士，诏遍为伎。工部尚书张锡为《谈容娘》舞，将作大匠宗晋卿为《浑脱》舞。注按：《五行志》：长孙无忌以乌羊毛为浑脱毡帽，谓之赵公浑脱，因演以为舞。《居易录》按：陈旸《乐书》云：乐府诸曲，自古不用犯声，唐自则天末年，《剑器》入《浑脱》，为犯声之始。《剑器》宫调，《浑脱》商调，以臣犯君，故为犯声。又：唐多解曲，《柘枝》用《浑脱》解之类。观此，则《剑器浑脱》自别为舞曲之名。今人误读《杜诗序》，以"剑器"为句，而以"浑脱浏漓顿挫"六字为句，以为极赞舞器之妙，讹谬沿袭，文字中往往以"浑脱浏漓"四字连缀用之，可笑也。又阅李中麓《开元太仆塞上曲》云："黄河万里障边隅，点卤年来谋计殊。不用轻帆并短棹，浑脱飞渡只须臾。"自注云：脱音驼，然后知浑脱舞、浑脱帽皆当作平声。按：朱中丞《续谈》云：予于役三关，次太子滩，隔岸群彝来，乱流而渡，见有骑一物浮水面者，问之，曰："浑脱也。"盖取羊皮去其骨肉而制之，故以为名。浑脱帽义应尔。 ④［高头宜春］《教坊记》：右教坊在光宅坊，左教坊在延政坊。右多善歌，左多工舞。妓女入宜春苑，谓之内人，亦曰前头人。按：高头疑即前头之谓。［梨园］《唐书·礼乐志》：明皇既知音律，又酷爱法曲，选坐部伎子弟三百教于梨园。声音有误者必觉而正之，号皇帝梨园弟子。 ⑤［玉貌］鲍照《芜城赋》：东都妙姬，南国丽人。蕙心纨质，玉貌绛唇。　⑥［张旭］《国史补》：旭常言："始吾见公主担夫争路而得笔法之意，后见公孙氏舞剑器而得其神。"　⑦［观者］《礼记》：观者如堵。［沮丧］《庄子》：嗒焉沮丧。　⑧［九日］《淮南子》：尧时十日并出，尧令羿射中九日，乌皆死，坠其羽翼。　⑨［群帝］夏侯玄赋：又如东方群帝兮，腾龙驾而翱翔。　⑩［雷霆］《易》：鼓之以雷霆，润之以风雨。［震怒］《书》：皇天震怒。　⑪［白帝］《元和郡县志》：公孙述至鱼复，有白龙出井中，因号鱼复为白帝城。《寰宇记》：公孙述据蜀，自以承汉土运，故号曰"白帝城"。按：白帝城在四川夔州府东。　⑫［扬扬］《管晏列传》：意气扬扬，甚自得也。⑬［有以］《史记》：信陵君不耻下交，有以也。　⑭［感时］《楚辞》：余感时兮凄怆。　⑮［五十年］按：自开元三年至是，凡五十三年。［反掌］《汉书·枚乘传》：易于反掌，安于泰山。　⑯［颎洞］《淮南子》：未有天地之时，鸿濛颎洞。按：颎音汞。颎洞，相连貌。　⑰［寒日］陶潜诗：惨惨寒日。　⑱［木拱］《左传》：穆公曰："尔何知，中寿，尔墓之木拱矣。"　⑲［哀来］魏文帝乐府：乐往哀来摧肺肝。［月东出］《诗》：日居月诸，东方自出。　⑳［足茧］《战国策》：苏子足重茧，日百里而后舍。注：茧，足胝也。

元　结

石鱼湖上醉歌并序①

漫叟以公田米酿酒②，因休暇则载酒于湖上，时取一醉。欢醉中，据湖岸引臂向鱼取酒，使舫载之，遍饮坐者。意疑倚巴丘酌于君山之上，诸子环洞庭而坐，酒舫泛泛然触波涛而往来者，乃作歌以长之。

石鱼湖，似洞庭，夏水欲满君山青③。
山为樽，水为沼，酒徒历历坐洲岛④。
长风连日作大浪，不能废人运酒舫。
我持长瓢坐巴丘⑤，酌饮四座以散愁。

①［石鱼湖］元结《石鱼湖上作诗序》：瀼泉南山有独石在水中，状如游鱼。鱼凹处，修之可以贮酒。水涯四匝多攲石相连，石上堪人坐。水能浮小舫载酒，又能绕石鱼洄流，乃命湖曰"石鱼湖"。镌铭于湖上，显示来者。又作诗以歌之。　②［漫叟］《唐诗纪事》：元结始号猗玗子，后称浪士。又曰漫郎，更曰聱叟。《唐书·元结传》：酒徒又曰："公漫

久矣,可以漫为叟。" ③[君山]《博物志》:君山上有美酒数斗,得饮者不死。《水经注》:是山,湘君之所游处,故曰"君山"。昔秦始皇遭风于此而问其故,博士曰:"湘君出入则多风。"按:君山在岳州府西南洞庭湖中。君山有石穴,潜通吴之包山,郭景纯所谓巴陵地道是也。 ④[酒徒]《史记·郦生传》:郦生瞋目按剑叱使者曰:"走,复入言沛公,吾高阳酒徒也,非儒人也。" ⑤[巴丘]巴丘湖亦名青草湖,北连洞庭南。按:汉湘东纳汨罗之水,巴丘山在岳州府南。羿屠巴蛇于洞庭,积骨为丘,故名。

韩　愈

愈，字退之，昌黎人。三岁而孤，兄会嫂郑鞠之。随兄官岭表，兄卒。愈自知刻苦学儒，比长，通六经百家。贞元八年擢进士，累调四门博士，迁监察御史。上疏极论宫闱，德宗怒，贬阳山令。元和初，擢知国子博士，分司东都。改都官员外郎。寻复为博士，改比部郎中，进中书舍人。为裴度行军司马，平蔡，迁刑部侍郎。宪宗迎佛骨入禁内，上表力谏。帝怒，将抵以死。大臣皆为愈言，乃贬潮州刺史，量移袁州。召拜国子祭酒，转兵部侍郎。王廷凑乱，召愈宣谕，极论顺逆利害，廷凑畏服之。归，转吏部侍郎，转京兆尹兼御史大夫。后以李逢吉、李绅交构，遗患于愈，罢为兵部侍郎。后复为吏部侍郎。卒年五十七，赠礼部尚书，谥曰义。

山　石

山石荦确行径微①，黄昏到寺蝙蝠飞②。
升堂坐阶新雨足，芭蕉叶大支子肥③。
僧言古壁佛画好④，以火来照所见稀。

铺床拂席置羹饭，疏粝亦足饱我饥⑤。
夜深静卧百虫绝，清月出岭光入扉⑥。
天明独去无道路，出入高下穷烟霏⑦。
山红涧碧纷烂漫，时见松枥皆十围⑧。
当流赤足踏涧石，水声激激风生衣。
人生如此自可乐，岂必局促为人靰⑨。
嗟哉吾党二三子⑩，安得至老不更归。

①［荦确］《正韵》：硗确，石地。亦作峣确。按：荦确，亦石地不平貌。　②［黄昏到寺］按：肆园居士注：《韩文公外集·洛北惠林寺题名》云："贞元十七年七月二十二日宿此而归。"诗云："晡时坚坐到黄昏。"与此正一时事。［蝙蝠］《尔雅》：蝙蝠，服翼。注：或谓之仙鼠。曹植赋：明伏暗动，尽似鼠形。按：《乌台诗话》：燕以日出为旦，日入为夕。蝠以日入为旦，日出为夕。争之不决。　③［芭蕉］苏颂《草木疏》：芭蕉叶大者二三尺，围重皮相袭，叶如扇生。［支子］《西阳杂俎》：诸花少六出者，惟栀子花六出，即西域薝卜花也。栀与支同。　④［古壁］卢照邻诗：古壁有丹青。　⑤［疏粝］《诗》：彼疏斯粺。笺：疏，粗也，谓粝米也。按：《汧国夫人传》：李娃曰："今夕之费，愿以贫窭之家，随其疏粝以进之。"　⑥［清月］王融诗：清月回将曙。　⑦［烟霏］《广绝交论》：烟霏雨散。　⑧［松枥］《南都赋》：其木

则柽、松、楔、槶、柏、杻、橿、枫、枏、栌、杤、帝女之桑。
⑨［靰］《楚辞》注：马缰在口曰靰。《汉书·刑法志》：是以犹靰而御駻突。　⑩［吾党］《论语》：吾党之小子狂简。［二三子］《论语》：二三子以我为隐乎。

八月十五夜赠张功曹①

纤云四卷天无河②，清风吹空月舒波③。
沙平水息声影绝，一杯相属君当歌④。
君歌声酸辞正苦，不能听终泪如雨。
洞庭连天九疑高⑤，蛟龙出没猩鼯号⑥。
<small>此时公与张俱徙掾江陵，候命于郴而作。</small>
十生九死到官所，幽居默默如藏逃。
下床畏蛇食畏药⑦，海气湿蛰熏腥臊⑧。
昨者州前捶大鼓，嗣皇继圣登夔皋⑨。
赦书一日行千里⑩，罪从大辟皆除死。
迁者追回流者还，涤瑕荡垢清朝班⑪。
州家申名使家抑⑫，坎轲只得移荆蛮⑬。
判司卑官不堪说⑭，未免捶楚尘埃间⑮。
同时流辈多上道，天路幽险难追攀⑯。
君歌且休听我歌，我歌今与君殊科⑰。

一年明月今宵多,人生由命非由他,
有酒不饮奈明何。

①[张功曹]本集:《张署墓志》:署,河间人。举进士,拜监察御史。为幸臣所谗,与同辈韩愈、李方叔三人俱为县令南方。二年逢恩,俱徙掾江陵。半岁,邕、管等奏为判官。 ②[纤云]傅玄诗:纤云时仿佛。 ③[月波]《汉书·郊祀歌》:月穆穆以金波。 ④[当歌]魏武帝《短歌行》:对酒当歌,人生几何。 ⑤[九疑]《水经注》:营水西流,径九疑山下,磐基苍梧之野。峰秀数郡之间,罗岩九举,各导一溪。岫壑负阻,异岭同势,游者疑焉,故曰九疑山。按:疑亦作嶷。九疑山,大舜葬处,在永州府宁远县南。 ⑥[猩鼯]猩,见七绝《已凉》注。《尔雅·释鸟》:鼯鼠,夷由。注:状如小狐,似蝙蝠。肉翅,项胁毛紫黑色,背上苍艾色,腹下黄,喙颔杂白。脚短爪长,尾二尺许。飞且乳,亦谓之飞生鼠。声如人呼。一曰夷由。江淹诗:夜闻猩猩啼,朝见鼯鼠游。 ⑦[畏蛇畏药]按:南方多蛇,又多畜蛊,以毒药杀人,见闻人倓《古诗笺注》。 ⑧[湿蛰]《洛阳伽蓝记》:地多湿蛰,攒育虫蚁。[腥臊]《韩子》:腥臊恶臭,而伤害腹胃。 ⑨[夔皋]按:本集诗:上言述尧舜,下言引皋夔。注:夔,夔龙也;皋,皋陶也。 ⑩[赦书]《旧唐书·顺宗纪》:贞元二十一年正月丙申,顺宗即位,二月甲子大赦。及八月,宪宗即位,改贞元二十一年为永贞元年,自八月五日以

前,天下死罪降从流,流以下递减一等。 ⑪[涤瑕]扬雄文:涤瑕荡秽。 ⑫[州家]《吴志·太史慈传》:州家,谓刺史也。[使家]按:东野《韩诗注》:使家,谓湖南观察使。 ⑬[坎轲]古诗:坎轲长苦辛。 ⑭[判司]按:永贞元年,公为江陵府法曹参军,署为功曹参军。 ⑮[捶楚]《汉书·路温舒传》:捶楚之下,何求不得。唐制,参军、簿尉,有过即受笞杖。按:杜甫《送高记室诗》:脱身簿尉中,始与捶楚辞。 ⑯[幽险]刘向《九叹》:阜隘狭而幽险。 ⑰[殊科]陈琳书:强弱殊科,众寡异论。

谒衡岳庙遂宿岳寺题门楼①

五岳祭秩皆三公②,四方环镇嵩当中③。
<small>叙衡岳。</small>
火维地荒足妖怪④,天假神柄专其雄。
喷云泄雾藏半腹,虽有绝顶谁能穷。
我来正逢秋雨节,阴气晦昧无清风⑤。
<small>叙谒庙。</small>
潜心默祷若有应,岂非正直能感通⑥。
须臾静扫众峰出,仰见突兀撑青空。
紫盖连延接天柱,石廪腾掷堆祝融⑦。
森然魄动下马拜,松柏一径趋灵宫⑧。
粉墙丹柱动光彩⑨,鬼物图画填青红。

升阶伛偻荐脯酒⑩，欲以菲薄明其衷⑪。
庙令老人识神意⑫，睢盱侦伺能鞠躬⑬，
手持杯珓导我掷⑭，云此最吉余难同。
窜逐蛮荒幸不死，衣食才足甘长终⑮。
侯王将相望久绝⑯，神纵欲福难为功。
夜投佛寺上高阁，星月掩映云曈昽⑰。
<small>叙宿寺。</small>
猿鸣钟动不知曙⑱，杲杲寒日生于东⑲。

①［衡岳］《地理志》：衡山在长沙湘南县南。《元和志》：衡岳庙在衡山县西三十里。　②［祭秩三公］《尚书》：柴，望秩于山川。《礼记》：天子祭天下名山大川，五岳视三公。　③［镇］《周礼》：正南曰荆州，其山镇曰衡山。［嵩当中］《白虎通》：嵩山夹居四方之中，故曰嵩。按：嵩山在河南登封县北。　④［火维］徐灵期《南岳记》：衡山者，朱陵之灵台，太灵之宝洞。上承翼轸，铃总万物，故名衡山。下踞离宫，统摄火帅，故号南岳。赤帝馆其巅，祝融宅其阳。［地荒］唐太宗诗：圆盖归天壤，方舆入地荒。　⑤［晦昧］吴均诗：晦昧崦嵫色。
⑥［正直］《诗·小雅》：神之听之，正直是与。　⑦［紫盖天柱石廪祝融］《长沙记》：衡山七十二峰，最大者五，芙蓉、紫盖、天柱、石廪、祝融为最高。按：杜甫《望岳》诗：祝融五峰尊，峰峰次低昂。紫盖独不朝，争长䇲相望。［腾掷］按：贾岱宗赋：若应龙之腾掷。　⑧［灵宫］

《西都赋》：乃有灵宫，起乎其中。 ⑨［丹柱］崔骃《七依》：丹柱雕楹。 ⑩［伛偻］《左传》：一命而偻，再命而伛，三命而俯。 ⑪［菲薄］《礼记》疏：言君子不以贫窭菲薄废礼。 ⑫［庙令］按：《韩集点勘》：唐制，五岳、四渎，令各一人，正九品上，掌祭祝。此庙令盖谓衡岳庙中令也。 ⑬［睢盱］《庄子》：而睢睢盱盱，而谁与居。［侦伺］《后汉·清河王传》：使御者侦伺得失。按：侦音柽，侯也，探伺也。［鞠躬］《论语》：入公门，鞠躬如也，如不容。 ⑭［杯珓］按：《演繁露》：问卜于神明，有器名杯珓。以两蚌壳投空掷地，观其俯仰，以断休咎。后人或用竹，或用木，斫为蛤形而中分为二，亦名杯珓。掷法则以半俯半仰者为吉。《广韵》：珓，杯珓也，古者以玉为之。 ⑮［长终］《史记·扁鹊传》：长终而不得返。 ⑯［侯王将相］《史记·陈涉世家》：王侯将相宁有种乎？⑰［朣朦］潘岳《秋兴赋》：月朣胧以含光兮。注：朣胧，欲明也。按：《说文》：朦胧，月将入也。 ⑱［猿鸣］谢灵运诗：猿鸣诚知曙。 ⑲［杲杲］《诗·卫风》：其雨其雨，杲杲出日。《淮南子·天文训》：日登于扶桑，是谓朏明。故杲字日在木上。按：注：杲音缟。

石　鼓　歌①

张生手持石鼓文②，劝我试作石鼓歌。

少陵无人谪仙死③,才薄将奈石鼓何。
周纲陵迟四海沸④,宣王愤起挥天戈⑤。
_{先叙石鼓原委}
大开明堂受朝贺⑥,诸侯剑佩鸣相磨。
蒐于岐阳骋雄俊⑦,万里禽兽皆遮罗⑧。
镌功勒成告万世⑨,凿石作鼓隳嵯峨⑩。
从臣才艺咸第一,拣选撰刻留山阿。
雨淋日炙野火燎⑪,鬼物守护烦㧑呵⑫。
公从何处得纸本,毫发尽备无差讹。
辞严义密读难晓,字体不类隶与蝌⑬。
_{此段写字体及文义之妙。}
年深岂免有缺画,快剑斫断生蛟鼍⑭。
鸾翔凤翥众仙下,珊瑚碧树交枝柯⑮。
_{四句申明字体句}
金绳铁索锁钮壮,古鼎跃水龙腾梭⑯。
陋儒编诗不收入,二雅褊迫无委蛇⑰。
_{四句申明辞严义密句。}
孔子西行不到秦,掎摭星宿遗羲娥⑱。
嗟余好古生苦晚,对此涕泪双滂沱⑲。
忆昔初蒙博士征,其年始改称元和。
_{此段自述己见。}
故人从军在右辅⑳,为我度量掘臼科㉑。
濯冠沐浴告祭酒㉒,如此至宝存岂多。
毡包席裹可立致㉓,十鼓只载数骆驼㉔。

荐诸太庙比郜鼎㉕,光价岂止百倍过。
圣恩若许留太学,诸生讲解得切磋㉖。_{衬笔}
观经鸿都尚填咽㉗,坐见举国来奔波㉘。_{衬笔}
剜苔剔藓露节角,安置妥帖平不颇㉙。
大厦深檐与盖覆,经历久远期无佗。
中朝大官老于事㉚,讵肯感激徒媕娿㉛。
牧童敲火牛砺角,谁复著手为摩挲。_{此段叹其失所}
日销月铄就埋没,六年西顾空吟哦。
羲之俗书趁姿媚㉜,数纸尚可博白鹅㉝。_{又作一衬}
继周八代争战罢,无人收拾理则那㉞。
方今太平日无事,柄任儒术崇丘轲。
安能以此上论列,愿借辩口如悬河㉟。
石鼓之歌止于此,呜呼吾意其蹉跎㊱。

①〔石鼓〕《集古录》:石鼓久在岐阳,至唐人始盛称之。韦应物以为周文王之鼓,至宣王刻诗。韩退之直以为宣王之鼓。今在凤翔孔子庙中。鼓有十,散弃于野,郑余庆始置于庙而亡其一。皇祐四年,向传师求于民间,得之,十鼓乃足。《元和郡县志》:石鼓文在凤翔天兴县南二十许里,石形如鼓,其数有十。盖纪周宣王田猎之事,即史籀大篆也。按:《名胜志》:凤翔县南有石鼓镇,石鼓初散陈仓野中。韩文公为博

士，请于祭酒，欲舆致太学，不从。后郑余庆始迁于孔子庙。于元季移燕京国子监。按：赵尧卿东坡《石鼓歌》注：石鼓十，其一无文，其九有文。可见者四百一十七字，可识者二百七十二字。　②［张生］按：蘅塘退士《唐诗注》及方扶南《韩昌黎诗注》，俱以张生作张籍。　③［少陵谪仙］《长安志》：少陵原西有杜子美故宅。《唐书·李白传》：贺知章曰："子谪仙人也。"　④［陵迟］郑康成《诗谱序》：后王稍更陵迟，厉也、幽也，政教尤衰，周室大坏。⑤［天戈］按：《宋史·天文志》：天戈一星在招摇北。　⑥［明堂］《孝经援神契》：明堂者，天子布政之宫。《礼记》：昔周公朝诸侯于明堂之位，天子负斧扆南向而立。《大戴礼》：明堂者凡九室，一室而有四户八牖，以茅盖屋，上圆下方，所以明诸侯之尊卑也。　⑦［岐阳蒐］《左传》：成有岐阳之蒐。按：岐阳，即今凤翔府岐山县。蒐，音搜。春猎曰蒐。　⑧［遮罗］《玉篇》：遮，要也，拦也。《尔雅》注：罗，谓罗络之。　⑨［勒成］班固《东都赋》：宪章稽古，封岱勒成。　⑩［嵯峨］《西京赋》：嵯峨嶫嶫。按：隳嵯峨，谓隳坏高山也。　⑪［火燎］《书经》：如火之燎于原。⑫［抈呵］《说文》：抈，手指也。呵，大言谴责也。　⑬［隶蝌］《书断》：隶书者，秦下邽人程邈所作也。始皇善之，用为御史，以奏事烦多，篆字难成，乃用隶字，以为隶人佐书，故曰隶书。《水经注》：古文出于黄帝之世，苍颉本鸟迹为字。秦用篆书，焚烧先典，古文绝矣。鲁共王得孔子宅书，不知有古文，谓之蝌蚪书。盖因科斗之名，遂效其形耳。

《书旨》述周宣王史史籀,循科斗之书,采苍颉古文,综其遗美,别署新意,号曰籀史。按:《尔雅·释鱼》:科斗,活东。疏:虾蟆子。此虫一名科斗,一名活东。头圆而大,尾小,古文似之。又按:科斗亦作蝌蚪,一名悬针。 ⑭〔蛟鼍〕《礼记》:伐蛟取鼍。《子虚赋》:云梦西则有涌泉清池,其中则有神龟、蛟鼍、玳瑁、鳖、鼋。按:《韩诗注》:此下皆状石鼓文如此。 ⑮〔珊瑚碧树〕《西都赋》:珊瑚碧树,周阿而生。 ⑯〔古鼎跃水〕《史记·封禅书》:宋太丘社亡,而鼎没于泗水彭城下。《水经注》:周显王四十二年,九鼎沦没泗渊。秦始皇时而鼎见于斯水。始皇自以德合三代,大意,使数千人没水系而行之。未出,龙齿啮断其系。〔龙梭〕《晋书·陶侃传》:侃少时,渔于雷泽,网得一织梭,以挂于壁。有顷,雷雨,自化为龙而去。 ⑰〔委蛇〕《诗·召南》:退食自公,委蛇委蛇。笺:委音威,蛇音移,叶唐何反,音驼。委蛇,自得之貌。 ⑱〔掎摭〕曹植书:刘季绪好诋诃文章,掎摭利病。《说文》:掎,偏引也。摭,采取也。〔羲娥〕按:羲和日御,嫦娥月御。羲娥,盖言日月也。按:《韩昌黎诗集笺注》:《容斋随笔》云:文士为文,有矜夸过实,虽韩文公不能免。如《石鼓歌》,极道宣王之事,伟矣。至云"孔子西行不到秦,掎摭星宿遗羲娥""陋儒编诗不收入,二雅褊迫无委蛇"。是谓《三百篇》皆如星宿,此诗如日月也。"二雅褊迫"之语,尤非所宜言。今世所传《石鼓》之词尚在,岂能出《车攻》《吉日》之右,安知非经圣人所删乎。 ⑲〔滂沱〕《诗》:痯痯无为,涕泗滂沱。⑳［右辅］按:《东雅》注:右辅谓右扶风,即凤翔府。㉑［臼科］按:臼科,谓石鼓故处。公意盖欲度量而行之也。　㉒［濯冠］《礼器》:浣衣濯冠以朝。［祭酒］《史记》:荀卿三为祭酒。注:《礼》:食必祭先,饮酒亦然。以席中之尊者一人当祭耳。后因以为官名。㉓［毡裹］《魏志·邓艾传》:阴平道山高谷深,至为艰险,艾以毡自裹,推转而下。　㉔［骆驼］《汉书·匈奴传》注:橐驼,言能负橐囊而驼物也。《牟子》:谚云:"少所见,多所怪,睹骆驼言马肿背。"㉕［郜鼎］《左传》:取郜大鼎于宋,纳于大庙。　㉖［切磋］《诗·卫风》:如切如磋,如琢如磨。　㉗［观经鸿都］《后汉·灵帝纪》:光和元年二月,始置鸿都门学士。《水经注》:蔡邕以熹平四年与五官中郎将堂溪典等,奏求正定六经文字,灵帝许之。邕乃自书丹于碑,使工镌刻,立太学门外。观视及摹写者,车乘日千余辆,填塞街陌。今碑上悉铭刻蔡邕等名。　㉘［奔波］《晋书·载记》:塞奔波之路。　㉙［妥帖］陆机《文赋》:或妥帖而易施,或龃龉而不安。　㉚［中朝］《三礼义宗》:天子、诸侯,皆有三朝,一曰外朝,二曰中朝,三曰内朝。中朝之名,或内或外,人君旦夕视政,见卿大夫之朝也。《汉书》注:中朝,外朝也。大司马、左右前后将军、侍中、常侍、散骑诸吏为中朝。丞相以下六百石为外朝也。　㉛［婷婀］《说文》:婷婀,不决之貌。　㉜［俗书］按:《麈史》:右军书多不讲偏旁,此退之所谓俗书趁姿媚者也。　㉝［白鹅］《晋书·王羲之传》:性爱鹅,山阴有一道士养好鹅,羲之往观焉,意甚悦，固求市之。道士云："为写《道德经》，当举群相赠耳。"羲之欣然，写毕，笼鹅而归。　㉞［八代］按：八代，盖谓秦、汉、魏、晋、元魏、齐、周、隋也。　［则那］《左传》：犀、兕尚多，弃甲则那。注：那，犹何也。　㉟［悬河］《晋书·郭象传》：王衍每云："听象语如悬河泻水，注而不竭。"　㊱［蹉跎］《晋书》：周处曰："欲自修而年已蹉跎，恐将无及。"

柳宗元

渔　翁

渔翁夜傍西岩宿，晓汲清湘燃楚竹。
烟销日出不见人，欸乃一声山水绿①。
回看天际下中流②，岩上无心云相逐③。

①［欸乃］按：《康熙字典》：欸乃，棹船相应声。《正字通》：今行摇橹戛轧声似之。元结《欸乃曲序》：大历丁未中，漫叟以军事诣都，使还，舟行不进，作《欸乃》五首。舟子唱之，盖欲取适于道路耳。注：欸音矮，乃音霭。按：后人因柳集注云：一本作袄霭。遂直音欸为袄，乃为霭。不知彼注自谓别本作袄霭，非谓欸乃当作袄霭也。　②［天际］谢灵运诗：天际识归舟，云中辨江树。　③［无心］陶潜《归去来辞》：云无心以出岫，鸟倦飞而知还。

白居易

字乐天,下邽人。贞元中,擢进士第。元和初,对策翰林学士,迁左拾遗。母丧归,还拜左赞善,以言事贬江州司马。后入为中书舍人,乞外迁,为杭州刺史,移苏州刺史。文宗立,擢刑部侍郎。太和中,以朝多党祸乞归。开成中,起太子少傅。会昌初,以刑部尚书致仕。自称香山居士。与胡杲等九人宴集,皆年七十者,人绘为图,称"香山九老"。年七十五卒,谥曰文。

长　恨　歌①

汉皇重色思倾国②,御宇多年求不得③。
<small>七字一篇纲领。思倾国,果倾国矣。</small>
杨家有女初长成,养在深闺人未识。
<small>欲而得之,何恨之有。</small>
天生丽质难自弃④,一朝选在君王侧。

回头一笑百媚生,六宫粉黛无颜色。

春寒赐浴华清池,温泉水滑洗凝脂⑤。

侍儿扶起娇无力,始是新承恩泽时。

云鬓花颜金步摇⑥,芙蓉帐暖度春宵⑦。

春宵苦短日高起,从此君王不早朝。

承欢侍宴无闲暇，春从春游夜专夜⑧。
后宫佳丽三千人，三千宠爱在一身⑨。
金屋妆成娇侍夜⑩，玉楼宴罢醉和春。
姊妹弟兄皆列土⑪，可怜光彩生门户。
遂令天下父母心，不重生男重生女。
骊宫高处入青云⑫，仙乐风飘处处闻。
缓歌慢舞凝丝竹，尽日君王看不足。
渔阳鼙鼓动地来⑬，惊破霓裳羽衣曲⑭。
九重城阙烟尘生⑮，千乘万骑西南行。
翠华摇摇行复止，西出都门百余里。
六军不发无奈何⑯，宛转蛾眉马前死⑰。
花钿委地无人收⑱，翠翘金雀玉搔头⑲。
君王掩面救不得，回看血泪相和流。
黄埃散漫风萧索，云栈萦纡登剑阁⑳。
峨嵋山下少人行㉑，旌旗无光日色薄。
蜀江水碧蜀山青，圣主朝朝暮暮情。
行宫见月伤心色，夜雨闻铃肠断声㉒。
天旋地转回龙驭㉓，到此踌躇不能去。
马嵬坡下泥土中㉔，不见玉颜空死处㉕。
君臣相顾尽沾衣，东望都门信马归。

归来池苑皆依旧,太液芙蓉未央柳㉖。
以下八句,写日中情景,花草人物都到。
芙蓉如面柳如眉㉗,对此如何不泪垂。

春风桃李花开日,秋雨梧桐叶落时。

西宫南内多秋草㉘,落叶满阶红不扫。

梨园弟子白发新,椒房阿监青娥老㉙。

夕殿萤飞思悄然,孤灯挑尽未成眠。
以下八句写夜间情景,日初昏至将晓都到。
迟迟钟鼓初长夜,耿耿星河欲曙天。

鸳鸯瓦冷霜华重㉚,翡翠衾寒谁与共㉛。

悠悠生死别经年,魂魄不曾来入梦。
一句起下。
临邛道士鸿都客㉜,能以精诚致魂魄。

为感君王辗转思,遂教方士殷勤觅。

排空驭气奔如电㉝,升天入地求之遍。

上穷碧落下黄泉㉞,两处茫茫皆不见。

忽闻海上有仙山,山在虚无缥缈间。
诙谐入妙。
楼阁玲珑五云起,其中绰约多仙子㉟。

中有一人字太真㊱,雪肤花貌参差是。

金阙西厢叩玉扃,转教小玉报双成㊲。

闻道汉家天子使,九华帐里梦魂惊㊳。

揽衣推枕起徘徊,珠箔银屏迤逦开。

云髻半偏新睡觉，花冠不整下堂来。

风吹仙袂飘飖举，犹似霓裳羽衣舞。
空虚处偏有实证。

玉容寂寞泪阑干[39]，梨花一枝春带雨。

含情凝睇谢君王，一别音容两渺茫。

昭阳殿里恩爱绝[40]，蓬莱宫中日月长[41]。

回头下望人寰处，不见长安见尘雾[42]。

惟将旧物表深情，钿合金钗寄将去。

钗留一股合一扇，钗擘黄金合分钿。

但教心似金钿坚，天上人间会相见。

临别殷勤重寄词，词中有誓两心知。

七月七日长生殿[43]，夜半无人私语时。

在天愿作比翼鸟[44]，在地愿为连理枝[45]。

天长地久有时尽，此恨绵绵无绝期。
点题结穴。

①［长恨歌］前进士陈鸿撰《长恨歌传》曰：开元中，泰阶平，四海无事。玄宗在位岁久，倦于旰食宵衣，政无大小，始委于右丞相；深居游宴，以声色自娱。先是，元献皇后、武淑妃皆有宠，相次即世。宫中虽良家子千数，无可悦目者。上心忽忽不乐。时每岁十月，驾幸华清宫，内外命妇，熠耀景从。浴日余波，赐以汤沐，春风灵液，澹荡其间。上心油然，若有所遇，顾左右前后，粉色如土。诏高力士潜搜外宫，得弘农杨玄

琰女于寿邸,既笄矣。鬒发腻理,纤秾中度,举止闲冶,如汉武帝李夫人。别疏汤泉,诏赐澡莹。既出水,体弱力微,若不任罗绮;光彩焕发,转动照人。上甚悦。进见之日,奏《霓裳羽衣曲》以导之。定情之夕,授金钗钿合以固之。又命戴步摇,垂金珰。明年,册为贵妃,半后服用。由是冶其容,敏其词,婉娈万态,以中上意,上益嬖焉。时省风九州,泥金五岳,骊山雪夜,上阳春朝,与上行同辇,居同室,宴专席,寝专房。虽有三夫人、九嫔、二十七世妇、八十一御妻,暨后宫才人、乐府妓女,使天子无顾盼意。自是六宫无复进幸者。非徒殊艳尤态致是,盖才智明慧,善巧便佞,先意希旨,有不可形容者。叔父、昆弟皆列位清贵,爵为通侯。姊妹封国夫人,富埒王室,车服邸第,与大长公主侔矣。而恩泽势力则又过之,出入禁门不问,京师长吏为之侧目。故当时谣咏有云:"生女勿悲酸,生男勿喜欢。"又曰:"男不封侯女作妃,看女却为门上楣。"其人心羡慕如此。天宝末,兄国忠盗丞相位,愚弄国柄。及安禄山引兵向阙,以讨杨氏为辞。潼关不守,翠华南幸,出咸阳道,次马嵬亭。六军徘徊,持戟不进。从官郎吏,伏上马前,请诛晁错以谢天下。国忠奉氂缨盘水,死于道周。左右之意未快,上问之,当时敢言者,请以贵妃塞天下怒。上知不免,而不忍见其死,反袂掩面,使牵之而去。苍黄展转,竟就绝于尺组之下。既而玄宗狩成都,肃宗受禅灵武。明年,大赦改元,大驾还都。尊玄宗为太上皇,就养南宫。自南宫迁于西内,时移事去,乐尽悲来。每至春之日,冬之夜,池莲夏开,宫槐秋落,梨园弟子,玉琯发音,闻《霓裳羽衣》一声，则天颜不怡，左右歔欷。三载一意，其念不衰。求之魂梦，杳不能得。适有道士自蜀来，知上皇心念杨妃如是，自言有李少君之术。玄宗大喜，命致其神。方士乃竭其术以索之，不至。又能游神驭气，出天界，没地府以求之，不见。又旁求四虚上下，东极大海，跨蓬壶。见最高仙山，上多楼阙，西厢下有洞户，东向，阖其门，署曰"玉妃太真院"。方士抽簪扣扉，双童女出应门。方士造次未及言，而双鬟复入。俄有碧衣侍女又至，诘其所从。方士因称唐天子使者，且致其命。碧衣云："玉妃方寝，请少待之。"于时云海沉沉，洞天日晚，琼户重阖，悄然无声。方士屏息敛足，拱手门下。久之，而碧衣延入，且曰："玉妃出。"见一人，冠金莲，披紫绡，珮红玉，曳凤舄，左右侍者七八人，揖方士，问皇帝安否。次问天宝十四载已还事。言讫，悯然。指碧衣取金钗钿合，各折其半，授使者曰："为我谢太上皇，谨献是物，寻旧好也。"方士受辞与信，将行，色有不足。玉妃固征其意，复前跪致词："请当时一事，不为他人闻者，验于太上皇。不然，恐钿合金钗，负新垣平之诈也。"玉妃茫然退立，若有所思。徐而言之曰："昔天宝十载，侍辇避暑于骊山宫。秋七月，牵牛织女相见之夕，秦人风俗，是夜张锦绣，陈饮食；树瓜果，焚香于庭，号为'乞巧'，宫掖间尤尚之。夜始半，休侍卫于东、西厢，独侍上。上凭肩而立，因仰天感牛女事，密相誓心：愿世世为夫妇。言毕，执手各呜咽。此独君王知之耳。"因自悲曰："由此一念，又不得居此，复堕下界，且结后缘，或为天，或为人，决再相见，好合如旧。"因言:"太上皇亦不久人间,幸唯自安,无自苦耳。"使者还奏太上皇。皇心震悼,日日不豫。其年夏四月,南宫宴驾。元和元年冬十二月,太原白乐天自校书郎尉于盩厔。鸿与琅琊王质夫家于是邑。暇日相携游仙游寺,话及此事,相与感叹。质夫举酒于乐天前曰:"夫希代之事,非遇出世之才润色之,则与时消没,不闻于世。乐天深于诗,多于情者也。试为歌之,如何?"乐天因为《长恨歌》。意者,不但感其事,亦欲惩尤物,窒乱阶,垂于将来者也。歌既成,使鸿传焉。世所不闻者,予非开元遗民,不得知。世所知者,有《玄宗本纪》在。今但传《长恨歌》云尔。　②[倾国]《汉书》:李延年善歌,侍武帝,歌曰:"北方有佳人,绝世而独立。一顾倾人城,再顾倾人国。宁不知倾城与倾国,佳人难再得。"上叹息曰:"善,世岂有此人乎?"平阳主因言:"延年有女弟。"上乃召见之。实妙丽善舞,由是得幸。　③[御宇]《晋书·武帝纪》:握图御宇,敷化导民。　④[丽质]梁简文帝《妾薄命》:名都多丽质。⑤[温泉]《唐书·地理志》:京兆府昭应骊山宫、温泉宫。天宝六载更温泉宫曰华清宫。治汤井为池,环山列宫室。又筑罗城,置百司及十宅。《水衡记》:灵池山上有八泉,一曰温泉,其水长温。[凝脂]《诗·卫风》:肤如凝脂。笺:脂寒而凝,亦言白也。　⑥[步摇]《晋书·舆服志》:皇后首饰则假髻,步摇,俗谓之珠松是也。《释名》:步摇,上有垂珠,步则摇也。　⑦[芙蓉帐]鲍照《行路难》:七彩芙蓉之羽帐。庾信赋:掩芙蓉之行帐。　⑧[专夜]《礼》:五日之御。注:诸侯娶九女,夫人专夜。　⑨[三千]《后汉·后妃纪序》:自武元之后,世增淫费,至乃掖庭三千。　⑩[金屋]《汉武故事》:武帝为太子时,长公主欲以女配帝。问曰:"儿欲得妇,阿娇好否?"帝曰:"若得阿娇,当以金屋贮之。"　⑪[列土]《汉书·谷永传》:臣闻生蒸民不能相治,为立王者以统理之。方制海内,非为天子;列土封疆,非为诸侯。皆以为民也。　⑫[骊宫]按:骊宫,即骊山华清宫也。　⑬[渔阳鼙鼓]《唐书·地理志》:蓟州渔阳郡,开元十八年置。《礼记》:君子听鼓鼙之声,则思将帅之臣。《说文》:鼙,骑鼓也。或作鞞。按:《纲鉴》:天宝乙未十四载冬十一月,安禄山反于范阳,引兵而南。所过州县,牧令或出迎,或窜匿,或为所擒戮,无敢抗之者。时附禄山者有六郡:范阳、卢龙、密云、汲、邺而外,渔阳与焉。香山用渔阳,当以此。至连用鼙鼓,又取《渔阳三挝》,鼓声悲壮,与下《霓裳羽衣曲》作对勘耳。　⑭[霓裳羽衣曲]《唐逸史》:开元中,中秋夜,罗公远取拄杖向空掷之,化为大桥。请明皇同登,至大城阙。公远曰:"此月宫也。"见仙女数百,皆素练宽衣,舞于广庭,曰《霓裳羽衣》之曲,明皇密记其声调,作《霓裳羽衣曲》。《唐书·礼乐志》:河西节度使杨敬忠,献《霓裳羽衣曲》。郑嵎《津阳门诗》注:叶法善尝引明皇入月宫,闻仙乐,及上归,但记其半,遂于笛中写之。会西凉府都督杨敬述进《婆罗门曲》,与其声调相符,遂以月中所闻为散序,用敬述所进为其腔,名《霓裳羽衣曲》。　⑮[九重]《古隽》:九,阳数之极,故天子称九重。《楚辞》：君之门兮九重。《易林》：紫阙九重，尊严在中。骆宾王诗：山河千里国，城阙九重门。　⑯〔六军〕《周礼·地官》：五师为军。注：万二千五百人。周制：天子六军，诸侯大国三军，次国二军，小国一军。　⑰〔蛾眉〕《诗·卫风》：螓首蛾眉。注：蛾，蚕蛾也。其眉细而长曲。　⑱〔花钿〕《唐书·舆服志》：内外命妇服花钿，翟衣青质。沈约《丽人赋》：杂错花钿。　⑲〔翠翘〕宋玉《招魂》：砥室翠翘，挂曲琼些。注：翠，鸟名。翘，羽也。〔金雀〕陆机诗：金雀垂藻翘。〔玉搔头〕《西京杂记》：武帝过李夫人，取玉簪搔头。自是后宫人搔头皆用玉。　⑳〔剑阁〕《水经注》：小剑戍北去大剑三十里，连山绝险，飞阁相通，故谓之剑阁也。《旧唐书·地理志》：剑州，剑门县界大剑山，即梁山也。其北三十里有小剑山、大剑山，有阁道三十里。《一统志》：蜀所恃为外户。其山峭壁中断，两崖相嵌如门之辟，如剑之植。又名剑门山。张载《剑阁铭》：一人守隘，万夫趑趄。　㉑〔峨嵋山〕《水经注》：峨嵋山去成都千里，然秋日清澄，望见两山相峙如蛾眉焉。按：峨嵋山在今嘉定府峨嵋县南。　㉒〔雨铃〕《明皇杂录》：帝幸蜀，南入斜谷，霖雨弥旬，于栈道中，闻铃声与雨相应。帝既悼贵妃，因采其声为《雨霖铃》曲，以寄恨焉。　㉓〔龙驭〕《拾遗记》：禹逾峻山，则神龙而为驭。　㉔〔马嵬坡〕《一统志》：马嵬坡在西安府兴平县西二十五里。　㉕〔不见玉颜空死处〕庾肩吾诗：春花竞玉颜。《唐书》：贵妃缢路祠下，裹尸以紫茵，瘗道侧。帝自至蜀，密遣中使具棺椁，他葬焉。

㉖〔太液〕《汉书·郊祀志》：北治大池渐台，高二十余丈，名曰泰液。按：泰与太同。《西京杂记》：始元元年，黄鹄下建章宫太液池，帝乃作歌。〔未央〕《诗》：夜如何其，夜未央。疏：未央者，前限未到之辞。故汉有未央宫。《括地志》：未央宫在雍州长安县西北十里。㉗〔芙蓉如面柳如眉〕《西京杂记》：卓文君眉色不加黛，如望远山。脸际若芙蓉，肌肤如凝脂。梁元帝诗：柳叶生眉上。 ㉘〔西宫南内〕《唐书》：上皇爱兴庆宫，自蜀归，即居之。时御长庆楼，父老过者，往往瞻拜呼万岁。宦者李国辅虑上皇与外人交通，会上不豫，矫称上诏，迎上皇迁居西内。又，《地理志》：宫城在皇城北，谓之西内。兴庆宫谓之南内。 ㉙〔椒房〕《尔雅翼》：椒实多而香。汉世皇后称椒房，取其实蔓延盈升，以椒涂屋，亦取其温暖。按：《上官皇后传》注：椒房，殿名。在未央宫。皇后所居。〔监〕按：《宋·后妃传》：紫极中监女史一人。光兴中监女史一人。官品第四。〔青娥〕江淹《水上神女赋》：青娥羞艳，素女惭光。㉚〔鸳鸯瓦〕昭明太子诗：日丽鸳鸯瓦，风度蜘蛛屋。《邺中记》：邺都铜雀台，皆鸳鸯瓦。 ㉛〔翡翠衾〕《楚辞》：翡翠珠被，烂齐光些。按：衾，大被也。㉜〔临邛〕《唐·地理志》：邛州有临邛县。按：即今四川邛州蒲江县。 ㉝〔如电〕《九思》：奔雷兮光晃，凉风兮凄凄。《魏书》：杨大眼走如电。 ㉞〔碧落〕《度人经》注：东方第一天有碧霞遍满，是云碧落。〔黄泉〕《左传》：不及黄泉，无相见也。 ㉟〔绰约〕《庄子》：藐姑射之山，有神人居焉。肌肤若冰雪，绰约若处子。

㊱［太真］《唐书》：贵妃杨氏丐籍女冠，号太真。　㊲［小玉双成］按：白居易诗：吴妖小玉飞作烟，越艳西施化为土。注：小玉，吴王夫差女。《汉武内传》：西王母命玉女董双成吹云和之笙。　㊳［九华帐］鲍照《行路难》：七彩芙蓉之羽帐，九华蒲桃之锦衾。按：九华，疑是古时花式之名。《博物志》：汉武帝好神仙，西王母遣使乘白鹿告帝当来，乃供帐九华殿以待之。　㊴［阑干］按：《韵会》：眼眶亦谓之阑干。《吴越春秋》：越王涕泣阑干。蔡琰《胡笳》：叹息欲绝兮泪阑干。按：阑干，泪流貌。　㊵［昭阳殿］《三辅黄图》：武帝后宫八区有昭阳殿。㊶［蓬莱宫］《山海经》：蓬莱山在海中。注：上有仙人宫室，皆以金玉为之。鸟兽尽白，望之，如云在渤海中矣。　㊷［不见长安］《晋书·明帝纪》：帝幼而聪哲，为元帝所宠异。年数岁，常坐置膝前，属长安使来，因问帝曰："汝谓日与长安孰远？"对曰："长安近。不闻人从日边来。"元帝异之。明日宴群僚，又问之。对曰："日近。"元帝失色曰："何乃异间者之言乎？"对曰："举目则见日，不见长安。"　㊸［长生殿］《会要》：华清宫，天宝元年十月造长生殿，名为集灵台，以祀神。㊹［比翼］《尔雅》：南方有比翼鸟焉。不比不飞，其名谓之鹣鹣。㊺［连理枝］《搜神记》：韩凭墓树多连理枝。《孝经援神契》：德至于草木，则木连理。

琵 琶 行 并序

元和十年，余左迁九江郡司马①。明年秋，送客湓浦口②，闻舟中夜弹琵琶者。听其音，铮铮然有京都声。问其人，本长安倡女，尝学琵琶于穆、曹二善才。年长色衰，委身为贾人妇。遂命酒使快弹数曲，曲罢悯然。自叙少小时欢乐事，今漂沦憔悴，徙于江湖间。余出官二年，恬然自安；感斯人言，是夕始觉有迁谪意。因为长歌以赠之，凡六百一十二言，命曰《琵琶行》。

浔阳江头夜送客，枫叶荻花秋瑟瑟③。
主人下马客在船，举酒欲饮无管弦。
醉不成欢惨将别，别时茫茫江浸月。
忽闻水上琵琶声，主人忘归客不发。
寻声暗问弹者谁，琵琶声停欲语迟。
移船相近邀相见，添酒回灯重开宴。
千呼万唤始出来，犹抱琵琶半遮面。
转轴拨弦三两声，未成曲调先有情。
弦弦掩抑声声思，似诉生平不得志。
_{四句为后文张本。}

低眉信手续续弹,说尽心中无限事。

轻拢慢捻抹复挑④,初为霓裳后六幺⑤。
以下写琵琶。

大弦嘈嘈如急雨,小弦切切如私语⑥。

嘈嘈切切错杂弹,大珠小珠落玉盘⑦。

间关莺语花底滑⑧,幽咽流泉水下滩。

水泉冷涩弦凝绝,凝绝不通声渐歇。

别有幽愁暗恨生,此时无声胜有声。

银瓶乍破水浆迸,铁骑突出刀枪鸣。

曲终收拨当心画⑨,四弦一声如裂帛⑩。

东船西舫悄无言,唯见江心秋月白。

沉吟放拨插弦中,整顿衣裳起敛容⑪。
应前。

自言本是京城女,家在虾蟆陵下住⑫。

十三学得琵琶成,名属教坊第一部。

曲罢常教善才服⑬,妆成每被秋娘妒⑭。

五陵年少争缠头⑮,一曲红绡不知数。

钿头银篦击节碎,血色罗裙翻酒污。

今年欢笑复明年,秋月春风等闲度。

弟走从军阿姨死,暮去朝来颜色故。

门前冷落车马稀,老大嫁作商人妇。

商人重利轻别离,前月浮梁买茶去⑯。

去来江口守空船,绕舱明月江水寒。
夜深忽梦少年事,梦啼妆泪红阑干。_{再应前。}
我闻琵琶已叹息,又闻此语重唧唧[17]。
同是天涯沦落人,相逢何必曾相识。_{一句作诗之旨。}
我从去年辞帝京,谪居卧病浔阳城。
浔阳地僻无音乐,终岁不闻丝竹声。
住近湓城地低湿,黄芦苦竹绕宅生。
其间旦暮闻何物,杜鹃啼血猿哀鸣[18]。
春江花朝秋月夜,往往取酒还独倾。
岂无山歌与村笛,呕哑嘲哳难为听[19]。
今夜闻君琵琶语,如听仙乐耳暂明。
莫辞更坐弹一曲,为君翻作琵琶行。
感我此言良久立,却坐促弦弦转急。
凄凄不似向前声,满座重闻皆掩泣。
座中泣下谁最多,江州司马青衫湿[20]。

①〔左迁〕《汉书·周昌传》:高祖召昌谓曰:"公强为我相赵。吾极知其左迁,然吾私忧念,非公无可者。"《晋书·杜预传》:优多劣少者叙用之,劣多优少者左迁之。 ②〔湓浦〕《九江志》:青湓山有井形如盆,因号湓水。城曰湓城。浦曰湓浦。江州故有湓江。《一统志》:湓

浦在九江府城西青溢山。浔阳城在府西北一十五里。　③［瑟瑟］刘公干诗：瑟瑟谷中风。　④［拢捻］《乐府杂录》：贞元中，有裴兴奴与曹钢同时。曹善运拨，若风雨，而不事扣弦。兴奴长于拢捻。时人谓曹有右手，裴有左手。　⑤［六幺］《乐府杂录》：康昆仑善琵琶，登街东彩楼，弹一曲《新翻羽调六幺》，自谓街西无敌。⑥［大弦小弦］《韩诗外传》：治国者譬若张琴，大弦急则小弦绝矣。⑦［珠落盘］《吴都赋》注：鲛人水底居，曾寓人家积日卖绡。临去，从主人索器，泣而出珠满盘，以与主人。　⑧［间关］《诗》：间关车之辖兮。　⑨［拨］按：拨，所以挥弦。《明皇杂录》：杨妃琵琶，以龙香板为拨。　⑩［裂帛］江淹《恨赋》：裂帛系书，誓还汉恩。　⑪［敛容］《汉书·霍光传》：光每朝见，上虚己敛容礼下之。　⑫［虾蟆陵］《雍录》：虾蟆陵在万年县南六里。按：万年县即今西安咸宁县也。按：《国史补》：董仲舒墓，门人过皆下马，故谓之下马陵。后人语讹为虾蟆陵。　⑬［善才］按：善才，盖曲师之称。　⑭「秋娘」见下。　⑮［缠头］《唐书》：代宗诏许大臣燕郭子仪于其第。鱼朝恩出锦三十匹为缠头之费，赏歌舞人。以锦彩置之头上，谓之缠头。宴享加惠，借以为词。　⑯［浮梁］《唐书·地理志》：饶州鄱阳郡县浮梁，武德四年置。　⑰［唧唧］《木兰诗》：唧唧复唧唧。　⑱［杜鹃啼血］李膺《蜀志》曰：望帝称王于蜀。时荆州有一人化，从井中出，名曰鳖灵。于楚身死，尸反溯流，上至汶山之阳，忽复生。乃见望帝，立以为相。鳖灵乃凿巫山，开三峡，降丘宅土，民得陆居。望帝以其功高，禅位于鳖灵，号曰开明氏。望帝修道，处西山而隐，化为杜鹃鸟，亦曰子规。《寰宇记》：蜀之后主，名杜宇，号望帝，让位鳖灵。望帝自逃，后欲复位，不得，死化为鹃。每春月昼夜悲鸣，蜀人闻之曰："我望帝魂也。"《华阳风俗志》：杜鹃其大如鹊而羽乌，声哀而吻有血。春至则鸣。《本草集解》：杜鹃，春暮即鸣，鸣必北向，其声哀而吻有血。至夏尤甚，彻夜不止。［猿鸣］《宜都山川记》：峡中猿鸣至清，山谷传其响，泠泠不绝。行者歌之曰："巴东三峡巫峡长，猿鸣三声泪沾裳。"按：猿似猴，大，黑色，长前臂。⑲［呕哑］呕，《韵会》音欧。哑，《韵会》音雅。《集韵》：呕哑，小儿学言。［嘲哳］潘岳《籍田赋》：箫管嘲哳以啾嘈兮。按：此嘲哳当作啁哳。见《韵府》啁哳注。《九辩》：鹍鸡啁哳而悲鸣。　⑳［司马］按：《唐书·百官志》：刺史之僚佐，有司马一人，位在别驾长史之下。上州者从五品下，中州者正六品下，下州者从六品上。［青衫］《唐书·仪卫志》：凡五路，皆有副，驾士皆平帻，大口裤衫，从路色，玉路服青衫。

李商隐

　　字义山,河内人。开成中进士,官弘农尉。会昌中,王茂元镇河阳,辟掌书记,得侍御史。茂元以子妻之。李德裕素厚茂元,而李宗闵、令狐楚与德裕为仇,以商隐为茂元从事,薄之。后楚子绹作相,商隐屡启陈情,绹不之省。会河南尹柳仲郢镇东蜀,辟为节度判官。大中末,仲郢左迁,商隐罢。未几,卒。按:商隐博学强记,有所作,多检阅书册,左右鳞次,号"獭祭鱼"。

韩　　碑①

元和天子神武姿②,彼何人哉轩与羲③。
誓将上雪列圣耻,坐法宫中朝四夷④。
淮西有贼五十载⑤,封狼生貙貙生罴⑥,
不据山河据平地⑦,长戈利矛日可麾⑧。
帝得圣相相曰度⑨,贼斫不死神扶持⑩。
腰悬相印作都统⑪,阴风惨澹天王旗。
愬武古通作牙爪⑫,仪曹外郎载笔随⑬。
行军司马智且勇⑭,十四万众犹虎貔⑮。

入蔡缚贼献太庙[16]，功无与让恩不訾[17]。

帝曰汝度功第一，汝从事愈宜为辞。

愈拜稽首蹈且舞，金石刻画臣能为。

古者世称大手笔[18]，此事不系于职司。

当仁自古有不让[19]，言讫屡颔天子颐[20]。

公退斋戒坐小阁，濡染大笔何淋漓。

点窜尧典舜典字，涂改清庙生民诗。
_{咏韩碑即学韩体，才大者无所不可也。}

文成破体书在纸[21]，清晨再拜铺丹墀。

表曰臣愈昧死上，咏神圣功书之碑。

碑高三丈字如斗，负以灵鳌蟠以螭[22]。

句奇语重喻者少，谗之天子言其私。

长绳百尺拽碑倒，粗砂大石相磨治。

公之斯文若元气，先时已入人肝脾[23]。

汤盘孔鼎有述作[24]，今无其器存其辞。

呜呼圣王及圣相，相与烜赫流淳熙。

公之斯文不示后，曷与三五相攀追[25]。

愿书万本诵万遍，口角流沫右手胝[26]。

传之七十有二代[27]，以为封禅玉检明堂基[28]。

① [韩碑]《旧唐书·韩愈传》：元和十二年八月，宰臣裴度为淮西

宣慰处置使，请愈为行军司马。淮、蔡平，十二月随度还朝，以功授刑部侍郎，仍诏撰《平淮西碑》。碑辞多叙裴度事。时入蔡擒吴元济，李愬功第一，愬不平之。愬妻，唐安公主女也，出入禁中，因数碑不实，诏令磨去愈文。命翰林学士段文昌重撰文勒石。按：段文昌改作亦自明顺，然较之韩碑，不啻虫吟草间矣。宋代，陈珦磨去段文，仍立韩碑，大是快事。《一统志》：《平淮西碑》在河南汝宁府城内裴晋公庙中。按：元和，唐宪宗年号。　②［神武］《周易》：神武而不杀。　③［轩羲］昭明太子诗：鸿名冠子姒，德泽迈轩羲。按：黄帝有熊氏，公孙姓，名轩辕，在位百年。太昊伏羲氏，风姓，在位一百十五年。　④［法宫中］《汉书·晁错传》：五帝神圣，处法宫之中。　⑤［淮西贼］史：肃宗宝应初，以李忠臣镇蔡州。大历末，为军所逐。历李希烈、陈仙奇、吴少诚、吴少阳、元济，据有淮西凡五十余年。按：韩愈《平淮西碑》：九年，蔡将死，蔡人立其子元济以请，不许。遂烧舞阳，犯叶襄城，以动东都，放兵四劫。皇帝历问于朝，一二臣外，皆曰蔡帅之不廷授，于今五十年，传三姓四将。其树本坚，兵利卒顽，不与他等。因抚而有，顺且无事。大官臆决唱声，万口附和，并为一谈，牢不可破。　⑥［封狼貔罴］张衡《思玄赋》：射蟠冢之封狼。注：封，大也。《说文》：貔似狸，能捕兽。一云：虎五指为貔。《尔雅》：罴如熊，黄白文。柳宗元《罴说》：鹿畏貔，貔畏虎，虎畏罴。　⑦［据平地］《旧唐书》：吴少诚阻兵三十余年，王师未尝及其城下。尝走韩全义，败于颐，骄悍无所顾忌。又恃陂浸阻回，故以天下兵环攻，三年所得者一县而已。 ⑧［日可麾］《淮南子》：鲁阳公，楚将也。与韩遘难，战酣，日暮，援戈而麾之，日为之反三舍。 ⑨［圣相曰度］《晏子春秋》：仲尼，圣相也。《唐书》：元和十年六月，上召裴度入对，拜中书侍郎，同平章事。 ⑩［贼斫不死］《唐书·裴度传》：度御史中丞，进兼刑部侍郎。王承宗、李师道谋缓蔡兵，乃伏盗京师，刺用事大臣，已害宰相武元衡，又击度，刃三进，断靴，刺背裂中单，又伤首，堕沟中。度毡帽厚，得不死。 ⑪［都统］《通考》：天宝末，置天下兵马元帅都统。《裴度传》：元和十二年七月，度请身督战，帝独目度曰："果为朕行乎？"度俯伏流涕曰："臣誓不与贼偕存。"即拜门下侍郎、平章事、彰义军节度使、淮西宣慰招讨处置使。入对延英曰："主忧臣辱，义在必死。贼未授首，臣无还期。"帝壮之。 ⑫［愬武古通］《唐书》：元和十一年十二月，李愬为隋、唐、邓节度使。十年九月，韩弘为淮西都统。弘请使子公武以兵万三千会蔡下。十一年，李道古为鄂岳观察使。十一年二月，李文通为寿州团练使。碑文：光颜、重允、公武合攻其北，道古攻其东南，文通战其东，愬入其西。［牙爪］《诗》：祈父予王之爪牙。 ⑬［外郎载笔］《旧唐书》：以司勋员外郎李正封、都官员外郎冯宿、礼部员外郎李宗闵皆兼御史，从度出征。《礼记》：史载笔。 ⑭［行军司马］《唐书》：度奏右庶子韩愈兼御史中丞，充彰义军行军司马。《唐书·百官志》：行军司马掌弼戎政。居则习蒐狩，有役则申战守之法。器械粮糒，军籍赐予，皆专焉。 ⑮［虎貔］《尚书·牧誓》：尚桓桓，如虎如貔，如熊如罴，于商郊。注：桓桓，威武貌。欲将士如四兽之猛，而奋击于商郊也。
⑯［入蔡缚贼］《唐书·李愬传》：愬字元直，以父荫起家。宪宗讨吴元济，愬求自试，遂检校左散骑常侍，为唐邓节度使将。袭蔡州，告师期于裴度。会大雨雪，风偃旗裂肤，马皆缩栗，士抱戈冻死于道十一二。夜半，至悬瓠城。雪盛，城旁皆鹅鸭池，愬令击之，以乱军声。坎墉先登，杀门者，发关，留持柝，传夜自如。黎明，雪止，愬入驻元济外宅。蔡吏惊曰："城陷矣。"元济尚不信，及闻号令曰："常侍传语。"始惊曰："何常侍得至此！"率左右登牙城，田进诚兵薄之，火南门。元济请罪，梯而下，槛送京师。［献太庙］《唐书》：十二年十月己卯，李愬执吴元济送长安。帝御兴安门受俘，以元济献庙社。徇于市，斩之。
⑰［功无与让］庾信《商调曲》：功无与让，铭太常之旌。［恩不訾］《唐书》：度策勋，进金紫光禄大夫上柱国，封晋公，户三千。《管子》：百姓之不田，贫富之不訾。注：訾，限也。《商子·垦令篇》：訾粟而税。注：訾，量也。按：訾，亦作赀。又按：吕公著《定州谢上表》：百年旧族，荷累圣不赀之恩。一介微躯，辱主上非常之遇。
⑱［大手笔］《晋书·王珣传》：梦人以大笔如椽与之，既觉，语人曰："此当有大手笔事。"《唐书》：苏颋封许国公，张说封燕国公。时号燕许大手笔。 ⑲［当仁不让］《论语》：当仁不让于师。 ⑳［颔颐］郭璞诗：洪崖颔其颐。 ㉑［破体］按：程注：破体，破当时为文之体。

又按：《法书苑》：徐浩论书云："钟善真书，右军行法，稍令破体，皆一时之妙。"　㉒［负灵鳌］《说文》：鳌，海中大鳖。《玉篇》：神灵之鳌，背负蓬莱。［蟠螭］《说文》：螭如龙而黄。《灵光殿赋》：蟠螭宛转而承楣。　㉓［肝脾］繁钦《与魏文帝笺》：薛访车子，年始十四。能转喉引声，与笳同音，凄入肝脾，哀感顽艳。　㉔［汤盘孔鼎］《史记正义》：汤沐浴之盘而刻铭为戒。《礼记》：汤之盘铭曰："苟日新，日日新，又日新。"《左传》：孔丘，圣人之后也。其祖弗父何，以有宋而授厉公。及正考父佐戴武宣，三命兹益共。故其鼎铭云："一命而偻，再命而伛，三命而俯。循墙而走，亦莫予敢侮。"㉕［三五］按：三五，三皇、五帝也。　㉖［流沫］扬雄《解嘲》：颔颐折额，涕唾流沫。［胝］《广韵》：胝，皮厚也。　㉗［七十二］《史记》：古者封泰山、禅梁父者七十二家。　㉘［封禅玉检］《封禅仪》：玉牒长一尺三寸，广厚五寸。玉检如之，厚减三寸。其印齿如玺，缠以金绳五周。

唐诗三百首补注卷四

七言乐府

高　适

字达夫，一字仲武，沧州人。举有道科，授封丘尉。哥舒翰表为书记。翰兵败，奔赴行在，迁左拾遗、侍御史，擢谏议大夫。出为彭、蜀二州刺史，西河节度使。入为刑部侍郎。广德中，以左散骑常侍封渤海侯，谥曰忠。按：适年五十始为诗，每一篇出，为时称颂。

燕　歌　行①

开元二十六年，客有从元戎出塞而还者，作《燕歌行》以示适。感征戍之事，因而和焉。

汉家烟尘在东北②，汉将辞家破残贼③。
男儿本自重横行④，天子非常赐颜色。
摐金伐鼓下榆关⑤，旌旗逶迤碣石间⑥。
校尉羽书飞瀚海⑦，单于猎火照狼山⑧。
山川萧条极边土，胡骑凭陵杂风雨⑨。
　　路远。　　　　　　敌劲。

战士军前半死生⑩,美人帐下犹歌舞。
　　苦者自苦。　　　　乐者自乐。
大漠穷秋塞草衰⑪,孤城落日斗兵稀⑫。
　　边塞。　　　　　　　　兵少。
身当恩遇常轻敌⑬,力尽关山未解围⑭。
　本以身许。　　　　　不克成功。
铁衣远戍辛勤久,玉箸应啼别离后⑮。
　　　　　　　　以下写室家之思。
少妇城南欲断肠⑯,征人蓟北空回首⑰。

边风飘飘那可度,绝域苍茫更何有。

杀气三时作阵云⑱,寒声一夜传刁斗⑲。

相看白刃血纷纷,死节从来岂顾勋⑳。

君不见沙场争战苦,至今犹忆李将军㉑。

①〔燕歌行〕按:魏文帝有《燕歌行》。《歌录》:燕,地名,犹楚苑之类。此不言古辞,起自此也。《乐府解题》曰:晋乐府奏魏文帝《秋风》《别日》二曲,时序迁换,行役不归,妇人怨旷无所诉也。《广题》曰:燕,地名,言良人从役于燕而为此曲。　②〔烟尘〕蔡琰《胡笳》:烟尘蔽野兮胡虏盛。　③〔残贼〕《诗》:废为残贼,莫知其尤。④〔横行〕《史记》:樊哙曰:"臣愿得十万众,横行匈奴中。"⑤〔挝金伐鼓〕《子虚赋》:挝金鼓,吹鸣籁。注:挝,击也。《毛诗》:钲人伐鼓。〔榆关〕《汉书·枚乘传》:北备榆中之关。注:即今榆关也。《地理通释》:赵之上党,燕之榆关。　⑥〔逶迤〕《楚辞》:戴云旗之逶迤。〔碣石〕《唐书·地理志》:平州石城县有碣石山。《水

经注》：碣石，右北平骊城县西南。汉武登之，以望巨海。　⑦［校尉］《汉书》：八校尉，秩皆二千石。　⑧［猎火］庾信诗：寒沙两岸白，猎火一山红。［狼山］《魏志》：太祖北征乌丸，登白狼山。《一统志》：山在宁夏卫城东南二百九十里。　⑨［凭陵］《左传》：凭陵我城郭。［风雨］《新序》：韩安国曰："匈奴来若风雨，解若收电。"　⑩［半死］《史记》：陵军五千人，士死者过半。　⑪［大漠］《汉书》：《燕然山铭》：经碛卤，绝大漠。李陵书：出大漠之外。　⑫［孤城］《后汉书》：耿恭以孤城守甲兵于绝域。［斗兵］《说苑》：君子守国安民，非特斗兵。　⑬［恩遇］《后汉·贾复传》：恩遇甚厚。［轻敌］《老子》：祸莫大于轻敌。　⑭［解围］《新序》：高帝围于平城，七日乃解围。　⑮［玉箸］梁简文帝诗：玉箸衣前滴。刘孝威诗：谁怜双玉箸，流面复流襟。　⑯［城南］曹植诗：借问女何居，乃在城南端。　⑰［蓟北］孔稚圭诗：微兵离蓟北。　⑱［阵云］庾信诗：君讶渔阳少阵云。　⑲［刁斗］《史记·李广传》：广行无部伍行阵，就善水草屯舍止。人人自便，不击刁斗以自卫。注：以铜作镌器，受一斗，昼炊饭食，夜击持行，名曰刁斗。　⑳［死节］《史记·货殖传》：贤人守信死节。㉑［李将军］《史记》：李牧厚遇战士，匈奴入，急收保，匈奴数岁无所得。边士皆愿一战。于是多为奇阵，张左右翼击之，破匈奴十余万骑。单于数十载不敢近赵。

李　颀

古从军行①

白日登山望烽火，黄昏饮马傍交河②。
行人刁斗风沙暗，公主琵琶幽怨多③。
野营万里无城郭，雨雪纷纷连大漠。
　　　　地广　　　　　　　天寒。
胡雁哀鸣夜夜飞，胡儿眼泪双双落。
　　所闻。　　　　　　　所见。
闻道玉门犹被遮，应将性命逐轻车④。
年年战骨埋荒外，空见蒲萄入汉家⑤。

①［从军行］《乐府解题》曰：《从军行》，皆军旅苦辛之辞。《广题》曰：左延年辞云："苦哉边地人，一岁三从军。三子到燉煌，二子诣陇西。五子远斗去，五妇皆怀身。"陈伏知道又有《从军五更转》。②［交河］《汉书·西域传》：车师前王居交河城。河水分流绕城，故号交河。去长安八千一百五十里。　③［公主琵琶］石崇序：昔公主嫁乌孙，令琵琶马上作乐，以慰其道路之思。　④［轻车］《周礼》注：轻车，用以驰敌致师之车也。《汉书》：李广弟蔡，元朔中为轻车将军。
⑤［蒲萄］按：萄作陶，亦作桃。《汉书·西域传》：大宛左右以蒲桃为

酒，富人藏之，酒至万余石。宛贵人立蝉封为王，遣子入侍，质于汉。汉因使使赂赐镇抚之。宛王蝉封与汉约，岁献天马二匹。汉使采蒲陶、苜蓿种归。天子以天马多，又外国使来众，益种蒲陶、苜蓿离宫馆傍，极望焉。

王　维

洛阳女儿行①

洛阳女儿对门居②，才可颜容十五余。
良人玉勒乘骢马③，侍女金盘鲙鲤鱼④。
画阁珠楼尽相望，红桃绿柳垂檐向。
罗帏送上七香车⑤，宝扇迎归九华帐。
狂夫富贵在青春，意气骄奢剧季伦⑥。
自怜碧玉亲教舞⑦，不惜珊瑚持与人。
春窗曙灭九微火⑧，九微片片飞花璅。
戏罢曾无理曲时⑨，妆成只是熏香坐。
_{与西施咏同一寓意。}
城中相识尽繁华，日夜经过赵李家⑩。
谁怜越女颜如玉⑪，贫贱江头自浣纱。

①［洛阳女儿］梁武帝《河中之水歌》：河中之水向东流，洛阳女儿名莫愁。　②［对门居］梁武帝乐府：谁家女儿对门居。　③［玉勒］庾信《马射赋》：控玉勒而摇星，跨金鞍而动月。　④［金盘］《羽林郎》古诗：就我求珍肴，金盘鲙鲤鱼。　⑤［七香车］魏武帝《与杨彪书》

曰：今赠足下四望通幰七香车二乘，青犄牛二头。梁简文帝《乌栖曲》：青牛丹毂七香车。　⑥［季伦］《晋书》：石崇字季伦。财产丰积，室宇宏丽。后房百数，皆曳纨绣，珥金翠。丝竹尽当时之选，庖膳穷水陆之珍。与贵戚王恺、羊琇之徒以奢靡相尚。恺以饴澳釜，崇以蜡代薪。恺作紫丝布步障四十里，崇作锦步障五十里以敌之。崇涂屋以椒，恺用赤石脂。崇、恺争豪如此。武帝每助恺，尝以珊瑚树赐之，高二尺许，枝柯扶疏，世所罕比。恺以示崇，崇便以铁如意击之，应手而碎。恺既惋惜，又以为嫉己之宝，声色方厉。崇曰："不足多恨，今还卿。"乃命左右，悉取珊瑚树。有高三四尺者六七株，条干绝俗，光彩曜日，如恺比者甚众，恺怳然自失矣。　⑦［碧玉］按：宋汝南王妾碧玉，宠爱之，因作歌。梁元帝诗：碧玉小家女，来嫁汝南王。　⑧［九微火］《汉武内传》：七月七日设座大殿上，以紫罗荐地，燔百木之香，燃九光九微之灯，以待王母。何逊诗：月映九微火，风吹百和香。　⑨［理曲］古诗：当户理清曲。徐陵《玉台新咏序》：五日犹赊，谁能理曲。　⑩［赵李］阮籍《咏怀诗》：西游咸阳中，赵李相经过。颜延年注：赵，汉成帝赵后飞燕也。李，汉武帝李夫人也。《汉书·谷永传》云：成帝数为微行，多近幸小臣。赵、李从微贱专宠，皆皇太后与诸舅凤夜所常忧。按：此指赵飞燕、李平二女宠而言也。《王右丞集注》：亦作指赵、李二家戚属言也。按：叙传云：会许皇后废，班婕妤供养东宫。进侍者李平为婕妤，而赵飞燕为皇后。　⑪［颜如玉］古诗：燕赵多佳人，美者颜如玉。

老 将 行

少年十五二十时，步行夺得胡马骑①。
<small>从年少起。</small>
射杀山中白额虎②，肯数邺下黄须儿③。

一身转战三千里④，一剑曾当百万师。

汉兵奋迅如霹雳⑤，虏骑奔腾畏蒺藜⑥。

卫青不败由天幸⑦，李广无功缘数奇⑧。

自从弃置便衰朽，世事蹉跎成白首。
<small>以下写废弃至老情景。</small>
昔时飞箭无全目⑨，今日垂杨生左肘⑩。

路傍时卖故侯瓜⑪，门前学种先生柳⑫。

苍茫古木连穷巷，寥落寒山对虚牖⑬。

誓令疏勒出飞泉⑭，不似颍川空使酒⑮。
<small>二句又起下。</small>
贺兰山下阵如云⑯，羽檄交驰日夕闻⑰。
<small>以下明老而复起之故。</small>
节使三河募年少⑱，诏书五道出将军⑲。

试拂铁衣如雪色，聊持宝剑动星文⑳。

愿得燕弓射大将㉑，耻令越甲鸣吾君㉒。

莫嫌旧日云中守㉓，犹堪一战立功勋。

① [夺胡马]《史记》：李广兵败，胡骑得广，广佯死。睨其傍有一胡儿骑善马，广暂腾而上胡儿马。因推堕儿，取其弓，鞭马南驰得脱。

②［白额虎］《晋书·周处传》：处好田猎，父老叹曰："三害未除。"处曰："何谓也？"曰："南山白额虎，长桥下蛟，并子为三矣。"处乃入山射虎，没水杀蛟。遂励志好学，志存义烈。期年，州府交辟。
③［黄须儿］《魏志》：任城王彰，少善射御。太祖喜，持彰须曰："黄须儿竟大奇也。"　④［转战］《后汉书》：逾越险阻，转战千里。按：转战，谓相驰逐战斗也。　⑤［霹雳］《尔雅》：疾雷为霆霓。注：雷之急击者为霹雳。《隋书》：长孙晟为总管，突厥闻其弓声，谓为霹雳。
⑥［蒺藜］《尔雅翼》：军旅以铁作茨，布敌路，谓之铁蒺藜。《埤雅》：蒺藜布地蔓生，子有三角，刺人。状如菱而小。今兵家乃铸铁为之，以梗敌路。亦呼蒺藜。　⑦［卫青不败］《汉书》：卫青拜车骑将军。至茏城，斩首虏数百。天子使使即军中拜为大将军。霍去病从大将军为嫖姚校尉，敢深入军，亦有天幸，未尝困绝。按：天幸，乃霍去病事。今指卫青，盖借用也。　⑧［李广无功］《史记·李广传》：元朔六年，广复为后将军，从大将军军出定襄，击匈奴。诸将多中首虏率，以功为侯者，而广军无功。元狩四年，广从大将军青击匈奴。青阴受上诫，以为李广老，数奇，毋令当单于。按：奇音基。　⑨［全目］《帝王世纪》：帝羿有穷氏与吴贺北游。贺使羿射雀。羿曰："生之乎？杀之乎？"贺曰："射其左目。"羿引弓射之，误中右目。羿抑首而愧，终身不忘。故羿之善射，至今称之。鲍照诗：惊雀无全目。　⑩［左肘］《庄子》：支离叔与滑介叔观于冥伯之丘，昆仑之墟，黄帝之所休。俄而柳生其左肘，其意

蹙蹙然恶之。注：柳，疡疖也。按：右丞衍柳为垂杨。闻人倓注以为误甚。然《右丞全集》五古中，有《胡居士卧病遗米因赠诗》：徒言莲花目，岂恶杨枝肘。则以柳作杨，当另有解矣。　⑪［故侯瓜］《史记》：邵平者，故秦东陵侯，秦破，为布衣。贫，种瓜于长安，瓜美，世谓之东陵瓜。　⑫［先生柳］陶潜《五柳先生传》：先生，不知何许人，亦不详其姓氏。宅边有五柳，因以为号。　⑬［虚牖］慧净诗：落照侵虚牖。　⑭［疏勒出泉］《后汉·耿恭传》：恭以疏勒城傍有涧水可固，乃引兵据之。匈奴于城下拥绝涧水，恭于城中穿井十五丈不得水。吏士渴乏，笮马粪汁而饮之。恭仰天叹曰："闻昔贰师将军，拔佩刀刺山，飞泉涌出。今汉德神明，岂有穷哉。"乃整衣服，向井再拜，为吏士祷。有顷，水泉奔出，乃令吏士扬水以示虏。虏以为神，遂引去。　⑮［颍川使酒］《史记》：灌夫为人刚直，使酒。家累数千万，食客日数十百人。陂池田园，宗族宾客，为权利横于颍川。师古曰：使酒，因酒而使气也。　⑯［贺兰山］《元和郡县志》：贺兰山在灵州保静县西九十三里。山有树木青白，望如驳马。北人呼驳为贺兰。其山阿东望云中，形势相接，迤逦向北，经灵武县，又西北经保静西，又北经定远城西，又东北抵河。其抵河之处，亦名乞伏山，在黄河西。从首至尾，有像月形。南北约长五百余里，直边城之拒防山之东。［阵云］《史记》：阵云如立垣。　⑰［羽檄］陆倕《石阙铭》：羽檄交驰，军书狎至。⑱［节使］《通典》：朔方有寇戒之地，则加以旌节，谓之节度使。［三河］《史记》：汉王悉发关内兵，收三河士。《史记·货殖传》：昔唐人都河东，殷人都河内，周人都河南。夫三河，在天下之中，若鼎足，王者所更居也。《水经注》：韦昭曰：河南、河东、河内为三河也。　⑲［五道出将军］《汉书·傅介子传》：汉大发十五万骑，五将军分道出。《宣帝纪》：御史大夫田广明为祁连将军，后将军赵充国为蒲类将军，云中太守田顺为虎牙将军，及度辽将军范明友、前将军韩增，咸击匈奴。　⑳［星文］吴筠诗：剑抱七星文。㉑［燕弓］《周礼》：燕之角翰曰角弓，出幽燕。　㉒［越甲］《说苑》：越甲至齐，雍门子狄请死之。齐王曰："鼓铎之声未闻，矢石未交，长兵未接，子何务死之为？"雍门子狄对曰："昔者王田于囿，左毂鸣，车右请死之。王曰：'左毂鸣，工师之罪也，子何事之有焉？'车右曰：'臣不见工师之乘，而见其鸣吾君也。'遂刎颈而死。知有之乎？"齐王曰："有之。"雍门子狄："今越甲至，其鸣吾君，岂左毂之下哉。车右可以死左毂，而臣独不可死越甲也？"遂刎颈而死。是日，越人引甲而退七十里。曰："齐王有臣，钧如雍门子狄，拟使越社稷不血食。"遂引甲而归。齐王葬雍门子狄以上卿之礼。㉓［云中守］《史记·冯唐传》：冯唐曰："臣窃闻魏尚为云中守，其军市租尽以飨士卒，（出）私养钱，五日一椎牛，飨宾客、军吏、舍人。是以匈奴远避，不近云中之塞。上功首虏差六级，陛下下之吏，削其爵。由此言之，陛下虽得廉颇、李牧弗能用也。"文帝悦。是日，令冯唐持节，赦魏尚，复以为云中守。《括地志》：今大同府，古云中郡也。

桃　源　行①

渔舟逐水爱山春，两岸桃花夹古津。
坐看红树不知远，行尽青溪忽值人。
山口潜行始隈隩②，山开旷望旋平陆。
遥看一处攒云树③，近入千家散花竹。
樵客初传汉姓名，居人未改秦衣服。
居人共住武陵源④，还从物外起田园。
月明松下房栊静⑤，日出云中鸡犬喧。
惊闻俗客争来集⑥，竞引还家问都邑。
平明闾巷扫花开⑦，薄暮渔樵乘水入⑧。
初因避地去人间，更问神仙遂不还。
峡里谁知有人事⑨，世中遥望空云山⑩。
不疑灵境难闻见⑪，尘心未尽思乡县。
出洞无论隔山水，辞家终拟长游衍⑫。
自谓经过旧不迷，安知峰壑今来变。
当时只记入山深，青溪几度到云林。
春来遍是桃花水⑬，不辨仙源何处寻⑭。

①〔桃源〕陶潜《桃花源记》：晋太元中，武陵人捕鱼为业。缘溪行，忘路之远近。忽逢桃花林，夹岸数百步，中无杂树。芳草鲜美，落英缤纷。渔人甚异之。复前行，欲穷其林。林尽水源，便得一山。山有小口，仿佛若有光。便舍舟，从口入，初极狭，才通人。复行数十步，豁然开朗。土地平旷，屋舍俨然。有良田美池，桑竹之属。阡陌交通，鸡犬相闻。其中往来种作，男女衣著，悉如外人。黄发垂髫，并怡然自乐。见渔人，乃大惊。问所从来，具答之。便要还家，设酒杀鸡作食。村中闻有此人，咸来问讯。自云先世避秦时乱，率妻子邑人来此绝境，不复出焉。遂与外人间隔。问今是何世，乃不知有汉，无论魏晋。此人一一为具言所闻，皆叹惋。余人各复延至其家，皆出酒食。停数日，辞去。此中人语云："不足为外人道也。"既出，得其船，便扶向路，处处志之。及郡下，诣太守，说如此。太守即遣人随其往，寻向所志，遂迷，不复得路。南阳刘子骥，高尚士也。闻之，欣然欲往，未果，寻病终。后遂无问津者。　②〔隈隩〕《玉篇》：隈，水曲也。隩，水涯也。谢灵运诗：逶迤傍隈隩。③〔云树〕刘孝威诗：云树交为密。　④〔武陵〕《武陵先贤传》：潘京世长为郡主簿，太守赵伟问京："贵郡何以为武陵？"京答曰："鄙郡秦名义陵，在辰阳县界。与夷相接，数为所破。光武时，移治东山之上，遂尔易号。传曰：'止戈为武，高平曰陵。'于是名焉。"　⑤〔房栊〕班婕妤赋：房栊虚兮风泠泠。注：栊，疏槛也。《吴都赋》注：栊，房室之

疏也。 ⑥［来集］《礼记》：四方来集。 ⑦［平明］谢灵运诗：平明登云峰。《楚辞》：平明发兮苍梧。 ⑧［薄暮］《广雅》：日将入曰薄暮。［乘水］《管子》：蛟龙乘水则神立。 ⑨［峡］《韵会》：山峭夹水曰峡。 ⑩［云山］蔡琰《胡笳》：云山万重兮归路遐。 ⑪［灵境］谢灵运诗：灵境信难留。 ⑫［游衍］《诗》：及尔游衍。 ⑬［桃花水］《汉书》：来春桃花水盛。师古注：仲春之月始雨水，桃始花。盖桃方花时，既有雨水，川谷冰泮，众流猥集，波澜甚长，故谓之桃花水耳。《韩诗章句》：三月桃花水下时，郑国之俗，上巳袚除不祥。 ⑭［仙源］《云笈七签》：福地第四曰东仙源，第五曰西仙源。庾信诗：更寻终不见，无异桃花源。

李 白

蜀 道 难①

噫吁嚱②,危乎高哉!

蜀道之难,难于上青天!

蚕丛及鱼凫③,开国何茫然。

尔来四万八千岁,不与秦塞通人烟④。

西当太白有鸟道⑤,可以横绝峨嵋巅。

地崩山摧壮士死⑥,然后天梯石栈方钩连⑦。

上有六龙回日之高标⑧,下有冲波逆折之回川⑨。

黄鹤之飞尚不得过,猿猱欲度愁攀缘⑩。

青泥何盘盘⑪,百步九折萦岩峦⑫。

扪参历井仰胁息⑬,以手抚膺坐长叹⑭。

问君西游何时还,畏途巉岩不可攀⑮。

但见悲鸟号古木,雄飞从雌绕林间⑯。

又闻子规啼夜月,愁空山。

蜀道之难,难于上青天,使人听此凋朱颜⑰。

连峰去天不盈尺,枯松倒挂倚绝壁。

飞湍瀑流争喧豗[18],砯崖转石万壑雷[19]。
其险也若此,嗟尔远道之人胡为乎来哉!
剑阁峥嵘而崔嵬,一夫当关,万夫莫开。
所守或匪亲[20],化为狼与豺[21]。
朝避猛虎[22],夕避长蛇[23],磨牙吮血[24],杀人如麻[25]。
锦城虽云乐[26],不如早还家。
<small>结出通篇主意。</small>
蜀道之难,难于上青天!
侧身西望长咨嗟[27]。

① [蜀道难]《古今乐录》曰:王僧虔《技录》有《蜀道难行》,今不歌。《乐府解题》:《蜀道难》,备言铜梁、玉垒之阻,与蜀国弦颇同。《尚书谈录》曰:李白作《蜀道难》以罪严武,后陆畅谒韦南康皋于蜀郡,感韦之遇,遂反其词,作《蜀道易》云:"蜀道易,易于履平地。"《唐书·严武传》:武节度剑南,房琯以故相为巡内刺史。武慢倨不为礼。最厚杜甫,然欲杀甫数矣。李白为《蜀道难》者,盖为房与杜危之也。按:《唐诗别裁》解云:诸解纷纷。萧士赟谓禄山乱华,天子幸蜀而作。为得其解。臣子忠爱之辞,不比寻常穿凿。又按:《太白集》注解:胡震亨曰:此诗说者不一,有谓为严武镇蜀放恣,危房琯、杜甫而作者,出范摅《云溪友议》,《新史》所采也。有谓为章仇兼琼作者,沈存中、洪驹父驳前说,而为之说者也。有谓讽玄宗幸蜀之非者,萧士赟注语也。兼琼在蜀,无据险跋

扈之迹，可当斯语。而严武出镇在至德后，玄宗幸蜀在天宝末，与此诗见赏贺监在天宝初者，年岁亦皆不合。则此数说似并属揣摩。愚谓《蜀道难》自是古《相和歌曲》，梁、陈间拟者不乏，讵必尽有为而作。白，蜀人，自为蜀咏耳。言其险，更著其戒。如云："所守或匪亲，化为狼与豺。"风人之义远矣。必求一时一人之事以实之，不几失之凿乎。　②［噫吁嚱］《宋景文笔记》：蜀人见物惊异辄曰"噫吁嚱"。李白作《蜀道难》因用之。注：噫，音衣。嚱，音希。　③［蚕丛鱼凫］扬雄《蜀王本纪》：蜀王之先，名蚕丛、柏灌、鱼凫、蒲泽、开明。是时，人民椎髻咙言，不晓文字，未有礼乐。从开明上至蚕丛，积三万四千岁。《成都记》：鱼凫猎湔山，得道乘虎而去，杜宇遂继鱼凫。秦惠王灭蜀，封公子通为蜀侯。惠王二十七年，使张仪筑都城。后置蜀郡，以李冰为守。冰穿两江，为人开田。百姓享其利，蜀人始通中国。　④［秦塞］《史记》：秦西塞之国。［人烟］曹植诗：千里无人烟。　⑤［太白鸟道］慎蒙《名山记》：太白山在凤翔府郿县东南四十里，钟西方金宿之秀，关中诸山，莫高于此。其山巅高寒，不生草木，常有积雪不消，盛夏视之犹烂然，故以太白名。鸟道，谓连山高峻，少低缺处，惟飞鸟过此，以为径路，总见人迹所不能至也。按：本集注，太白山在洋州真符县，山面隶凤翔，山背属真符。《南中志》：鸟道四百里。　⑥［地崩山摧壮士死］《蜀王本纪》：天为蜀生五丁力士，能徙山。秦王献美女与蜀王，遣五丁迎女。见一大蛇入山穴中，五丁共引蛇。山崩，压杀五丁、秦女，皆化为石，而山分为五岭。　⑦［天梯］王逸《九思》：缘天梯兮北上，登太乙兮玉台。［栈］《汉书·张良传》：说汉王烧绝栈道。注：栈，险绝之处，旁凿山岩，施版梁为阁也。《梁州图经》：栈道连空，极天下之至险。《通志》：栈道在褒斜谷中。　⑧［六龙回日］《淮南子》：爰止羲和，爰息六螭，是谓悬车。注：日乘车，驾以六龙，羲和御之。日至此而薄于虞泉，羲和至此而回六螭。［高标］《蜀都赋》：羲和假道于峻岐，阳乌回翼乎高标。《图经》：高标山，一名高望，乃嘉定府之主山。岿然高峙，万象在前。　⑨［冲波逆折］陆机《连珠》：冲波安流。《上林赋》：横流逆折。注：逆折，旋回也。　⑩［猿猱］《埤雅》：猿，猴属，长臂，善啸，便攀援。《韵会》：猱，母猴，似人。《尔雅》：猿猴善援。注：便攀援也。　⑪［青泥］《九域志》：兴州有青泥岭，乃入蜀之路。《元和志》：青泥岭在兴州长举县西北五十三里。上多云雨，行者多逢泥淖。　⑫［九折］《天台赋》：既克济于九折。《水经注》：邛崃山南有九折坂，夏则凝冰，冬则毒寒。［岩峦］徐悱诗：衿带尽岩峦。《尔雅》：峦，山堕。注：山形长狭者，荆州谓之峦。《说文》：小山而高曰峦。⑬［扪参历井］《楚辞》：遂倏忽而扪天。按：扪参历井者，谓仰视天星，去人不远，若可以手扪及之，极言其岭之高也。按：《星经》：参、井二星本相近。参，三星，居西方七宿之末，占度十，为蜀之分野。井，八星，居南方，七宿之首，占度三十三，为秦之分野。又按：青泥岭，乃自秦入蜀之路，故举二方分野之星相联者言之。［胁息］《高唐赋》：胁息增欷。李善注：胁息，缩气也。《通鉴》注：胁息者，屏气鼻不敢息，唯两胁潜动以舒息耳。《汉书》：豪强胁息。注：胁，敛也。屏气而息。 ⑭［抚膺］《列子》：齐子抚膺而恨。 ⑮［畏途］《庄子》：夫畏途者十杀一人，则父子兄弟相戒也。［巉岩］《新论》：舜捐黄金于巉岩之山。 ⑯［雄飞从雌］《雉子班》古辞：雉子高飞止，黄鹄高飞已千里。雄来飞，从雌视。 ⑰［朱颜］王康琚诗：凝霜凋朱颜。 ⑱［飞湍］李巨仁诗：定檝下飞湍。［瀑流］《会稽记》：悬霤千仞谓之瀑布。飞流洒散，冬夏不竭。［喧豗］《海赋》：磊䃧匉而相豗。注：相豗，相击声也。《韵会》：豗，喧声。 ⑲［砯］《江赋》：砯岩鼓作。注：砯，水击岩之声也。砯，音烹。［万壑雷］《上林赋》：礧石相击，若雷霆之声。《世说》：万壑争流。 ⑳［匪亲］张载《剑阁铭》：形胜之地，匪亲勿居。 ㉑［狼豺］《史记·韩安国传》：虽有亲父，安知其不为虎。虽有亲兄，安知其不为狼。《尔雅·释兽》：豺，狗足。疏：豺，贪残之兽。《说文》：豺，狼属。 ㉒［猛虎］司马迁书：猛虎在深山。 ㉓［长蛇］《左传》：吴为封豕长蛇，以荐食上国。《山海经图赞》：长蛇百寻，其鬣如彘。飞群走类，靡不吞噬。极物之恶，尽毒之利。 ㉔［磨牙］《长杨赋》：凿齿之徒，相与磨牙而争之。［吮］吮，徂兖切，前上声。《广韵》：吮，漱也。《史记·吴起传》：卒有病疽者，起为吮之。 ㉕［如麻］《史记·天官书》：死人如乱麻。 ㉖［锦城］《元和志》：锦城在成都县南十里，故锦官城也。按：锦官，或以其地有锦官，如铜官、盐官之类。《益州记》：锦城在益州南，笮桥东，流江南岸。蜀时故锦官处也。号锦里，城墉犹在。［虽云乐］古诗：客行虽云乐，不如早旋归。　㉗［侧身西望］张衡《四愁诗》：侧身西望涕沾裳。

［咨嗟］鲍照诗：弦绝空咨嗟。

长　相　思二首①

长相思，在长安。
络纬秋啼金井阑②，微霜凄凄簟色寒。
孤灯不明思欲绝，卷帷望月空长叹。
美人如花隔云端③，上有青冥之长天④，
下有绿水之波澜。
天长地远魂飞苦⑤，梦魂不到关山难。
长相思，摧心肝⑥。

日色欲尽花含烟，月明欲素愁不眠。
赵瑟初停凤凰柱⑦，蜀琴欲奏鸳鸯弦⑧。
此曲有意无人传，愿随春风寄燕然⑨，
忆君迢迢隔青天。
昔时横波目⑩，今作流泪泉。
不信妾肠断，归来看取明镜前。

①［长相思］郭茂倩《乐府古诗》曰：上言长相思。李陵诗：各言长相思。苏武诗：死当长相思。长者，久远之词。言行人久戍，寄书以遗所思也。古诗又曰：文彩双鸳鸯，裁为合欢被。着以长相思，缘以结不解。谓被中着绵，以致相思绵绵之意，故曰长相思也。又有千里意，与此相类。按：长相思，六朝始以名篇。如陈后主《长相思》《久相忆》，徐陵《长相思》《望归难》，江总《长相思》《久离别》诸作，并以"长相思"发端。太白此篇，正拟其格。　②［络纬］吴均诗：络纬井边啼。《古今注》：莎鸡，一名促织，一名络纬，一名蟋蟀。促织，谓其鸣声如急织。络纬，谓其鸣声如纺绩也。按：今之所谓络纬，似蚱蜢而大，翅作声，绝类纺绩。秋夜，露凉风冷，鸣尤凄紧。俗谓之纺绩娘，非蟋蟀也。或《古今注》：称谓不同欤。［金井阑］《西征记》：太极殿上有金井阑。按：金井阑者，井上阑干也。古乐府多有玉床金井之词，盖言其木石美丽，价值金玉云耳。③［如花］《神女赋》：炜乎如花，温乎如玉。［云端］枚乘诗：美人在云端，天路隔无期。　④［青冥］《楚辞》：据青冥而摅虹兮。　⑤［天长地远］陈后主《孙玚铭》：天长路远，地久云多。　⑥［心肝］欧阳建诗：痛哭摧心肝。　⑦［赵瑟凤凰柱］杨恽书：妇赵女也，雅善鼓瑟。吴均诗：赵瑟凤凰柱，吴醴金罍尊。按：本集注：凤凰柱，刻柱为凤凰形。

⑧［蜀琴鸳鸯弦］鲍照诗：蜀琴抽白雪。按：本集注：司马相如，蜀郡人，善鼓琴。鸳鸯弦，以雄雌也。　⑨［燕然］《后汉书》：燕然山，去塞三千里，即燕支山。《窦宪传》：为车骑将军。温犊须、日逐等八十一

部,率众降,宪军遂登燕然山,刻石勒功,纪汉威德,令班固作铭。 ⑩
[横波目]王筠诗:愁牵翠羽眉,泪满横波目。傅毅《舞赋》:目流睇而
横波。注:言目斜视如水之横流也。

行　路　难①

金樽清酒斗十千②,玉盘珍羞直万钱③。
停杯投箸不能食④,拔剑四顾心茫然⑤。
欲渡黄河冰塞川,将登太行雪满山⑥。
闲来垂钓坐溪上,忽复乘舟梦日边⑦。
<small>举念不忘君侧。</small>
行路难,行路难,多歧路⑧,今安在。
长风破浪会有时⑨,直挂云帆济沧海⑩。

①[行路难]《乐府古题要解》:《行路难》,备言世路艰难,及离别
伤悲之意,多以"君不见"为首。 ②[斗十千]曹植诗:美酒斗十千。
③[万钱]《北史》:韩晋明好酒纵诞,招饮宾客,一席之费,动至万钱,
犹恨俭率。 ④[不能食]鲍照诗:对案不能食,拔剑击柱长叹息。
⑤[茫然]古诗:四顾何茫然。 ⑥[冰川雪山]鲍照《舞鹤赋》:冰塞长
川,雪满群山。[太行]《河南志》:太行山在怀庆府城北。其山西自济源
东北接河内,由武辉县、林县至磁州界,绵亘数十里。其间峰谷岩洞,景物

万状,虽各因地立名,其实太行一山也,为中州巨镇。 ⑦［梦日］按:王琦注:《宋书》:伊挚将应汤命,梦乘船过日月之傍。 ⑧［多歧路］《列子》:杨子之邻人亡羊,既率其党,又请杨子之竖追之。杨子曰:"亡一羊何追者之众?"邻人曰:"多歧路。" ⑨［长风破浪］《晋书》:宗悫少时,叔父炳问其志。悫曰:"愿乘长风破万里浪。" ⑩［云帆］马融《广成颂》:张云帆,施蜺帱。《释名》:随风张幔曰帆。

将 进 酒①

君不见黄河之水天上来,奔流到海不复回。

君不见高堂明镜悲白发,朝如青丝暮成雪。

人生得意须尽欢,莫使金樽空对月。
_{此句一篇之主。}

天生我材必有用,千金散尽还复来。

烹羊宰牛且为乐②,会须一饮三百杯③。

岑夫子,丹丘生④,将进酒,杯莫停。

与君歌一曲⑤,请君为我倾耳听⑥。

钟鼓馔玉何足贵⑦,但愿长醉不愿醒。

古来圣贤皆寂寞,唯有饮者留其名。

陈王昔时宴平乐⑧,斗酒十千恣欢谑。

主人何为言少钱,径须沽取对君酌。

五花马，千金裘⑨，呼儿将出换美酒，与尔同销万古愁。

①［将进酒］《宋书》：汉鼓吹铙歌十八曲，有《将进酒》曲。《乐府诗集》：《将进酒》古词云："将进酒，乘大白。"大略以饮酒放歌为言。宋何承天《将进酒》篇曰："将进酒，庆三朝。备繁礼，荐佳肴。"则言朝会进酒，且以濡首荒志为戒。若梁昭明太子云："洛阳轻薄子。"但叙游乐饮酒而已。　②［烹羊宰牛］曹植诗：中厨办丰膳，烹羊宰肥牛。　③［三百杯］《世说》注：《郑玄别传》曰：袁绍辟玄，及去，饯之城东，欲玄必醉。会者三百余人，皆离席奉觞。自旦及暮，度玄饮三百余杯，而温克之容，终日无怠。　④［岑夫子，丹丘生］按：岑夫子，即《太白集》中所称岑征君是。丹丘生，亦集中所称元丹丘是。皆太白好友也。　⑤［一曲］鲍照诗：为君歌一曲。　⑥［倾耳听］《礼记》：倾耳听之，不可得而闻也。　⑦［馔玉］《论语》注：馔，饮食也。左思《吴都赋》：矜其晏居，则珠服玉馔。注：玉馔，言珍美可比于玉也。　⑧［陈王宴平乐］曹植《名都篇》：归来宴平乐，美酒斗十千。注：平乐，观名。按：曹植以太和六年封为陈王。　⑨［五花马，千金裘］按：五花马者，谓马之毛色作五花文也。又按：张萱画《虢国出行图》中，有三花马。三花者，剪马鬣为三瓣。白居易诗：凤笺裁五色，马鬣剪三花。乃知所谓五花者，盖是剪马鬣为五瓣耳。《史记》：孟尝君有一狐白裘，直千金，天下无双。

杜 甫

兵 车 行①

车辚辚,马萧萧②,行人弓箭各在腰。

爷娘妻子走相送,尘埃不见咸阳桥③。

此诗自首至末,皆言西北戍之苦,或以为征南诏发者,非也。

牵衣顿足拦道哭④,哭声直上干云霄⑤。

道旁过者问行人,行人但云点行频⑥。

或从十五北防河⑦,便至四十西营田⑧。

去时里正与裹头⑨,归来头白还戍边。

边庭流血成海水⑩,武皇开边意未已⑪。

君不闻汉家山东二百州⑫,千村万落生荆杞⑬。

纵有健妇把锄犁⑭,禾生陇亩无东西。

况复秦兵耐苦战,被驱不异犬与鸡。

长者虽有问⑮,役夫敢申恨⑯?

且如今年冬,未休关西卒⑰。

县官急索租⑱,租税从何出⑲?

信知生男恶,反是生女好⑳。

生女犹得嫁比邻㉑,生男埋没随百草㉒。

君不见，青海头㉓，古来白骨无人收㉔，
新鬼烦冤旧鬼哭㉕，天阴雨湿声啾啾㉖。

①［兵车］《周礼》有兵车之会。按：杜诗旧注谓为明皇用兵吐蕃，民苦行役而作也。　②［车辚辚，马萧萧］《诗·秦风》：有车辚辚。又：萧萧马鸣，悠悠旆旌。　③［爷娘］《木兰诗》：不闻爷娘唤女声，但闻黄河之水鸣溅溅。［尘埃］按：钱笺：尘埃不见，言出师之盛。［咸阳桥］《一统志》：便桥，唐时名咸阳桥。《元和郡县志》：便桥在咸阳县西南十里。《长安志》：中渭桥在咸阳东南二十里。本名横桥，贯渭水上。　④［牵衣］魏文帝诗：妻子牵衣袂。古乐府：儿女牵衣啼。［顿足］《史记》：温舒顿足而叹。　⑤［干云霄］孔稚圭文：干云霄而直上。　⑥［点行］按：本集注：点行者，以丁籍点照上下，更换差役。⑦［防河］《旧唐书》：开元十五年十二月，制以吐蕃为边害，令陇右道及诸军团兵五万六千人，河西及诸军团兵四万人，又征关中兵万人集临洮，朔方兵万人集会州，防秋。至冬初，无寇而罢。按：是时，吐蕃侵扰河右，故曰防河也。　⑧［营田］《唐书·食货志》：开军府以捍要冲，因隙地以制营田。有警则以军若夫千人助役。按：《杜臆》：营田，乃戍卒备吐蕃者。　⑨［里正裹头］《海录碎事》：唐制，凡百户为一里，里置正一人。《二仪实录》：古以皂罗三尺裹头，曰头巾。按：鲍氏云："时老幼俱战亡，又括乡里之少小者，故里正为之裹头擐甲也。"

⑩〔流血〕《史记》：流血成川。 ⑪〔武皇〕《汉书》：武帝开置边郡。按：唐人诗称明皇多云武皇。王昌龄："白马金鞍从武皇。"韦应物："少事武皇帝。"公亦云"武帝旌旗在眼中"也。 ⑫〔山东二百州〕赵俊曰：山东者，太行山之东。古之晋地，今之河北。唐都长安，故以河北为山东。元好问曰：古之山东，今河朔、燕、赵、魏是也。《十道四蕃志》：关以东七道，凡二百一十七州。 ⑬〔村落〕《世说》：陆士衡入洛，次河南偃师逆旅。妪曰："此东数十里无村落。"〔荆杞〕阮籍诗：堂上生荆杞。 ⑭〔健妇〕古乐府：健妇持门户，亦胜一丈夫。〔锄犁〕王粲诗：相随把锄犁。 ⑮〔长者〕《礼记》：长者问，不辞让而对，非礼也。 ⑯〔役夫〕《左传》：呼役夫。 ⑰〔关西〕《通鉴》：天宝九载冬十二月，关西游奕使王难得击吐蕃，克五城，拔树敦城。朱注：关西，即陇外也。 ⑱〔县官〕《史记索隐》：谓国为县官者，畿内县即国都，王者官天下，故曰官也。《汉书》注：县官，谓天子，不敢指斥，故谓之县官。 ⑲〔租税〕《严助传》：租税之收，足以给乘舆之御。 ⑳〔生男生女〕陈琳诗：生男慎莫举，生女哺用脯。㉑〔比邻〕《周礼》：五家为比，使之相保。五比为闾，使之相受。又按：朱注：比邻，即近邻也。 ㉒〔埋没〕庾信《哀江南赋》：身名埋没。〔百草〕江淹诗：零落被百草。 ㉓〔青海〕《旧唐书》：吐谷浑有青海，周回八九百里。高宗龙朔三年，为吐蕃所并。仪凤中，李敬玄与吐蕃战，败于青海。开元中，王君㚟、张景顺、张忠亮、崔希逸、皇甫维明、王忠嗣先

后破吐蕃,皆在青海西。天宝中,哥舒翰筑神威军于青海上,又筑城龙驹岛,吐蕃始不敢近青海。　㉔〔白骨〕梁《横吹曲》:尸丧狭谷中,白骨无人收。　㉕〔新旧鬼〕《左传》:新鬼大,故鬼小。〔烦冤〕鲍照诗:烦冤荒陇侧。㉖〔阴雨〕《后汉书》:陈宠为太守,洛阳城每阴雨常有哭声。〔啾啾〕汉乐府:鸣声何啾啾。

丽人行①

三月三日天气新②,长安水边多丽人。
态浓意远淑且真③,肌理细腻骨肉匀④。
<small>押韵。</small>
绣罗衣裳照暮春⑤,蹙金孔雀银麒麟⑥。
<small>妆饰。</small>
头上何所有,翠微匎叶垂鬓唇⑦。
背后何所见,珠压腰衱稳称身⑧。
就中云幕椒房亲⑨,赐名大国虢与秦⑩。
<small>以上泛咏丽人,此才入秦虢。</small>
紫驼之峰出翠釜⑪,水精之盘行素鳞⑫。
<small>四句写其奢侈。</small>
犀箸厌饫久未下⑬,鸾刀缕切空纷纶⑭。
黄门飞鞚不动尘⑮,御厨络绎送八珍⑯。
<small>四句写其宠眷。</small>
箫鼓哀吟感鬼神,宾从杂遝实要津⑰。
后来鞍马何逡巡,当轩下马入锦茵⑱。
<small>以下才入国忠。</small>

杨花雪落覆白蘋⑲，青鸟飞去衔红巾⑳。
炙手可热势绝伦㉑，慎莫近前丞相嗔㉒。

①［丽人行］《乐府广题》曰：刘向《别录》云：昔有丽人，善雅歌，后因以名曲。崔国辅《丽人曲》：红颜称绝代，欲并真无侣。独有镜中人，由来自相许。《旧唐书》：玄宗每年十月幸华清宫，国忠姊妹五家扈从。每家为一队，著一色衣，五家合队照映，如百花之焕发。遗钿坠舄，瑟瑟珠翠，灿烂芳馥于路。而国忠私于虢国，不避雄狐之刺。每入朝，或联镳方驾，不施帷幔。每三朝庆贺，五鼓待漏，艳妆盈巷，蜡炬如昼。按：钱笺注引十月幸华清事，度上已修禊，亦必尔也。　②［三月三日］《风俗通》：按：《周礼》：女巫掌岁时以祓除疾病。禊者，洁也。故于水上盥濯之也。巳者，祉也。邪疾已去，祈介祉也。《周礼》注：如今之三月三日，往水上之类是也。《晋书》：魏以后，但用三日，不复用巳。《荆楚岁时记》：三月三日，士民并出临清渚，为流杯曲水之饮。　③［意远］庾信启：飘飘意远。［淑真］王粲《神女赋》：何产气之淑真。　④［理腻骨肉］《楚辞》：靡颜腻理。注：腻，滑也。又，《招魂》：丰肉微骨。　⑤［罗衣裳］古诗：被服罗衣裳。　⑥［蹙金］按：赵注：蹙金实事，唐人常语。故杜牧自谓其诗蹙金结绣而无痕迹。［孔雀麒麟］按：周注：孔雀麒麟，皆衣上所绣物也。　⑦［翠微匐叶］《广韵》：匐彩，妇人髻饰花也。旧注：翠微匐叶，言翡翠微布于匐彩之

叶。［鬓唇］按：仇注：鬓唇，鬓边也。 ⑧［珠袯］《尔雅》：袯，谓之裾。郭注：衣后裾也。赵注：谓之腰袯，则裙腰耳。以珠缀之，故言珠压腰袯。按：旧注：腰袯，即今之裙带，缀珠其上，压而下垂也。⑨［就中］庾信诗：就中不言醉。［云幕］《西京杂记》：成帝设云幄、云帐、云幕于甘泉紫殿，世谓之三云殿。 ⑩［大国］《旧唐书》：太真有姊三人，皆有才貌，并封国夫人。长曰大姨，封韩国，三姨封虢国，八姨封秦国，同日拜命。《通鉴》：适崔者为韩，适裴者为虢，适柳者为秦。 ⑪［驼峰］《汉书》：大月氏，本西域国，出一封橐驼。注：脊上有一封，高也，如土封然。今俗呼为帮。按：旧注：封，亦作峰。驼峰味美。《酉阳杂俎》：衣冠家名食，有将军曲良翰作驼峰炙。［翠釜］王绩《游北山赋》：裹翠釜而出金精。 ⑫［水精盘］《三辅黄图》：董偃以水精为盘。 ⑬［犀箸］《酉阳杂俎》：明皇恩宠禄山，所赐有金平脱、犀头箸。［厌饫］《楚辞》：时厌饫而不用兮。［箸未下］《晋书》：何曾日食万钱，犹曰无下箸处。⑭［鸾刀缕切］《诗》：执其鸾刀。《西征赋》：饔人缕切，鸾刀若飞。⑮［黄门］《汉书》注：禁中黄门，谓阉人。居禁中，在黄门之内给事者。《明皇杂录》：虢国夫人出入禁中，常乘紫骢，使小黄门为御。紫骢之骏健，黄门之端秀，皆冠绝一时。［飞鞚］鲍照诗：飞鞚越平陆。《通俗文》：制马口曰鞚。 ⑯［送八珍］《新唐书》：帝所得奇珍及贡献，分赐之。使者相衔于道，五家如一。《周礼》：珍用八物。注：珍谓淳熬、淳母、炮豚、炮牂、捣珍、渍熬、肝、肯也。梁武帝诗：雕案出八珍。　⑰﹝宾从﹞魏文帝诗：宾从无声。﹝杂遝﹞《汉书·刘向传》：及至周文开基，西郊杂遝，众贤罔不肃和。注：杂遝，聚积之貌。﹝要津﹞古诗：先据要路津。　⑱﹝当轩﹞王融诗：当轩卷罗縠。﹝锦茵﹞仇注：锦茵，谓地铺锦褥。　⑲﹝杨花﹞《梁书》：杨华，少有勇力，容貌雄伟。魏胡太后逼通之。华惧及祸，乃率其部曲降梁。胡太后思之，为作《杨白花歌》，使宫人连臂蹋足歌之，声甚凄惋。其歌曰："杨春二三月，杨柳齐作花。春风一夜入闺闼，杨花飘荡落南家。含情出户脚无力，拾得杨花泪沾臆。春去秋来双燕子，愿衔杨花入窠里。"按：此杨花亦寓意于杨氏也。杨花入水化为萍。《尔雅翼》：萍，其大者曰蘋。五月有花，白色。又按：本注：蘋根生水底，不若小浮萍无根漂浮。杨国忠实张易之之子，冒杨姓，与虢国通。是以无根之杨花，落而覆有根之白蘋也。　⑳﹝青鸟﹞《山海经》：三危之山，有青鸟居之。注：青鸟，主为西王母取食者。《汉武故事》：王母有二青鸟如乌，夹侍王母。沈约诗：衔书必青鸟。﹝红巾﹞梁元帝诗：柳边通粉色，叶里映红巾。赵注：红巾，妇人之饰。黄注：巾，盖树间所挂之彩。㉑﹝炙手可热﹞《两京新记》：安乐公主，上之季妹也。附会韦氏，热可炙手，道路惧焉。按：炙手可热，盖唐时长安语如此。《唐语林》：语曰："郑、杨、段、薛，炙手可热。"　㉒﹝丞相﹞《通鉴》：天宝十一载十一月，以杨国忠为右相兼文部尚书。

哀 江 头①

少陵野老吞声哭②，春日潜行曲江曲③。
<small>三字通首眼目。</small>
江头宫殿锁千门，细柳新蒲为谁绿。

忆昔霓旌下南苑④，苑中万物生颜色。

昭阳殿里第一人⑤，同辇随君侍君侧⑥。

辇前才人带弓箭⑦，白马嚼啮黄金勒⑧。

翻身向天仰射云，一箭正坠双飞翼。

明眸皓齿今何在⑨，血污游魂归不得⑩。
<small>以下数语，夫妻、父子、死生、离别，触物引绪。</small>
清渭东流剑阁深⑪，去住彼此无消息⑫。
<small>字字俱有哭声。</small>
人生有情泪沾臆，江水江花岂终极。

黄昏胡骑尘满城，欲往城南望城北⑬。

①〔哀江头〕按：诗意本哀贵妃，不敢斥言，故借江头行幸处，标为题目耳。 ②〔少陵〕《雍录》：宣帝陵在杜陵县，许后葬杜陵南园，谓之少陵。杜甫家焉，自称杜陵老，亦曰少陵也。在长安县南四十里。〔吞声〕江淹《恨赋》：自古皆有死，莫不饮恨而吞声。 ③〔曲江〕《寰宇记》：曲江，汉武帝所造，名为宜春苑。其水曲折，有似广陵之江，故名。《剧谈录》：曲江在秦为宜春苑，在汉为乐游园。开元疏凿，遂为胜境。其南有紫云楼、芙蓉苑。其西有杏园、慈恩寺。江头菇蒲葱翠，柳阴

四合，碧波红叶，依映可爱。［潜行］《韩非子》：张孟谈曰："臣请潜行而出。" ④［霓旄］《西都赋》：虹旃霓旄。《高唐赋》：霓为旌，翠为盖。［南苑］《雍录》：曲江，都城东南。其南即芙蓉苑，故名南苑。 ⑤［昭阳］《汉书》：飞燕立为皇后，宠少衰。女弟绝色，幸为昭仪，居昭阳殿。第一人，谓杨贵妃也。 ⑥［同辇］《汉书》：成帝游于后庭，欲与班婕妤同辇。 ⑦［才人］《旧唐书》：内官才人七人。按：唐制，巡幸，宫人扈从者，骑而挟弓矢。见《王才人传》。 ⑧［黄金勒］何逊诗：白马黄金勒。《明皇杂录》：上幸华清宫，贵妃姊妹各购名马，以黄金为衔勒。⑨［明眸皓齿］《洛神赋》：丹唇外朗，皓齿内鲜。明眸善睐，靥辅承权。 ⑩［血污］吴均诗：血污秦王衣。［魂归不得］《国史补》：玄宗幸蜀，至马嵬驿，缢贵妃于佛堂梨树之间。《太真外传》：妃死，瘗于西郭之外一里许，道北坎下，时年三十八岁。 ⑪［清渭剑阁］按：杜诗注：清渭，贵妃缢处。剑阁，明皇入蜀所由。按：钱笺：帝由便桥渡渭，自咸阳望马嵬而西。由武功入大散关、河池、剑阁，以达成都。旧注：渭水在京城，剑阁在蜀。时明皇西幸，尚留蜀也。 ⑫［去住］蔡文姬《胡笳曲》：去住两情兮难具陈。 ⑬［望城北］《两京新记》：曲江最高，四望宽敞。灵武行在，在长安之北。往城南潜行曲江者，欲望城北，冀王师之至耳。《悲陈陶》篇："都人回首北面啼，日夜更望官军至"，二语即此意。望字一本作忘。若作忘字，有何意义。

哀 王 孙①

长安城头头白乌②,夜飞延秋门上呼③。
又向人家啄大屋④,屋底达官走避胡⑤。
金鞭断折九马死⑥,骨肉不待同驰驱。
腰下宝玦青珊瑚⑦,可怜王孙泣路隅。
_{先从宝玦看出,次从隆准看定,忠爱之心,仓卒之意,}
问之不肯道姓名,但道困苦乞为奴⑧。
_{丁宁周至,如闻其声。}
已经百日窜荆棘,身上无有完肌肤⑨。
高帝子孙尽隆准⑩,龙种自与常人殊⑪。
豺狼在邑龙在野⑫,王孙善保千金躯⑬。
不敢长语临郊衢⑭,且为王孙立斯须⑮。
昨夜东风吹血腥⑯,东来橐驼满旧都⑰。
朔方健儿好身手⑱,昔何勇锐今何愚⑲。
窃闻天子已传位⑳,圣德北服南单于㉑。
花门劗面请雪耻㉒,慎勿出口他人狙㉓。
哀哉王孙慎勿疏,五陵佳气无时无㉔。

①〔哀王孙〕按:仇注:肃宗即位,改元至德,在七月甲子。是月丁卯,禄山杀霍国长公主及王妃、驸马等八十人。己巳,又杀王孙及郡、县主二十余人。此诗所以作也。 ②〔头白乌〕《三国典略》:侯景篡位,

令饰朱雀门。其日,有白头乌万计,集于门楼。童谣曰:"白头乌,拂朱雀,还与吴。"此盖以侯景比禄山也。 ③［延秋门］《旧唐书》:十五载六月九日,潼关不守。十二日凌晨,上自延秋门出,微雨沾湿,国忠与贵妃及亲属,拥上出。亲王、妃、主、皇孙以下,多从之不及。平明渡渭,即令断便桥。辰时至咸阳望贤驿置顿。《通鉴》:上出延秋门,妃、主、皇孙之在外者,皆委之而去。是日,百官犹有入朝者,至宫门犹闻漏声,三卫立仗俨然。门既启,则宫人乱出,中外扰攘,不知上所之。王公、士民四出,逃窜山谷。《雍录》:玄宗幸蜀,自苑西门出,在唐为苑之延秋门。既出,即由便桥渡渭,自咸阳望马嵬而西。《长安志》:苑中宫亭凡二十四所。西面二门,南曰延秋门,北曰玄武门。 ④［大屋］《史记》:高门大屋尊宠之。 ⑤［达官］《礼记》:公之丧,诸达官之长杖。注:受命于君者名达于上,谓之达官。 ⑥［金鞭］沈炯诗:晋后铸金鞭。［九马］《西京杂记》:文帝自代来,有良马九匹,曰浮云、赤电、绝群、逸骠、紫燕骝、绿螭骢、龙子、驎駵、绝尘,号为九逸。 ⑦［腰下］《汉书·陈平传》:船人疑其亡将,腰下当有宝器金玉。［珊瑚玦］《西京杂记》:飞燕女弟遗飞燕珊瑚玦、玛瑙玴。 ⑧［乞为奴］《晋纪论》:刘渊、王弥之乱,将相王侯,交头受戮。乞为奴仆,而犹不获。 ⑨［肌肤］《史记》:其次毁肌肤,断支体,受辱。 ⑩［隆准］《汉书》:高帝隆准而龙颜。 ⑪［龙种］《隋书》:房陵王勇,生子俨云,定兴女所生也。文帝曰:"乃皇太孙,何生不得地。"定兴奏曰:

"天上龙种,所以因云而出。" ⑫[豺狼]《后汉·张纲传》:豺狼当道,安问狐狸。[龙野]《易》:龙战于野。《光武纪》:四七之际龙斗野。 ⑬[千金躯]陶潜诗:客养千金躯。 ⑭[郊衢]嵇康诗:杨氏叹郊衢。 ⑮[斯须]李陵诗:且复立斯须。 ⑯[血腥]《山海经》:禹杀相柳,其血腥。 ⑰[囊驼]《唐书·史思明传》:禄山陷两京,以骆驼运御府珍宝于范阳,不知纪极。[旧都]按:肃宗时在灵武,故号长安为旧都。 ⑱[朔方健儿]按:朱注:时哥舒翰将河陇朔方兵,及蕃兵共二十万。拒贼,败绩于潼关。《唐书》:天宝十四载,京师召募十万,号天武健儿。[身手]《颜氏家训》:顷世乱离,衣冠之主,虽无身手。或聚徒众,违弃素业,侥幸成功。 ⑲[勇锐]《六韬》:将不勇则三军不锐。 ⑳[传位]天宝十五载七月,肃宗即位于灵武。 ㉑[南单于]按:卢注:明皇临行,谕太子曰:"西北诸胡,我抚之素厚,汝必得其用。"按:此所谓圣德北服单于也。《后汉书》:匈奴薁鞬日逐王,比自立为南单于。按:此云南单于者,指回纥也。按:旧注:肃宗即位,遣使与回纥和亲,二载,其首领入朝。 ㉒[花门]《唐志》:甘州有花门山堡。东北千里,至回纥衙帐。[剺面]《后汉书·耿秉传》:耿秉卒,匈奴举国号哭,或至梨面流血者。按:梨,剺,古字通用。《说文》:剺,割也,划也。又按:剺面,北俗有哀愤事则然。㉓[出口]《史记》:愿君慎弗出于口。[狙]《史记·留侯世家》:良与客狙击秦皇帝博浪沙中。注:狙,伺候也。亦云狙,伏伺也。狙之伺物必伏而候之。按:《集韵》《韵会》：狙，七虑切，并音毃。玃属。按：《广韵》：狙，千余反，音疽，猿属。又按：音诅，亦猿类。 ㉔〔五陵〕按：旧注：五陵，汉五陵也。今依仇注作唐五陵，近是。《唐纪》：高祖葬献陵，太宗葬昭陵，高宗葬乾陵，中宗葬定陵，睿宗葬桥陵，是为五陵。〔佳气〕《光武纪》：苏伯阿为王莽使，至南阳，遥望舂陵郭，喟曰："气佳哉，郁郁葱葱然。"

唐诗三百首补注卷五

五言律诗

按：律诗权舆于梁、陈，谐协于初唐，精切于沈、宋。偶丽精切，故曰律诗。

唐玄宗

姓李,讳隆基,睿宗子。靖内难即位。开元中,任姚崇、宋璟、韩休、张九龄诸人,治称太平。天宝后,任李林甫、杨国忠,内宠杨贵妃,外宠边将,治乱较然矣。安禄山反,幸蜀,太子即位灵武。明年还京,居西内,崩。唐祚自此不复再振。

经鲁祭孔子而叹之①

夫子何为者,栖栖一代中②。
地犹鄹氏邑③,宅即鲁王宫④。
　　　　　　　　经鲁。
（孔子。）
叹凤嗟身否⑤,伤麟怨道穷⑥。
今看两楹奠⑦,当与梦时同。
　　　　　　　叹之。

①［经鲁祭孔子］《新唐书》:开元十三年十一月庚辰,封于泰山。丙申幸孔子宅,遣使以太牢祭其墓。　②［栖栖］《论语》:微生亩谓孔子曰:"丘何为是栖栖者与,无乃为佞乎?"注:栖栖,依依也,如鸟之栖木而不去,指圣人行迹说。　③［鄹邑］《论语》:孰谓鄹人之子知礼乎?注:鄹,鲁邑名。孔子父叔梁纥,尝为其邑大夫。　④［鲁王

宫]孔安国《书序》：鲁恭王坏孔子旧宅以广其居。升堂，闻丝竹之音，乃不坏宅。 ⑤[叹凤]《论语》：子曰："凤鸟不至，河不出图，吾已矣夫。" ⑥[伤麟]《孔丛子》：叔孙氏之车子钽商，樵于野而获麟焉，众莫之识，以为不详。夫子往观焉，泣曰："麟也。麟出而死，吾道穷矣。"乃歌曰："唐虞世兮麟凤游，今非其时兮来何求。麟兮麟兮我心忧。" ⑦[两楹奠]《礼记》：孔子曰："畴昔之夜，梦坐奠于两楹之间。"

张九龄

望月怀远

海上生明月，天涯共此时。
情人怨遥夜，竟夕起相思。
灭烛怜光满①，披衣觉露滋。
不堪盈手赠②，还寝梦佳期。

①［灭烛］梁简文帝《夜夜曲》：愁人夜独长，灭烛卧兰房。只恐多情月，旋来照妾床。谢灵运《怨晓月赋》：卧洞房兮当何悦，灭华烛兮弄素月。　②［盈手］陆机诗：照之有余辉，揽之不盈手。

王　勃

　　字子安，绛州龙门人。善属文。麟德初，对策，授朝散郎，年未及冠也，沛王召署府修撰。时诸王斗鸡，勃戏为《檄周王鸡》。周王，即中宗也。高宗怒其构衅，斥免为虢州参军，坐擅杀当诛，除名。父福畤，因勃坐谪交趾令。勃往省，渡南海，溺水，悸而卒。勃与杨炯、卢照邻、骆宾王齐名，世称王杨卢骆为四杰。炯尝曰："吾愧在卢前，耻居王后。"知文者以为然。初，裴行俭在吏部见苏味道、王勮。曰："二君皆后掌铨衡。"李敬玄盛称王勃、杨炯、卢照邻、骆宾王。行俭曰："勃等虽有才，然浮躁衒露，岂享爵禄者。炯颇沉默，可至令长。余皆不得其死。"后俱如行俭言。

杜少府之任蜀州①

城阙辅三秦②，风烟望五津③。
与君离别意，同是宦游人。
海内存知己，天涯若比邻。
<small>赠别不作悲酸语，魄力自异。</small>

无为在歧路，儿女共沾巾。

①［蜀州］《舆地志》：崇庆州唐名蜀州。按：旧本俱作杜少府之蜀川，今从《唐诗别裁》注。　②［三秦］《史记》：项籍灭秦后，分其地为三，名曰雍王、塞王、翟王，号曰三秦。　③［五津］《华阳国志》：蜀大江自湔堰下至犍为有五津，一曰白华津，二曰万里津，三曰江首津，四曰涉头津，五曰江南津。

骆宾王

义乌人,七岁能文。武后时,数上疏言事,除临海丞,鞅鞅不得志,弃官去。徐敬业起兵,署为府属。传檄天下,斥武后罪状,文出宾王手。后读之,但嬉笑,至"一抔之土未干,六尺之孤安在",矍然曰:"谁为此?"或以宾王对。后曰:"宰相安得失此人?"敬业败,宾王亡命,不知所之。中宗诏求其文,得数百篇。

在狱咏蝉并序①

余禁所禁垣西,是法厅事也,有古槐数株焉。虽生意可知,同殷仲文之古树;而听讼斯在,即周召伯之甘棠。每至夕照低阴,秋蝉疏引,发声幽息,有切尝闻。岂人心异于曩时,将虫响悲于前听?嗟乎!声以动容,德以象贤。故洁其身也,禀君子达人之高行;蜕其皮也,有仙都羽化之灵姿。候时而来,顺阴阳之数;应节为变,审藏用之机。有目斯开,不以道昏而昧其视;有翼自薄,不以俗厚而易其真。吟乔树之微风,韵姿天纵；饮高秋之坠露，清畏人知。仆失路艰虞，遭时徽纆。不哀伤而自怨，未摇落而先衰。闻蟪蛄之流声，悟平反之已奏；见螳螂之抱影，怯危机之未安。感而缀诗，贻诸知己。庶情沿物应，哀弱羽之飘零；道寄人知，悯余声之寂寞。非谓文墨，取代幽忧云尔。

西陆蝉声唱②，南冠客思深③。_{在狱。}
不堪玄鬓影④，来对白头吟。_{承首句。　　承次句。}
露重飞难进，风多响易沉。_{自喻。}
无人信高洁⑤，谁为表予心。

①〔在狱〕按：旧注，宾王在狱事，史失传，无考。按：《赋钞笺略》宾王小传云：宾王七岁能赋诗。初为道王府属，调长安主簿。上疏言事，下狱，贬临海丞。又按：骆宾土《萤火赋》注云：此赋当在言事下狱时作。　②〔西陆〕司马彪《续汉书》：日行西陆谓之秋。　③〔南冠〕《左传》：晋侯见钟仪，问之曰："南冠而絷者谁也？"有司对曰："郑人所献楚囚也。"　④〔玄鬓〕《烟花记》：魏宫人莫琼树，制蝉鬓，飘渺如蝉翼。　⑤〔高洁〕《职林》：汉侍中冠加金珰，附蝉，取其居高食洁。《汉·马援传》：行能高洁。

杜审言

字必简,襄阳人,杜预之后。举进士,为隰城尉。武后时,累擢学士。按:《杜甫世系表略》:审言,杜预十一代孙。官修文馆学士,尚书膳部员外郎。《唐书·文艺传》:杜审言,字必简,襄州襄阳人。恃才高,以傲世见疾。尝语人曰:"吾文章当得屈宋作衙官,王羲之北面。"与李峤、崔融、苏味道为文章四友。生子闲,闲生甫。《唐诗纪事》:审言初贬吉州司户,与同僚忤。司马周季重、司户郭若讷诬以罪,系狱。审言子并年十三,因季重酒酣,怀刃刺之。季重临死曰:"吾不知审言有孝子。若讷误我,焉避害。"审言因此免官。还东都,则天召,将用之。问曰:"卿喜否?"审言舞蹈谢恩,因作《欢喜诗》,授著作佐郎。神龙初,坐通张易之,流峰州。入为修文馆学士,卒。将死,谓宋之问、武平一曰:"吾在,久压公等。今且死,固大慰,但恨不见替人云。"审言卒,李峤以下请加命,武平一为表,乃赠著作郎。

和晋陵陆丞早春游望①

独有宦游人，偏惊物候新。

云霞出海曙，梅柳渡江春。
_{远。} _{近。}

淑气催黄鸟，晴光转绿蘋。

忽闻歌古调，归思欲沾巾。

①［晋陵］《一统志》：今江南常州府。唐天宝间为晋陵郡。［丞］《通典》：隋开皇中，改郡赞治为丞。

沈佺期

字云卿,内黄人。第进士。长安中,预修《三教珠英》,转考功员外郎。坐张易之党,流岭表。神龙中,授起居郎,后历太子詹事。按:佺期与宋之问作诗,音韵相和,约句准篇,号沈宋体,鸣于时。《唐诗纪事》:佺期字云卿,相州人。除给事中、考功郎。受贿,劾,未究。会张易之败,遂长流欢州。稍迁台州录事参军。入,许召见,拜起居郎,兼修文直学士。侍宴,为弄辞悦帝,赐牙绯,寻为太子詹事。开元初卒。

杂诗

江淹《杂体诗序》:关西邺下,既已罕同;河外江南,颇为异法。今作三十首,效其文体。按:汉孔融有《杂诗》一首。又按:皮日休《杂体诗序》:由古至律,由律至杂,诗之道尽乎此也。

闻道黄龙戍①,频年不解兵。
可怜闺里月,长在汉家营。
<small>能在汉营者,惟闺月耳。</small>
少妇今春意,良人昨夜情。
<small>承闺月。承汉营。</small>

谁能将旗鼓,一为取龙城②。

①〔黄龙戍〕《宋书》:冯跋治黄龙城,故谓之黄龙戍。 ②〔龙城〕《汉书·匈奴传》:五月大会龙城,祭其先天地鬼神。《齐地记》:平昌城有井,与荆水通。有神龙出入焉。故名龙城。

宋之问

字延清，汾州人。伟仪貌，雄于辩。甫冠，武后召与杨炯分直内教，预修《三教珠英》。坐附张易之，左迁泷州。未几，逃匿张仲之家。旋发仲之与王同皎谋杀武三思事。得复官，中宗增置修文馆学士，之问首膺其选。睿宗立，以易之、三思党徙钦州，赐死。《唐诗纪事》：之问与沈佺期、刘元济媚附易之。及败，贬泷州参军事，逃归，复附三思。景龙中，诣事太平公主。安乐公主权盛，复往谐结，太平深嫉之。中宗将用为中书舍人，太平发其赃，下迁越州长史，赋诗流传京师。睿宗立，以狯险盈恶，诏流钦州，赐死。

题大庾岭北驿①

阳月南飞雁②，传闻至此回③。
<small>四句一气旋折，神味无穷。</small>
我行殊未已，何日复归来。
江静潮初落，林昏瘴不开。
明朝望乡处，应见陇头梅。
<small>题驿。</small>

①［大庾岭］《旧唐书》：东峤县即大庾岭，属韶州。一名梅岭。《白帖》：大庾岭上梅，南枝落，北枝开。《闻见近录》：大庾岭险绝通渠，流泉涓涓不绝。红白梅夹道，仰视青天，如一线然。　②［阳月］《尔雅》：十月为阳。　③［（雁）回］《方舆胜览》：回雁峰在衡阳之南，雁至此不过，遇春而回。

王　湾

洛阳人。登先天进士第。开元初，为荥阳主簿。马怀慎欲校正群集，分部撰次，湾在选中。后为洛阳尉。

次北固山下①

客路青山下，行舟绿水前。
潮平两岸阔，风正一帆悬。
海日生残夜，江春入旧年。
乡书何处达，归雁洛阳边②。

①［北固山］《一统志》：北固山在镇江府治北，下临大江。
②［雁书］《苏武传》：匈奴与汉和亲，汉求武等，匈奴诡言武死。后汉使至，与匈奴言："天子射上林，得雁足系帛书，言武等在某泽中。"单于视左右而惊，谢汉使曰："武等实在。"以始元六年至京师，拜为典属国。

常　建

破山寺后禅院①

清晨入古寺，初日照高林。
<small>山寺。</small>
曲径通幽处，禅房花木深。
<small>后禅院。</small>
山光悦鸟性，潭影空人心。
<small>仰看。　　俯看。</small>
万籁此皆寂②，惟闻钟磬音。
<small>上二句见，此二句闻。</small>

①［破山寺］《一统志》：兴福寺在虞山，齐彬州刺史舍宅为寺。唐常建题"曲径通幽处"即此。《唐诗解》：今常熟县虞山兴福寺。

②［万籁］《庄子》：地籁、人籁、天籁，吹万不同。

岑参

寄左省杜拾遗①

联步趋丹陛,分曹限紫微②。
晓随天仗入,暮惹御香归。
白发悲花落,青云羡鸟飞。
自悲。　　　　羡杜。
圣朝无阙事,自觉谏书稀。
寓规讽意。

①〔左省〕《旧唐书·职官志》:门下省,龙朔中改为东台,故称左省。又,垂拱初,置左右拾遗二员,掌供奉讽谏,扈从乘舆。〔杜拾遗〕《新唐书》:杜甫奔行在,拜左拾遗。　②〔分曹〕甫为左拾遗,参为右补阙,相隔中书省,故云限。见沈归愚《重订唐诗别裁》旁批。〔紫微〕《初学记》:唐改中书省曰紫微省。《花木考》:紫微花,俗名怕痒花。树身光滑,高丈余,花瓣紫皱,蜡附茸萼。四五月始花,至六七月。唐省中亦多植此,取其耐久,烂熳可爱。

李　白

赠孟浩然

吾爱孟夫子，风流天下闻。

红颜弃轩冕①，白首卧松云②。
　少。　　　　　老。

醉月频中圣③，迷花不事君。
　酒。　　　　　花。

高山安可仰，徒此揖清芬④。

①［轩冕］《庄子》：今之所谓得志者，轩冕之谓也。轩冕在身，物之傥来，寄也。　②［松云］《南史》：眷恋松云，轻迷人路。③［中圣］《三国志》：徐邈为尚书郎，时科酒禁，而邈私饮，至于沉醉。校事赵达问以曹事，邈曰："中圣人。"达白之太祖，太祖盛怒。鲜于辅进曰："平明醉客，谓酒清者为圣人，浊者为贤人。邈性修慎。偶醉言耳。"　④［清芬］陆机《文赋》：诵先人之清芬。

渡荆门送别①

渡远荆门外，来从楚国游。
山随平野尽②，江入大荒流。
<small>山尽。　　　江宽。</small>
月下飞天镜③，云生结海楼④。
<small>夜月。　　　晓云。</small>
仍怜故乡水，万里送行舟。
<small>　　　　　送别。</small>

①［荆门］《通典》：荆门山，后汉岑彭破田戎于此。公孙述又遣将任满拒吴汉，作浮桥处。在今峡州宜都县西北五十里。《水经》云：江水束楚荆门、虎牙之间。荆门山在南，上合下开，若门。虎牙山在北，石壁危江间，有白文类牙，故名。荆门、虎牙二山，即楚之西塞。　②［山尽］按：肄园居士注：杨齐贤曰："荆门军有山名荆门，蜀之诸山，至此不复见矣。"　③［天镜］薛道衡《老氏碑颂》：响发地钟，光垂天镜。④［海楼］《史记》：海旁蜃气象楼台。《国史补》：海上居人，时见飞楼如缔构之状，甚壮丽。

送　友　人

青山横北郭，白水绕东城。
　　　　山。　　　　　水。
此地一为别，孤蓬万里征①。

浮云游子意，落日故人情。
　　飘飘无定，依依不舍。
挥手自兹去，萧萧班马鸣②。

①［孤蓬］鲍照《芜城赋》：孤蓬自振，惊砂坐飞。　②［萧萧班马鸣］《诗》：萧萧马鸣。《左传》：有班马之声。杜预注：班，别也。按：主客之马，将分道而萧萧长鸣，亦若有离群之憾。

听蜀僧濬弹琴

蜀僧抱绿绮①，西下峨嵋峰。
　僧。　琴。　　　　蜀。
为我一挥手，如听万壑松。
　　　　听。
客心洗流水，余响入霜钟②。
　　　　　　　　　清。
不觉碧山暮，秋云暗几重。
　　听毕。

①［绿绮］傅玄《琴赋序》：蔡邕有绿绮琴，天下名器也。　②［霜钟］《山海经》：丰山有钟九耳，是知霜鸣。郭璞注：霜降则钟鸣，故言知也。

夜泊牛渚怀古①

牛渚西江夜，青天无片云。
<small>以谪仙之笔作律，如拿神龙于池沼中，</small>
登舟望秋月，空忆谢将军②。
<small>虽勺水无波，而屈伸盘拏，出没变化，</small>
余亦能高咏，斯人不可闻。
<small>自不可遏，须从空灵一气处求之。</small>
明朝挂帆去，枫叶落纷纷。

①［牛渚］《一统志》：牛渚山，在太平府城北二十五里，下有矶曰牛渚，去采石矶仅一里。《太平寰宇记》：牛渚山，在太平州当涂县北三十五里，突出江中，谓为牛渚矶。古津渡处也。《舆地志》：牛渚山，昔有人潜行，云此处通洞庭，旁达无底。见有金牛状异，乃惊怪而出。牛渚山北谓之采石。按：今对采石渡口，上有谢将军祠。②［谢将军］《晋书》：谢尚，字仁祖，官镇西将军。《袁宏传》：宏曾为《咏史》诗。谢尚镇牛渚，秋夜乘月泛江，会宏在舫中讽咏，遒问焉。答云："是袁临汝儿郎诵诗。"尚即迎升舟，谈论申旦。自此，名誉日茂。

杜 甫

春 望

国破山河在，城春草木深。
<small>四句十八层。</small>
感时花溅泪①，恨别鸟惊心。
<small>见。　　　　　闻。</small>
烽火连三月，家书抵万金。
<small>承感时。　　承恨别。</small>
白头搔更短，浑欲不胜簪②。

①［溅泪］《拾遗记》：汉献帝为李傕所败，后以泪溅帝衣。

②［胜簪］鲍照曰：白发零乱不胜簪。

月 夜

今夜鄜州月①，闺中只独看。
<small>独看月者，忆长安也。小儿女岂解此哉。</small>
遥怜小儿女，未解忆长安。

香雾云鬟湿，清辉玉臂寒。

何时倚虚幌②，双照泪痕干。
<small>故月应独看。</small>

①［鄜州］《唐书·地理志》：鄜州，洛交郡，本上郡，天宝元年更名。《杜甫传》：安禄山乱，甫走避三川。肃宗立，自鄜州羸服欲奔行在，为贼所得。至德二年亡走凤翔，上谒，拜左拾遗。按：杜诗旧注，天宝十五载，公自鄜州赴行在，为贼所得，时身在长安，家在鄜州。
②［虚幌］江淹诗：炼药照虚幌。《玉篇》：幌，帷幔也。

春宿左省

花隐掖垣暮，啾啾栖鸟过。
<small>日暮起。</small>
星临万户动，月傍九霄多。
<small>星出。　月上。</small>
不寝听金钥①，因风想玉珂②。
<small>中夜。　将晓。</small>
明朝有封事③，数问夜如何。

①［金钥］《黄庭经》：玉匙金钥常完坚。　②［玉珂］张华诗：文轩树羽盖，乘马鸣玉珂。《通俗文》：马勒饰，曰珂。《唐舆服制》：五品以上有珂伞九车之制，三品以上珂九子，四品七子，五品五子，六品以下去通幰及珂。按：珂，朝马饰也。马行则响，谓之鸣珂。③［封事］《光武纪》：诏百僚俱上封事。《汉仪》：密奏，皂囊封版，故曰封事。《唐书》：补阙、拾遗，掌供奉讽谏，大事廷诤，小则上封事。

至德二载甫自京金光门出间道归凤翔乾元初从左拾遗移华州掾与亲故别因出此门有悲往事[1]

此道昔归顺，西郊胡正繁。

至今犹破胆[2]，应有未招魂[3]。
<small>今尚如此，当日可知。</small>

近侍归京邑，移官岂至尊[4]。
<small>拾遗。　　　　　华州掾。</small>

无才日衰老，驻马望千门。
<small>申上句移官之故。</small>

①〔金光门〕《长安志》：唐京师外郭城西面三门，北曰明远、中曰金光、南曰延平。〔华州〕《唐书》：华州在京师东一百八十里。　②〔破胆〕《北魏书》：李穆曰："高欢破胆矣。"　③〔招魂〕《楚辞·招魂篇》：魂兮归来，入修门些。　④「移官」按：旧注：公上疏救房琯，诏三司推问，以张镐力救，敕放就列。至次年，复与房琯、严武俱贬，坐琯党也。

月夜忆舍弟

戍鼓断人行①,秋边一雁声。
<small>录少陵律法,止就其纲常伦纪间至性</small>
露从今夜白②,月是故乡明。
<small>至情流露之语,可以感发而兴起者,</small>
有弟皆分散③,无家问死生。
<small>使学者得其性情之正,庶几养正之义云。</small>
寄书长不达。况乃未休兵。

①〔戍鼓〕刘孝绰《繁昌浦》诗:隔山闻戍鼓,傍浦喧棹讴。 ②〔露白〕按:仇注:时逢白露节。 ③〔分散〕按:鹤注:二弟一在许,一在齐。

天末怀李白①

凉风起天末,君子意如何。

鸿雁几时到,江湖秋水多。
<small>雁飞不到。　　鱼书难达。</small>
文章憎命达,魑魅喜人过②。

应共冤魂语③,投诗赠汨罗④。

①［天末］陆机诗：游子渺天末。［李白］按：旧注：时李白流窜夜郎。　②［魑魅］《左传·文十八年》：投诸四裔，以御魑魅。注：魑魅，山林异气所生为人害者。又注：魑，山神，兽形。魅，怪物。《史记·五帝纪》注：魑魅，人面兽身，四足，好惑人。按：旧注：喜人之来而得食也。　③［冤魂］后汉审配书：冤魂痛于幽冥。　④［汨罗］《一统志》：汨罗，江名，在长沙湘阴县北十里，源出豫章，流经湘阴分二水，一南流曰汨水，一经古罗城曰罗水，至屈潭复合，故曰汨罗。西流入湘。按：《屈原传》：原字平，与楚同姓，仕为三闾大夫。上官靳尚妒其能，毁之。王流之江南，原乃作《离骚经》，终不见省，遂赴汨罗而死。《汉书·贾谊传》：谊既以谪去，意不自得，及渡湘水，为文以吊屈原。屈原，楚贤臣也，被谗放逐，作《离骚赋》，其终篇曰："已矣，国亡人莫我知也。"遂自投江而死。谊追伤之，因以自谕。

奉济驿重送严公四韵①

远送从此别，青山空复情。
几时杯重把，昨夜月同行。
<small>后会无期。　　旧欢如昨。</small>
列郡讴歌惜②，三朝出入荣。
<small>民情。　　　主眷。</small>
江村独归处，寂寞养残生。

① ［奉济驿］按:《杜诗》本注:奉济驿去绵州二十里。［重送］按:《杜诗》本注:先有《奉送入朝》及《送严到绵州》二诗,见卷五之一。② ［列郡］按:本注谓西川诸郡。

别房太尉墓_{阆州}①

他乡复行役,驻马别孤坟。
近泪无干土,低空有断云。
_{低头。}　　　_{抬头。}
对棋陪谢傅②,把剑觅徐君③。
_{生前友谊。}　　_{死后交情。}
唯见林花落,莺啼送客闻。

①［房太尉］《旧唐书·房琯传》:琯以乾元元年贬邠州刺史,上元元年为汉州刺史。宝应三年拜刑部尚书,在路遇疾,广德元年八月卒于阆州。　②［对棋］《晋书·谢安传》:苻坚率众百万次淮肥,加安征讨大都督。命驾出山墅,亲朋毕集,与幼度围棋,赌别墅,游涉至夜乃还。指授将帅,各当其任。按:安卒赠太傅。　③［把剑］《史记》:季札之初使北,过徐,徐君好季札剑,口弗敢言。季札心知之,为使上国未献。还至徐,徐君已死。于是乃解其宝剑,系之徐君冢树而去。从者曰:"徐君已死,尚谁与乎?"季子曰:"不然,始吾心已许之,岂以死背吾心哉!"

旅夜书怀

细草微风岸,危樯独夜舟。
<small>陆。　　　　水。</small>
星垂平野阔,月涌大江流。
<small>陆。　　　　水。</small>
名岂文章著,官应老病休。
<small>承三句。　　承四句。</small>
飘飘何所似,天地一沙鸥。

登岳阳楼①

昔闻洞庭水,今上岳阳楼。
<small>闻。　　　　见。</small>
吴楚东南坼②,乾坤日夜浮。
<small>陆。</small>
亲朋无一字,老病有孤舟。
<small>承三句。　　承四句。</small>
戎马关山北,凭轩涕泗流。

---

①［岳阳楼］《岳阳风土记》:岳阳楼,城西楼也。《方舆胜览》:楼在郡治西南,西面洞庭,左顾君山,不知创始。开元四年,张说出守是邦,与才士登临赋咏,自此名著。　②［东南］《史记·赵世家》:地坼东南。

王 维

辋川闲居赠裴秀才迪①

寒山转苍翠，秋水日潺湲。
<small>山。　　　　水。</small>
倚杖柴门外，临风听暮蝉。
<small>二句围。</small>
渡头余落日，墟里上孤烟②。
<small>二句见，又从上暮字生出。</small>
复值接舆醉，狂歌五柳前。

①［辋川］《唐书·王维传》：维别墅在辋川，地奇胜，有华子冈、欹湖、竹里馆、柳浪、茱萸沜（古泮字）、辛夷坞。与裴迪游其中，赋诗相酬为乐。《雍录》：辋川在蓝田县西南二十里，王维别墅在焉。本宋之问别墅也。　②［墟里］陶潜诗：暧暧远人村，依依墟里烟。

山居秋暝

空山新雨后，天气晚来秋。
<small>山居。　　　　秋暝。</small>
明月松间照，清泉石上流。
<small>仰看。　　　　俯看。</small>

竹喧归浣女，莲动下渔舟。
陆路。　　　　水路。
随意春芳歇①，王孙自可留②。

①［随意］薛道衡诗：庭草无人随意绿。　②［王孙］楚辞：王孙游兮不归，春草生兮萋萋。

归嵩山作①

清川带长薄②，车马去闲闲。

流水如有意，暮禽相与还。
一去不返。　　倦飞知还。
荒城临古渡，落日满秋山。
水路。　　　　陆路。
迢递嵩高下，归来且闭关。
归题。

①［嵩山］《元和郡县志》：嵩高山在河南府告成县西北二十二里，登封县北八里，亦名外方山。东曰太室，西曰少室，总名嵩高，即中岳也。　②［长薄］陆机《挽歌》：按辔遵长薄。注：草木丛曰薄。《楚辞》注：草木交错曰薄。

终 南 山

太乙近天都①,连山到海隅。
　　高。　　　　　远。
白云回望合,青霭入看无②。
　　才开即合。　　似有实无。
分野中峰变③,阴晴众壑殊。

欲投人处宿,隔水问樵夫。

①[太乙]《五经要义》:太乙,一名终南山,在扶风武功县。《名胜志》:终南山,道书谓之太乙山。[天都]《晋书》:天都星主衣裳文绣。　②[青霭]江淹诗:虚堂起青霭,崦嵫生暮云。　③[分野]《陕志》云:终南西起陇山,东逾商洛,绵亘千里,南北亦然。其盘踞不止一州之地,则知天之分野亦不专隶一舍。蒋注谓"中峰之北为雍、为井鬼;中峰之南为梁、为翼轸",失之凿矣。

酬张少府

晚年惟好静,万事不关心。
　　上四句情。
自顾无长策,空知返旧林。

松风吹解带，山月照弹琴。
_{下四句景。}
君问穷通理，渔歌入浦深。
_{即景写情。}

过香积寺①

不知香积寺，数里入云峰。
_{语语是过。}
古木无人径，深山何处钟。
_{过。　　　　闻。}
泉声咽危石②，日色冷青松。
_{低头听。　　　仰头见。}
薄暮空潭曲，安禅制毒龙③。

①［香积寺］《雍录》：香积寺在子午谷正北，近昆明池镐水发源之处。　②［泉咽］《北山移文》：石泉咽而下怆。　③［安禅］《南征赋》：令筑室以安禅。［毒龙］《法苑珠林》：西方山中有池，毒龙居之。昔五百商人止宿池侧，龙怒，泛杀商人。《槃陀王婆罗门咒》：就池咒龙，龙悔过向王，王乃舍之。

送梓州李使君①

万壑树参天，千山响杜鹃。
_{见。　　　　闻。}

山中一夜雨，树杪百重泉。
_{承千山句。　　承万壑句。}
汉女输橦布②，巴人讼芋田③。
文翁翻教授④，不敢倚先贤。
_{送李。}

①［梓州］《唐书·地理志》：梓州，梓潼郡。本新城郡，天宝元年更名。《一统志》：四川潼川州，唐为梓州。　②［橦布］《蜀都赋》：布有橦华。注：橦，树名，其花柔毳可绩为布。《元和志》：梓州输布。《晋书·食货志》：夷人输橦布，户一匹，远者或一丈。　③［芋田］左思《蜀都赋》：瓜畴芋区。郭义恭《广志》：蜀汉既繁芋，民以为资。《图经本草》：芋，今处处有之，闽、蜀、淮、楚尤多植。蜀川出者形圆而大，状若蹲鸱，谓之芋魁。彼人种以当粮食而度饥年。　④［文翁］《汉书》：文翁少好学，通《春秋》，为蜀郡守。见蜀地僻陋，欲诱进之，选郡县小吏开敏有材者，遣诣京师，受业博士。又修起学宫，招下县子弟以为弟子，由是大化，比于齐鲁。《三国志》：蜀本无学士，文翁遣相如东受七经，还教吏民，于是蜀学比于齐鲁。

汉江临眺①

楚塞三湘接②，荆门九派通。

江流天地外,山色有无中。
<small>水势浩荡。　　山色微茫。</small>
郡邑浮前浦,波澜动远空。
<small>承山色句。　　承江流句。</small>
襄阳好风日③,留醉与山翁④。

①〔汉江〕《一统志》:汉江,源出陇西嶓冢山,由汉中流经郿县、均州、光化,至襄阳城北。　②〔三湘〕《寰宇记》:湘潭、湘乡、湘阴为三湘。　③〔风日〕庾信诗:何当好风日,极望长沙垂。　④〔山翁〕《晋书·山简传》:简镇襄阳,诸习氏有佳园池,简出必之池上置酒,辄醉曰:"此我高阳池也。"时有儿童歌曰:"山公出何许,往至高阳池。"

终南别业

中岁颇好道,晚家南山陲。
兴来每独往,胜事空自知。
<small>独行。　　　独觉。</small>
行到水穷处,坐看云起时。
<small>低处。　　　高处。</small>
偶然值林叟,谈笑无还期。

孟浩然

临洞庭上张丞相①

八月湖水平,涵虚混太清②。
<small>四句洞庭。</small>
气蒸云梦泽③,波撼岳阳城。
欲济无舟楫④,端居耻圣明。
<small>四句上张相。</small>
坐观垂钓者,徒有羡鱼情⑤。

①〔洞庭〕《水经注》:洞庭湖广员五百余里,日月若出没于其中也。《荆州记》:洞庭湖一名青草湖。 ②〔太清〕《吴都赋》注:太清,天也。 ③〔气蒸〕《参同契》:山泽气蒸。〔云梦〕《周礼》:正南曰荆州,其泽薮曰云梦。《一统志》:云梦在德安府安陆县南五十里。 ④〔舟楫〕《书》:若济巨川,用汝作舟楫。 ⑤〔羡鱼〕《汉书》:临渊羡鱼,不如退而结网。

与诸子登岘山

人事有代谢，往来成古今。
_{凭空落笔，若不著题，而自有神会。}
江山留胜迹，我辈复登临。
水落渔梁浅，天寒梦泽深。
羊公碑尚在①，读罢泪沾襟。
_{应上半首。}

① ［羊公碑］《晋书·羊祜传》：祜性乐山水，每风景必造。岘山置酒言咏，终日不倦。尝慨然太息，顾谓从事中郎邹湛等曰："自有宇宙，便有此山。由来贤达胜士，登此远望，如我与卿者多矣！皆湮灭无闻，使人悲伤。"湛曰："公令闻令望，必与此山俱传。至若湛等，乃当如公言耳。"祜卒，襄阳百姓建碑于山，见者堕泪。

宴梅道士山房

林卧愁春尽，搴帷览物华。
忽逢青鸟使，邀入赤松家。
金灶初开火，仙桃正发花。
_{山房内。　　山房外。}

童颜若可驻,何惜醉流霞①。
　　　　　　　　　　宴。

①〔流霞〕《论衡》:河东项曼斯好道,去乡三年而反,曰:"去时,有数仙人将上天,离月数里而止,月之旁甚寒凄怆。饥欲食,辄饮我流霞一杯,每饮辄数月不饥。"

岁暮归南山

北阙休上书,南山归敝庐①。
不才明主弃,多病故人疏。
白发催年老,青阳逼岁除②。
　　　年老。　　　岁暮。
永怀愁不寐,松月夜窗虚。

①〔敝庐〕庾信《小园赋》:余有数亩敝庐,寂寥人外。　②〔青阳〕《尔雅》:春为青阳,一曰发生。注:气青而温阳。

过故人庄

故人具鸡黍①,邀我至田家。
绿树村边合,青山郭外斜。

开轩面场圃,把酒话桑麻。

待到重阳日,还来就菊花。

①[具鸡黍]《汉书》:范式,字巨卿,金乡人。游太学,与汝阳张劭友,并告归,式约后二年当过拜尊亲,共刻期日。至期,劭白母具鸡黍以待,而式果至。

秦中寄远上人

一丘常欲卧,三径苦无资①。

北土非吾愿,东林怀我师②。

黄金燃桂尽③(秦中),壮志逐年衰。

日夕凉风至④(旅况),闻蝉但益悲(怀)。

①[三径]《晋书·陶潜传》:潜躬耕自资,遂抱羸疾。复为镇军、建威参军,谓亲朋曰:"聊欲弦歌,以为三径之资可乎?"执事者闻之,以为彭泽令。 ②[东林]《高僧传》:沙门慧永,居在西林,与慧远同宗旧好,遂要同永,谓刺史桓伊曰:"远公方当弘道,今徒属已广,而来者方多,贫道所栖,褊狭不足相处,如何?"桓乃为远复于山东更立房殿,即东林是也。 ③[燃桂]《战国策》:楚国之食贵于玉,薪

贵于桂,谒者难见如鬼,王难见如天帝。今臣食玉炊桂,因鬼见帝,不亦难乎?沈佺期诗:岁炬常然桂,春盘预折梅。然,一作燃。④[凉风至]《尔雅》:北风,谓之凉风。《礼·月令》:是月也,凉风至。

宿桐庐江寄广陵旧游①

山暝听猿愁,沧江急夜流。
<small>二十字可作十五六层,而一气贯注,</small>
风鸣两岸叶,月照一孤舟。
<small>无斧凿痕迹。</small>
建德非吾土②,维扬忆旧游③。
<small>桐庐。</small>
还将两行泪,遥寄海西头。

①[桐庐]《唐书·地理志》:睦州新定郡有桐庐县。《舆图备考》:严州府桐庐县桐江。　②[建德]《唐书·地理志》:睦州,隋遂安郡,武德四年改睦州。万岁登封二年,移治建德。　③[维扬]《一统志》:扬州府为广陵郡,古名维扬。

留别王维

寂寂竟何待,朝朝空自归。
欲寻芳草去,惜与故人违。

当路谁相假①,知音世所稀。

只应守寂寞,还掩故园扉。

①[当路]《孟子》:夫子当路于齐。注:当路,居要地也。

早寒有怀

木落雁南渡,北风江上寒。_{早寒。}

我家襄水曲①,遥隔楚云端。_{有怀。}

乡泪客中尽,孤帆天际看。

迷津欲有问②,平海夕漫漫。

①[襄水]《一统志》:襄水在湖广襄阳府城西北,北为檀溪,南为襄水。 ②[问津]《论语》:使子路问津焉。

刘长卿

字文房,河间人。开元末进士。大历中,官鄂岳观察使,吴仲孺奏贬。后终随州刺史。

秋日登吴公台上寺远眺 寺即陈将吴明彻战场。[①]

古台摇落后,秋入望乡心。
_{台。　　　　秋日登。}
野寺来人少,云峰隔水深。
_{远眺。}
夕阳依旧垒,寒磬满空林。
_{见。　　　　闻。}
惆怅南朝事,长江独自今。
_{陈战场。}

[①]〔吴公台〕《一统志》:扬州府城北,刘宋沈庆之所筑弩台也,陈将吴明彻增筑,故名。

送李中丞归汉阳别业[①]

流落征南将,曾驱十万师。

罢归无旧业,老去恋明时。
<small>二句承流落。</small>
独立三边静②,轻生一剑知。
<small>二句承曾驱。</small>
茫茫江汉上,日暮欲何之。
<small>仍归到首二字,结。</small>

①[汉阳]《唐书·地理志》:鄂州江夏郡汉阳县。 ②[三边]《后汉书·鲜卑传》:幽、并、凉三州缘边诸郡,岁被寇抄杀略。又:鲜卑寇三边。

饯别王十一南游

望君烟水阔,挥手泪沾巾。
<small>五字通首作意。</small>
飞鸟没何处,青山空向人。
长江一帆远,落日五湖春①。
谁见汀洲上,相思愁白蘋②。

①[五湖]《周礼》:扬州,其浸五湖,即太湖。其派有五,故名。又云:周五百里,故名。《苏州图经》:太湖接苏、常、湖、秀四州界,范蠡泛五湖,当在此。一说洞庭、应泽、青草、云梦、巴丘,亦曰五湖。
②[白蘋]《九歌》:登白蘋兮骋望。柳恽诗:汀洲采白蘋。

寻南溪常道士

一路经行处,莓苔见屐痕。
_{语语是寻。}
白云依静渚,芳草闭闲门。
_{远处。　　　近处。}
过雨看松色,随山到水源。
_{高处。　　　低处。}
溪花与禅意,相对亦忘言①。
_{南溪。道士。}

①〔忘言〕《庄子》:言者所以在意,得意而忘言。《晋书》:山涛与嵇康、吕安善,后遇阮籍,便为竹林之交,著忘言之契。

新　年　作

乡心新岁切,天畔独潸然①。

老至居人下,春归在客先。
_{读二句须将上两字作一住。}
岭猿同旦暮,江柳共风烟。

已似长沙傅②,从今又几年。

①〔潸然〕潸,音删。《说文》:涕流貌。《诗·小雅》:潸焉出涕。②〔长沙傅〕《汉书·贾谊传》:谊,雒阳人也。能诵诗书,属文称

于郡中。文帝召以为博士,时谊年二十余,最为少。每召令议,诸老先生未能言,谊尽为之对,人人各如其意所出。诸生于是以为能。文帝说之,超迁,岁中至大中大夫。谊以为汉兴二十余年,天下和治,宜当改正朔,易服色,制法度,定官名,兴礼乐,乃草具其仪法,色上黄,数用五,为官名,悉更奏之,文帝谦让未皇也。然诸法令所更定,及列侯就国,其说皆谊发之。于是天子议以谊任公卿之位。绛、灌、东阳侯、冯敬之属,尽害之,乃毁谊曰:"雒阳之人,年少初学,专欲擅权,纷扰诸事。"于是天子后亦疏之,不用其议,以谊为长沙王傅三年。后岁余,文帝思谊,征之至。入见,上方受釐,坐宣室。上因感鬼神事,而问鬼神之本,谊具道所以然之故。至夜半,文帝前席。既罢曰:"吾久不见贾生,自以为过之,今不及也。"乃拜谊为梁怀王太傅。怀王,上少子,爱而好书,故令谊傅之,数问得失。梁王胜坠马死,谊自伤其为傅无状,常哭泣。后岁余亦死。贾生之死,年三十三矣。注:宣室,未央前正室也。釐,祭余肉也。

钱 起

字仲文，吴兴人。天宝十年赐进士第一人，授秘书郎，终考功郎中。时与韩翃、李端辈十人号十才子，形于图画。又与郎士元齐名，人为之语曰："前有沈、宋，后有钱、郎。"

送僧归日本①

上国随缘住②，来途若梦行。
浮天沧海远③，去世法舟轻④。
水月通禅寂，鱼龙听梵声⑤。
惟怜一灯影⑥，万里眼中明。

（"来"旁注"去"；"寂"旁注"响"）

①〔日本〕《唐书·日本国传》：日本，古倭奴也，去京师万四千里，在海中，隋开皇末始与中国通。 ②〔上国〕《左传》注：上国，诸夏。〔随缘〕《南史·顾欢传》：物有八万四千行，说有八万四千法。法乃至于无数，行亦达于无央。等级随缘，须导归一。 ③〔浮天〕《晋·天文志》：天在地外，水在天外。水浮天而载地者也。《海赋》：浮天无岸。 ④〔法舟〕《宋书·天竺迦毗黎国传》：无上法船，济诸沉

溺。 ⑤［梵］《法华经》：梵音海潮音，胜彼世间音。⑥［一灯］《维摩诘经》：譬一灯然百千灯，冥者皆明，明终不尽。

谷口书斋寄杨补阙①

泉壑带茅茨，云霞生薜帷。
<small>斋外。</small>
竹怜新雨后，山爱夕阳时。
<small>雨。　　　晴。</small>
闲鹭栖常早，秋花落更迟。
<small>鸟。　　　花。</small>
家僮扫萝径，昨与故人期。
<small>寄杨。</small>

①［补阙］《唐书·仪卫志》：左补阙一人在左，右补阙一人在右。《益公题跋》：国朝雍熙诏改拾遗、补阙为司谏。

韦应物

淮上喜会梁州故人①

江汉曾为客,相逢每醉还。
_{一气旋折,八句如一句。}
浮云一别后,流水十年间。
欢笑情如旧,萧疏鬓已斑。
何因不归去,淮上有秋山。
_{收淮上。}

①〔淮〕《山海经》:淮水至下邳淮阴县与泗水合。〔梁州〕州,今河南开封府。

赋得暮雨送李曹

楚江微雨里①,建业暮钟时②。
_{雨。　　　　暮。}
漠漠帆来重,冥冥鸟去迟。
_{雨。　　　　暮。}
海门深不见③,浦树远含滋。
_{暮。　　　　雨。}
相送情无限,沾襟比散丝④。
_{送。}

①［楚江］《淮南子》：荆楚之地，江汉以为池。　②［建业］《吴志·孙权传》：城石头，改秣陵为建业。　③［海门］《地理志》：京江口外有海门。　④［散丝］张协诗：密雨如散丝。

韩翃

字君平,南阳人。大吏辟为从事,不得意,家居。一日,夜将半,叩门急,贺曰:"旨除驾部郎中,知制诰。"翃曰:"误矣。"客曰:"制诰乏人,中书两进名,不从,又请,曰:'与韩翃。'时有同姓名者,为江淮刺史。又具二人同进,御批与咏'春城无处不飞花'之韩翃,此君诗也。"翃始信。时建中初也。终中书舍人。

酬程近秋夜即事见赠

长簟迎风早①,空城澹月华。
<small>四句当作十七八层看。</small>
星河秋一雁,砧杵夜千家。
<small>见。　　　闻。</small>
节候看应晚,心期卧已赊。
<small>即事。</small>
向来吟秀句,不觉已鸣鸦。

① [簟]《正韵》:竹名。《南越志》:博罗县东洲足簟竹,铭曰:"簟竹既大,薄且空中。节长一丈,其长如松。"

刘眘虚

字挺卿,江东人。夏县令。与贺知章、张旭、包融为吴中四友。眘,古慎字。

阙　　题

道由白云尽,春与青溪长。
<small>此以深柳句为主,言由白云尽处而来,</small>
时有落花至,远随流水香。
<small>见溪水长流,落花浮至,而门向山开,</small>
闲门向山路,深柳读书堂。
<small>堂校深窈,虽白日惟清辉幽映耳。</small>
幽映每白日,清辉照衣裳。

戴叔伦

字幼公,润州人。师事萧颖士,为门人冠。刘晏管盐铁,表主管湖南。至云安,杨惠琳反,驰客劫之曰:"归我金带,可缓死。"叔伦曰:"身可杀,财不可得。"乃舍之。德宗尝赋《中和节》诗,遣使者宠赐。历抚州刺史、容管经略使,所至治行称最。

江乡故人偶集客舍

天秋月又满,城阙夜千重。
还作江南会,翻疑梦里逢。
风枝惊暗鹊,露草泣寒虫。
羁旅长堪醉①,相留畏晓钟。(以比客况。)

① [羁旅]《广韵》:羁旅,旅寓也。《周礼·地官》:遗人野鄙之委积,以待羁旅。注:羁旅,过行寄止者。

卢 纶

字允言，河中蒲人。大历初，数举进士不入第。以元载荐，授监察御史。舅韦渠牟得幸德宗，表其才，召见，帝有所作辄使赓和。与吉中孚、韩翃、钱起、司空曙、苗发、崔峒、耿沛、夏侯审、李端齐名，号大历十才子。既从浑瑊在河中，驿召之，会卒。官止检校户部郎中。文宗尤爱其诗，遣中人悉索家笥，得诗五百篇。

送 李 端①

故关衰草遍，离别正堪悲。
路出寒云外，人归暮雪时。
<small>行者。　　送者。</small>
少孤为客早，多难识君迟。
<small>悲李。　　自悲。</small>
掩泣空相向，风尘何所期。

①［李端］字正己，赵州人。大历中进士，官杭州司马。

李 益

字君虞,姑臧人。成进士,不达,刘济辟为从事。呈诗有"不上望京楼"句,宪宗召还,官集贤殿学士。负才凌众,谏官暴其在济时诗,贬官散秩。后仍屡迁,以礼部尚书终。

喜见外弟又言别①

十年离乱后,长大一相逢。
问姓惊初见,称名忆旧容。
<small>初见。　　　　接谈。</small>
别来沧海事,语罢暮天钟。
<small>叙旧。　　　　毕。</small>
明日巴陵道②,秋山又几重。
<small>又别。</small>

①[外弟]《仪礼》:姑之子。注:外兄弟也。疏:外兄弟者,姑是内人,以出外而生故也。　②[巴陵]《旧唐书·地理志》:岳州,天宝元年改为巴陵郡。

司空曙

字文明,广平人。贞元中登进士第,为水部郎中,终虞部郎中。

云阳馆与韩绅宿别①

故人江海别,几度隔山川。
<small>一句从前别起。</small>
乍见翻疑梦,相悲各问年。
<small>会。　　　　叙谈。</small>
孤灯寒照雨,深竹暗浮烟。
<small>馆宿。</small>
更有明朝恨,离杯惜共传。
<small>又别。</small>

① [云阳]《旧唐书·地理志》:京兆府领云阳县,今陕西三原县地。

喜外弟卢纶见宿

静夜四无邻,荒居旧业贫。

雨中黄叶树,灯下白头人。
<small>十字八层。</small>

以我独沉久,愧君相见频。
平生自有分,况是霍家亲①。
外弟。

① [霍家亲]《唐诗别裁》作蔡家亲。注:《博物志》:蔡伯喈母,袁曜卿之姑。羊祜为蔡伯喈外孙,将进爵土,乞以赐舅子蔡袭。又《南史》:蔡兴宗甥袁颛子昂,皆名士。《全唐诗》亦作蔡家亲。

贼平后送人北归

世乱同南去,时清独北还。
他乡生白发,旧国见青山。
承南去。　　承北还。
晓月过残垒,繁星宿故关。
早行。　　晚宿。
寒禽与衰草,处处伴愁颜。
闻。　见。

刘禹锡

字梦得,彭城人。始附王叔文,擢度支员外郎。宪宗立,叔文败,梦得贬连州。后召还,出刺播州,易连州,易夔州、和州。入为主客郎,进集贤学士,又出刺苏州。会昌时,检校礼部尚书。

蜀先主庙

天地英雄气①,千秋尚凛然。
字字精切简括。
势分三足鼎②,业复五铢钱③。
得相能开国④,生儿不象贤⑤。
凄凉蜀故伎,来舞魏宫前。

①[英雄]《三国志》:初,董承称受献帝衣带中诏,与帝谋诛曹操。操从容谓帝曰:"今天下英雄惟使君与操耳。本初之徒,不足数也。"②[鼎足]孙楚《与孙皓书》:自谓三分鼎足之势,可与泰山相终始。③[五铢钱]《汉书·武帝纪》:元狩五年,罢半两钱,行五铢钱。汉末童谣云:"黄牛白腹,五铢当复。" ④[得相]《三国志》:诸葛亮寓居隆中草庐,自比管仲、乐毅。帝访于司马徽,徽曰:"识时务

者在俊杰,此间自有伏龙、凤雏。"帝问:"谁?"曰:"诸葛孔明、庞士元也。"帝由是请亮,三往乃得见。帝曰:"孤之有孔明,犹鱼之有水也。" ⑤〔生儿〕《后帝纪》:魏钟会、邓艾,统十余万众趋汉中,卫将军诸葛瞻与艾战于绵竹,败绩,及其子尚皆死之。艾至成都,谯周劝帝,遂出降。姜维得帝敕命,亦降魏。魏封帝为安乐公。他日与宴,作蜀技,旁人皆感怆,帝喜笑自若。司马昭谓贾充曰:"人之无情,乃至于是,虽使诸葛亮在,不能辅之,况姜维乎?"〔象贤〕《礼记》:继世以立诸侯,象贤也。

张　籍

《唐书·张籍传》：字文昌，和州乌江人。第进士，韩愈荐为国子博士，历水部员外郎，主客郎中，当时有名士皆与游而重之。籍性狷直，尝责愈喜博簺及为驳杂之说，其排释老不能著书，若孟轲、扬雄以垂世者。仕终国子司业。按：博簺，戏具。

没蕃故人

前年戍月支①，城下没全师。
蕃汉断消息，死生长别离。
无人收废帐，归马识残旗。
欲祭疑君在，天涯哭此时。

① [月支] 支，同氏。西域国名。

白居易

草 《唐诗别裁》作《赋得古原草送别》。

离离原上草,一岁一枯荣。
<small>诗以喻小人也。</small>
野火烧不尽①,春风吹又生。
<small>销除不尽。　　　　得时即生。</small>
远芳侵古道,晴翠接荒城。
<small>干犯正路。　　文饰鄙陋。</small>
又送王孙去,萋萋满别情。
<small>却最易感人。</small>

① [野火] 曹植诗:愿为林中草,秋随野火燔。

杜　牧

　　字牧之，宰相佑之孙。太和二年第进士，复举贤良方正。沈传师表为江西团练府巡官，又为牛僧孺节度府掌书记。擢监察御史，分司东都，历黄、池、睦三州刺史，入为司勋员外郎。尝兼史职，复乞为湖州刺史，以考功郎中知制诰，终中书舍人。史称其刚直有奇节，不为龌龊小谨，敢论列大事，指陈利病尤切。至时无右援，怏怏卒。今有《樊川集》，诗情至豪迈，人号"小杜"，以别于少陵。

旅　宿

旅馆无良伴，凝情自悄然。
寒灯思旧事，断雁警愁眠。
<small>见。　　　　闻。</small>
远梦归侵晓，家书到隔年。
<small>去。　　　　来。</small>
沧江好烟月，门系钓鱼船。
<small>中二联当作二十层看。</small>

许 浑

字用晦，丹阳人。太和六年进士，历官当涂、太平二令，润州司马。大中间任监察御史，终睦、郢二州刺史。

秋日赴阙题潼关驿楼①

红叶晚萧萧，长亭酒一瓢。
<small>秋日。　　　　　驿楼。</small>
残云归太华②，疏雨过中条③。
<small>格意直追初盛。</small>
树色随关迥，河声入海遥。
<small>见。　　　　闻。</small>
帝乡明日到，犹自梦渔樵。
<small>赴阙。</small>

①［潼关］《水经》：河水又南至华阴潼关，渭水从西来注之。注：河在关内，南流潼激关山，因谓之潼关。灌水注之。按：潼关在今陕西同州府潼关县。　②［太华］《夏书》：西倾、朱圉、鸟鼠，至于太华。《尔雅》：华山为西岳。注：太华。《地志》：在京兆华阴县西。③［中条］《括地志》：蒲州河东县雷首山，一名中条山。亦名首阳。

早　秋

遥夜泛清瑟，西风生翠萝。
<small>字字切早。</small>
残萤栖玉露①，早雁拂金河②。
<small>低处。　　　　高处。</small>
高树晓还密，远山晴更多。
<small>近处。　　　远处。</small>
淮南一叶下③，自觉洞庭波④。

①〔玉露〕萧统《七月启》：金风晓振，偏伤征客之心；玉露夜凝，真泣仙人之掌。　②〔金河〕《礼》：立秋，盛德在金。庾信文：玉台真气，金河仙液。江总歌：织女今夕渡银河。　③〔一叶〕《淮南子》：见一叶落而知岁之将暮。　④〔洞庭波〕屈原《九歌》：袅袅兮秋风，洞庭波兮木叶下。

李商隐

蝉

本以高难饱，徒劳恨费声。
<small>无求于世。　　　不平则鸣。</small>
五更疏欲断，一树碧无情。
<small>鸣则萧然。　　　止则寂然。</small>
薄宦梗犹泛①，故园芜已平②。
<small>上四句借蝉喻己，以下直抒己意。</small>
烦君最相警，我亦举家清。

①［梗泛］《说苑》：土偶谓桃梗曰："子东园之桃也。刻子为梗，遇天大雨，水潦并至，必浮子泛泛乎不知所止。"　②［芜］陶潜《归去来辞》：田园将芜胡不归。

风　雨

凄凉宝剑篇①，羁泊欲穷年。
黄叶仍风雨，青楼自管弦②。
<small>仍字自字诗眼。</small>
新知遭薄俗，旧好隔良缘。
心断新丰酒③，消愁又几千。

①［宝剑篇］《唐书》：武后索郭元振所为文章，上《宝剑篇》。②［青楼］曹植《美女篇》：青楼临大路，高门结重关。《南史》：齐武帝于兴元楼上施青漆，谓之青楼。诗家多以为狭斜之称。　③［新丰］《汉·地理志》：太上皇思东归，于是高祖改筑城市街里以象丰，徙丰民以实之，故号新丰。按：新丰，即今西安临潼县。［新丰酒］梁元帝诗：试酌新丰酒，遥劝阳台人。

落　花

高阁客竟去，小园花乱飞。
<small>花落则无人相赏，故竟去也。</small>
参差连曲陌，迢递送斜晖。
肠断未忍扫，眼穿仍欲归。
<small>望春留而春自归。</small>
芳心向春尽，所得是沾衣。

凉　思

客去波平槛，蝉休露满枝。
<small>凉字分四层。</small>
永怀当此节，倚立自移时。
<small>足思字意。</small>

北斗兼春远,南陵寓使迟①。

天涯占梦数,疑误有新知。

①［南陵］《旧唐书》:梁置南陵县,武德七年属池州,后属宣州。

北　青　萝①

残阳西入崦②,茅屋访孤僧。
<small>初不见,故访。</small>
落叶人何在,寒云路几层。
<small>路远。</small>
独敲初夜磬,闲倚一枝藤。
<small>初闻磬,后见枝。</small>
世界微尘里③,吾宁爱与憎④。

①［青萝］江淹《江上之山赋》:挂青萝兮万仞,竖丹石兮百重。　②［入崦］《山海经》:崦嵫山下有虞渊,日所入。　③［微尘］《法华经》:譬如有经卷书写三千大千世界事,全在微尘中。时有智人,破彼微尘,出此经卷。　④［爱憎］《楞严经》:人在世间,直微尘耳,何必拘于憎爱而苦此心也。

温庭筠

本名岐,字飞卿,并州人。工侧词艳曲,累举不第。大中末,以上书授方山尉,仍失意归。与令狐绹不协,薄为有才无行。徐商知政事,用为国子助教,商罢,寻废。相传庭筠入试时,押官韵八叉手而赋成,名"温八叉"。与李商隐齐名,不虚也。

送人东游

荒戍落黄叶,浩然离故关。

高风汉阳渡①,初日郢门山②。
<small>直逼初盛。</small>

江上几人在,天涯孤棹还。

何当重相见,樽酒慰离颜。

①[汉阳]《左传》:汉阳诸姬,楚实尽之。按:汉阳,即今湖广汉阳府。　②[郢]《说文》:郢,楚都,在南郡江陵北十里许。

马　戴

字虞臣，未详里居。会昌四年进士。大中初，太原李司空辟掌书记，以正言斥为龙阳尉，终太常博士。

灞上秋居①

灞原风雨定，晚见雁行频。
落叶他乡树，寒灯独夜人。
<small>二句十层。</small>
空园白露滴，孤壁野僧邻。
寄卧郊扉久，何年致此身。

①〔灞〕《水经注》：灞水出蓝田县。按：灞水上有桥，汉时送行者多至此折柳赠别。

楚江怀古

露气寒光集，微阳下楚丘。

猿啼洞庭树，人在木兰舟①。
闻。　　　　见。
广泽生明月，苍山夹乱流。
水。　　　　山。
云中君不见②，竟夕自悲秋③。
怀古。

①［木兰舟］《述异记》：木兰川在浔阳，江中多木兰树，鲁般刻为舟。　②［云中君］《九歌·云中君》：灵皇皇兮既降，猋远举兮云中。注：言云神往来急疾。　③［悲秋］潘岳《秋兴赋》：悲哉秋之为气也。

张 乔

池州人。咸通中,与许棠、郑谷、张蠙诸人同号十哲。黄巢之乱,隐九华以终。

书 边 事

调角断清秋,征人倚戍楼。
春风对青冢①,白日落梁州②。
大漠无兵阻,穷边有客游。
蕃情似此水,长愿向南流。

①〔青冢〕《归州图经》:胡中草多白,王昭君冢草独青,号曰青冢。②〔梁州〕《书》:华阳黑水惟梁州。按:今陕西商州,即古梁州之域。

崔　涂

字礼山，江南人。光启中进士。

除夜有怀

迢递三巴路，羁危万里身。
乱山残雪夜，孤烛异乡人。
<small>十字十层。</small>
渐与骨肉远，转于僮仆亲。
<small>有怀。</small>
那堪正飘泊，明日岁华新。
<small>除夜。</small>

孤　雁

几行归塞尽，念尔独何之。
<small>十字切孤。</small>
暮雨相呼失，寒塘欲下迟。
<small>四句二十层。</small>
渚云低暗度，关月冷相随。
未必逢矰缴①，孤飞自可疑。
<small>点明孤字。</small>

①［矰缴］《淮南子》：雁衔芦而飞，以避矰缴。《三辅黄图》：具矰缴，以射凫雁，给祭祀。

杜荀鹤

字彦之,池州人。大顺中进士。后授翰林学士,知制诰。自序其文为《唐风集》。

春 宫 怨

早被婵娟误①,欲妆临镜慵。

承恩不在貌,教妾若为容②。
_{伤心在此。}

风暖鸟声碎,日高花影重。
_{闻。切春。}

年年越溪女③,相忆采芙蓉。

①[婵娟]《说文》:婵娟,好姿态也。 ②[若为]陈后主后沈姿华诗:情知不肯住,教妾若为留。 ③[越溪]《方舆胜览》:若耶溪,一名越溪,西施采莲于此。

韦 庄

字端己，杜陵人。乾宁中进士，授校书郎，后依王建。建即伪位，拜散骑常侍，进吏部侍郎平章事，卒。

章台夜思①

清瑟怨遥夜，绕弦风雨哀。
<small>四句夜。</small>
孤灯闻楚角，残月下章台。
<small>闻。 见。</small>
芳草已云暮，故人殊未来。
<small>四句思。</small>
乡书不可寄，秋雁又南回。

① [章台]《汉书·张敞传》：走马章台街，以便面拊马。注：章台，在长安中。

僧皎然

俗姓谢氏,字清昼,吴兴人,灵运第十世孙。居杼山,颜鲁公为刺史,集文士撰《韵海》,皎然预其论著。贞元中取其集藏之,于頔为序。

寻陆鸿渐不遇①

移家虽带郭,野径入桑麻。
寻家。 途中。
近种篱边菊,秋来未著花。
将到。 上四句寻。
扣门无犬吠,欲去问西家。
到门。
报道山中去,归来每日斜。
不遇。 下四句不遇。

① [陆鸿渐]按:《唐书·隐逸传》:陆羽,字鸿渐,复州竟陵人。嗜茶,著《茶经》三本,言茶之原、之法、之具尤备,天下益知饮茶矣。时鬻茶者,至陶羽形置炀突间,祀为茶神。

唐诗三百首补注卷六

七言律诗

是五言八句之变也。在唐以前,沈君攸七言俪句已近其调,至唐人始专此体。

崔　颢

汴州人。开元进士，官司勋员外郎。

黄　鹤　楼①

昔人已乘黄鹤去，此地空余黄鹤楼。
_{严沧浪云，唐人七律诗，当以此为第一。}
黄鹤一去不复返，白云千载空悠悠。
晴川历历汉阳树②，芳草萋萋鹦鹉洲③。
日暮乡关何处是，烟波江上使人愁。

①［黄鹤楼］《齐谐记》：黄鹤山者，仙人子安乘黄鹤过此。按：黄鹤，亦作黄鹄。　②［晴川］袁峤之诗：俯仰晴川涣。按：晴川阁，在汉阳府东。　③［鹦鹉洲］鹦鹉洲，在江夏西大江中，黄祖杀祢衡处。衡尝作《白鹦鹉赋》，故遇害之地得名。庾信《哀江南赋》：落帆黄鹤之浦，藏船鹦鹉之洲。

行经华阴①

岩峣太华俯咸京②,天外三峰削不成③。
武帝祠前云欲散④,仙人掌上雨初晴⑤。
河山北枕秦关险⑥,驿路西连汉畤平⑦。
借问路旁名利客,何如此地学长生⑧。

①〔华阴〕华阴县在同州府,因华山在前,故名。 ②〔咸京〕按:唐仲言《唐诗解》:咸京,即咸阳。秦汉建都于此,故名。 ③〔(太华)三峰〕《广舆记》:太华石壁直上如削成,最著者曰莲花、玉女、明星三峰,而仙掌崖、日月岩、苍龙岭皆奇境也。 ④〔武帝祠〕《华山志》:巨灵,九元祖也。武帝观仙掌,特立巨灵祠。 ⑤〔仙人掌〕《述征记》:华山对海东首阳山,黄河流于二山之间。古语云:"此本一山当河,河水过之而曲行,河神以手擘开其上,足蹋离其下,中分为两,以通河流。"手足之形,于今尚在。 ⑥〔秦关〕《雍录》:华阴县东二百里,秦函谷关也。 ⑦〔汉畤〕《括地志》:汉武帝时,在岐州雍县南。孟康曰:"畤者,神灵之所止也。" ⑧〔长生〕《庄子》:广成子曰:"无劳汝形,无摇尔精,乃可以长生。"

祖　咏

洛阳人。开元十三年进士。张说在并州引为驾部员外郎。

望　蓟　门[①]

燕台一去客心惊[②]，笳鼓喧喧汉将营。
<small>字字是望，非泛咏蓟门。</small>
万里寒光生积雪，三边曙色动危旌。
<small>远望。　　　高望。</small>
沙场烽火侵胡月，海畔云山拥蓟城。
<small>承危旌句。　　承积雪句。</small>
少小虽非投笔吏[③]，论功还欲请长缨[④]。

①［蓟门］《一统志》：蓟门关在蓟州。王褒《燕歌行》：惟有漠北蓟城云。　②［燕台］《六帖》：燕昭王置千金于台上，以延天下士，谓之黄金台。　③［投笔］《后汉书·班超传》：超家贫，为官佣书。尝辍业投笔叹曰："大丈夫无他志略，犹当效傅介子、张骞立功异域，以取封侯，安能久事笔砚间乎？"　④［长缨］《汉书·终军传》：军自请愿受长缨，必羁南越王而致之阙下。

崔　曙

宋州人。开元二十六年进士。以《试明堂火珠》诗有云:"夜来双月合,曙后一星孤。"由是得名。明年卒,惟遗一女名星星,是其谶也。

九日登望仙台呈刘明府①

汉文皇帝有高台,此日登临曙色开。
三晋云山皆北向②,二陵风雨自东来③。
<small>登。</small>
<small>二句台前形势。</small>
关门令尹谁能识④,河上仙翁去不回⑤。
<small>言望之无益也。</small>
且欲近寻彭泽宰,陶然共醉菊花杯。
<small>明府。</small>

①〔望仙台〕《神仙传》:河上公授文帝《老子》而去,失所在,帝于西山筑台望之。　②〔三晋〕《孟子》注:魏氏、韩氏、赵氏,共分晋地,号为三晋。　③〔二陵〕《左传》:殽有二陵焉,其南陵,夏后皋之墓也。其北陵,文王之所避风雨也。　④〔关门令尹〕《汉书·艺文志》:《关尹子》九篇,名喜,为关吏。老子过关,喜去吏而从之。
⑤〔河上仙翁〕葛洪《神仙传》:河上公,汉文帝时结草庵河上,帝读

《老子》有不解，遣问之，曰："道尊德贵，非可遥问。"帝幸其庵问曰："普天之下，莫非王臣，不能自屈，无乃高乎？"公即冉冉在空曰："余上不至天，中不至人，下不至地，何臣之有？"帝乃下车稽首，公授《素书》一卷。

李 颀

送魏万之京①

朝闻游子唱离歌,昨夜微霜初度河。
<small>闻。　　　　　　　见。</small>
鸿雁不堪愁里听,云山况是客中过。
<small>闻。　　　　　　　见。</small>
关城曙色催寒近,御苑砧声向晚多。
<small>见。　　早。　　　闻。　　晚。</small>
莫是长安行乐处,空令岁月易蹉跎。
<small>良友规勉之言。</small>

① [魏万]《唐诗纪事》:魏万,后名颢,上元初登第。

李 白

登金陵凤凰台①

凤凰台上凤凰游,凤去台空江自流。
吴宫花草埋幽径②,晋代衣冠成古丘。
三山半落青天外③,二水中分白鹭洲④。
总为浮云能蔽日⑤,长安不见使人愁。
　　　　伤时事。　　　　　　忧帝室。

①〔凤凰台〕《六朝事迹》:宋元嘉中,凤凰集于是山,乃筑台于山椒,以旌嘉瑞。在府城西南二里,今保宁寺是也。《江宁通志》:凤凰台在江宁府城内之西南隅,犹有陂陀可以眺望。　②〔吴宫〕吴宫,谓孙权建都时所造宫室。　③〔三山〕《一统志》:三山,在应天府西南五十七里,周回四望,高二十九丈。《舆地志》:其山积石森郁,滨于大江,三峰排列,南北相连,故号三山。　④〔二水〕史正志碑:秦淮源出句容、溧水两山间,至建康分为二支,一支入城,一支绕城外,共夹一洲曰白鹭。　⑤〔浮云〕陆贾《新语》:邪臣之蔽贤,犹浮云之障日月也。

高　适

送李少府贬峡中王少府贬长沙①

嗟君此别意何如，驻马衔杯问谪居②。
巫峡啼猿数行泪③，衡阳归雁几封书。
　　　峡中　　　　　　　长沙
青枫江上秋帆远④，白帝城边古木疏⑤。
　长沙　　　　　　　　峡中
圣代即今多雨露，暂时分手莫踌躇。

①［少府］按：即县尉。　②［驻马衔杯］《开元遗事》：长安侠少，每春时并辔往来，使仆从执杯而随之，遇好花则驻马而饮。　③［巫峡］《唐书·地理志》：夔州云安郡，有巫山县，中有巫山，巫峡在夷陵，首尾百六十里，三峡之一。［啼猿数行泪］《荆州记》：渔者歌曰："巴东三峡巫峡长，猿鸣三声泪沾裳。"伏挺诗：听猿方对岫。④［青枫江］本注：长沙有青枫江。《名胜志》：浏水至长沙县南有青浦，亦名双枫浦。县有八景，枫浦渔樵其一也。　⑤［白帝城］夔州府东有白帝山，与赤甲山相接。按：公孙述据蜀时，有白龙自井中出，因名山并以名城。

岑 参

和贾至舍人早朝大明宫之作①

鸡鸣紫陌曙光寒②,莺啭皇州春色阑③。

金阙晓钟开万户,玉阶仙仗拥千官④。
闻自宫内。　　　　　见自外人。

花迎剑佩星初落,柳拂旌旗露未干⑤。
低头看。　　　　　　仰头看。

独有凤凰池上客,阳春一曲和皆难⑥。
　　　　　　　　　　　　和贾。

①[贾至]字幼邻,洛阳人。擢明经第,为单父尉。明皇幸蜀,拜中书舍人,知制诰。撰肃宗册文,命往奉册,累封信都县伯,以散骑常侍卒,谥曰文。[大明宫]《长安志》:大明宫在禁苑之东南,贞观八年置为永安宫城,九年改曰大明宫,以备太上皇清暑。百官献资财以助役,龙朔三年大加兴造,号曰"蓬莱宫"。　②[紫陌]谢庄《应诏》诗:紫陌协笙镛。　③[莺啭皇州]《禽经》:莺喜则啭。谢朓诗:春色满皇州。注:皇州,谓帝都也。　④[玉阶]班固《西都赋》:玉阶彤庭。注:玉阶,玉饰阶也。　⑤[花柳]按:朱晦庵云:"唐时殿庭间皆植花柳,故杜甫诗有'退朝花底散,归院柳边迷'之句。"此岑诗用"花柳"字,亦

其一证。　⑥［阳春］宋玉《对楚王问》：客有歌于郢中者，其始曰《下里巴人》，国中属而和者数千人。其为《阳阿》《薤露》，国中属而和者数百人。其为《阳春白雪》，国中属而和者不过数十人。引商刻羽，杂以流征，国中属而和者不过数人而已。是其曲弥高，其和弥寡。

王　维

和贾至舍人早朝大明宫之作

绛帻鸡人报晓筹①，尚衣方进翠云裘②。
九天阊阖开宫殿③，万国衣冠拜冕旒④。
　　　自内而外。　　　　　自外而内。
日色才临仙掌动⑤，香烟欲傍衮龙浮⑥。
　　宫外。　　　　　宫中。
朝罢须裁五色诏⑦，佩声归到凤池头。
　　　和贾。

①［绛帻鸡人］《汉官仪》：宫中舆台，并不得畜鸡。夜漏未明三刻，鸡鸣，卫士候于朱雀门外，著绛帻专传鸡唱。《周礼》：鸡人夜呼旦，以嘂百官。　②［尚衣］《唐书·百官志》：尚衣局，奉御二人，直长四人，掌供冕旒几案。［翠云裘］宋玉《讽赋》：主人之女，翳承日之华，披翠云之裘。　③［九天］《吕氏春秋》：中央曰钧天，东方曰苍天，东北曰变天，北方曰玄天，西北曰幽天，西方曰颢天，西南曰朱天，南方曰炎天，东南曰阳天。［阊阖］《汉书·礼乐志》：游阊阖。注：阊阖，天门。《淮南子》注：阊阖，始升天之门。　④［冕旒］《礼·玉藻》：天子玉藻，十有二旒。注：天子以五采为旒，旒十有二。按：冕

旒，以丝绳贯玉，垂冕前后也。　⑤［仙掌］《三辅黄图·庙记》曰：神明台，武帝造，祭仙人处。上有承露盘，有铜仙人舒掌捧铜盘玉杯，以承云表之露。以露和玉屑服之，以求仙道。《长安记》：仙人掌大七围，以铜为之。　⑥［衮龙］《礼》：天子龙衮。　⑦［五色诏］《事始》：石季龙诏书，有五色纸衔于木凤口而颁行。

奉和圣制从蓬莱向兴庆阁道中
　留春雨中春望之作应制①

渭水自萦秦塞曲，黄山旧绕汉宫斜②。
銮舆迥出千门柳③，阁道回看上苑花。
云里帝城双凤阙，雨中春树万人家。
　　　仰看。　　　　　俯看。
为乘阳气行时令④，不是宸游玩物华。

①［蓬莱］《雍录》：大明宫南端门名丹凤，在平地门北。三殿相踏，皆在山上，至紫宸又北，则为蓬莱殿。殿北有池，亦云蓬莱池。［兴庆］刘煦《唐书》：兴庆宫在东内之南隆庆坊，本玄宗在藩时宅也。自东内达南内，有夹城复道，经通化门达内内，人主往来两宫，人莫知之。［阁道］《史记》：周驰为阁道，自殿下直抵南山。张衡《西京赋》：钩陈之外，阁道穹隆。注：阁道，飞陛也。　②［黄山］《汉书·地理

志》：右扶风槐里县，有黄山宫，孝惠三年起。《扬雄传》：北绕黄山，濒渭而东。《三辅黄图》：黄山宫在兴平县西三十里。《水经》：渭水又东北径黄山宫南。　③［銮舆］班固《西都赋》：乘銮舆，备法驾。　④［阳气］《礼·月令》：阳气发泄。《后汉书·郎颉传》：方春东作，布德之元。阳气开发，养导万物。王者因天视听，奉顺时气，宜务崇温柔，遵其行令。［时令］《礼·月令》：天子乃与公卿大夫共饬国典，论时令。

积雨辋川庄作

积雨空林烟火迟，蒸藜炊黍饷东菑①。

漠漠水田飞白鹭，阴阴夏木啭黄鹂。

山中习静观朝槿②，松下清斋折露葵③。
（低处。见。　　高处。闻。）

野老与人争席罢④，海鸥何事更相疑⑤。

①［蒸藜］《尔雅翼》：《毛诗义疏》：莱，藜也。茎叶皆似王刍。今兖州蒸以为茹，谓之莱藜。［黍］《古今注》：稻之黏者为黍。［东菑］谢朓诗：荅笠聚东菑。　②［习静］何逊诗：习静阋衣巾，读书烦几案。［朝槿］《埤雅》：木槿似李，五月始花。《月令》"木槿荣"是也。花如葵，朝生夕陨，一名舜。盖瞬之义取于此。王僧孺诗：妾意在

寒松，君心逐朝槿。　③［清斋］《楞严经》：我时辞佛，宴晦清斋。按：《旧唐书·文艺传》：王维奉佛，居常蔬食，不茹荤血，晚年长斋，不衣文彩。［露葵］宋玉赋：烹露葵之羹。曹植《七启》：霜蓄露葵。蓄与葵，宜于霜露之时。　④［争席］《列子》：杨朱南之沛，至梁而遇老子，老子曰："而睢睢盱盱，而谁与居？大白若辱，盛德若不足。"杨朱蹙然变容曰："敬闻命矣。其往也，舍者将迎，家公执席，妻执巾栉，舍者避席，炀者避灶。其反也，舍者与之争席矣。"　⑤［海鸥］《列子·黄帝篇》：海上之人有好沤鸟者，每旦之海上从沤鸟游，沤鸟之至者百住而不止。其父曰："吾闻沤鸟皆从汝游，汝取来吾玩之。"明日之海上，沤鸟舞而不下。

赠郭给事①

洞门高阁霭余晖②，桃李阴阴柳絮飞。
_{二句所见。}
禁里疏钟官舍晚③，省中啼鸟吏人稀④。
_{二句所闻。}
晨摇玉佩趋金殿，夕奉天书拜琐闱⑤。
_{入。}　　　　　　　　　_{出。}
强欲从君无那老⑥，将因卧病解朝衣⑦。
_{酬郭。}

①［给事］《汉书·百官志》：中常侍五员，掌侍左右。从入内宫，赞导内众事，顾问应对给事。《唐书·百官志》：门下省给事中四人，正

五品上。常侍左右，分判省事。　②［洞门］《汉书·董贤传》：重殿洞门。注：洞门，谓门门相对也。　③［官舍］《史记·陈豨传》：邯郸官舍皆满。　④［省中］《汉书·昭帝纪》：共养省中。注：本为禁中，门阁有禁，非侍卫之臣不得妄入。孝元皇后父名禁，故避之曰省中。师古曰：省，察也。言入此中，皆当省察视，不可妄也。⑤［琐闱］刘昭《后汉书注》：《后汉书》曰：黄门郎属黄门令，日暮，入对青琐门拜，名曰夕郎。《宫阁簿》：青琐门在南宫。卫瓘注《吴都赋》曰：青琐，户边青镂也。　⑥［那］《韵会》：那，语助也，乃个切，音与奈同。《后汉书·韩康传》：公是韩伯休那。注：那，语余声也，音乃贺反。　⑦［解朝衣］张协诗：抽簪解朝衣，散发归海隅。

杜 甫

蜀 相

丞相祠堂何处寻①，锦官城外柏森森。

映阶碧草自春色，隔叶黄鹂空好音。
　　　　　见。　　　　　　　闻。
三顾频烦天下计②，两朝开济老臣心③。
　　　　自始至终，一生功业心事，四语括尽。
出师未捷身先死④，长使英雄泪满襟。

①［祠堂］按：在成都府城南二里。《方舆胜览》：武侯初亡，百姓遇节朔，私祭于道。李雄称王，始为庙少城内。桓温平蜀，夷少城，独存武侯庙。　②［三顾］诸葛亮《出师表》：三顾臣于草庐之中。［频烦］庾亮表：频烦省闼，出总六军。　③［两朝］按：《杜集》注：两朝，指先主后主也。［开济］《晋书·楚隐王玮传》：玮性开济，能得众心。④［未捷身死］《诸葛亮传》：亮悉大众，由斜谷出，据武功五丈原，与司马懿对于渭南，相持百余日，疾，卒于军。

客　至 至喜崔明府见过

舍南舍北皆春水,但见群鸥日日来。
花径不曾缘客扫,蓬门今始为君开。
盘飧市远无兼味①,樽酒家贫只旧醅②。
肯与邻翁相对饮,隔篱呼取尽余杯。

①[盘飧]《左传》:乃馈盘飧置璧焉。　[兼味]潘岳诔:重珍兼味。②[醅]《广韵》:醅,酒未漉也。

野　望

西山白雪三城戍①,南浦清江万里桥②。
　高处望。　　　　　　　　低处望。
海内风尘诸弟隔,天涯涕泪一身遥。
　二句八层。
惟将迟暮供多病,未有涓埃答圣朝。
跨马出郊时极目,不堪人事日萧条。

①[西山]《一统志》:西山,在成都府西,一名雪岭。[三城戍]按:《杜集》本注:三城,在松维等州之界,时为吐蕃所扰。《唐书·高

适传》：上皇还京，复分剑南为两节度，百姓弊于奔命，而西山三城列戍。　②［万里桥］《一统志》：万里桥在成都府中和门外。

闻官军收河南河北①

剑外忽传收蓟北，初闻涕泪满衣裳。
<small>一气旋折，八句如一句，而开合动荡，元气浑然，</small>
却看妻子愁何在②，漫卷诗书喜欲狂。
<small>自是神来之作。</small>
白日放歌须纵酒，青春作伴好还乡。
即从巴峡穿巫峡，便下襄阳向洛阳③。

①［官军］本注：宝应元年十一月，官军破贼于洛阳，进取东都，河南平。朝义走河北，李怀仙斩其首以献，河北平。此诗盖公在剑外闻捷书而作也。《唐书》：宝应元年冬十月，仆固怀恩等屡破史朝义兵，进克东京，其将薛嵩以相、卫等州降，张志忠以恒、赵等州降。次年春正月，朝义走至广阳自缢，其将田承嗣以莫州降，李怀仙以幽州降。　②［妻子］按：原注：时已迎家至梓。　③［襄阳洛阳］原注：余田园在东京，又出峡东北向，便由襄阳入洛阳。顾注：公先世襄阳人，曾祖依艺为巩令，徙河南。父闲为奉天令，徙杜陵。

登 高

风急天高猿啸哀,渚清沙白鸟飞回。
<small>上。二句十四层。　　　　下。</small>
无边落木萧萧下,不尽长江滚滚来。
<small>上。　　　　　　　　下。</small>
万里悲秋常作客,百年多病独登台。
<small>　　二句又十四层。　　一横说一竖说。</small>
艰难苦恨繁霜鬓①,潦倒新停浊酒杯②。
<small>　　　　　　　　　二句又十余层。</small>

①[繁霜鬓]《诗》:正月繁霜。《子夜歌》:霜鬓不可视。

②[潦倒]《五总志》:魏天保间谓容止蕴藉为潦倒。宋武帝举止行事,以刘穆之为节度,此非蕴藉潦倒之士耶?而后世以潦倒为不偶之人,误矣。嵇康《与山巨源绝交书》:足下旧知吾潦倒粗疏,不切事情。

登 楼

花近高楼伤客心,万方多难此登临。

锦江春色来天地①,玉垒浮云变古今②。
<small>　如春去复来。　　　如云出即变。</small>
北极朝廷终不改,西山寇盗莫相侵③。

可怜后主还祠庙④,日暮聊为梁甫吟⑤。
<small>昏庸如后主人犹祀之,可见终不改也,得武侯则寇靖矣。</small>

唐诗三百首补注卷六　七言律诗　/ 269

①［锦江］《蜀志》：锦江，织锦濯其中则鲜明，故名曰锦里。按：锦江在成都府华阳县南。　②［玉垒］《蜀都赋》：包玉垒而为宇。注：玉垒，山名，湔水出焉。在成都西北岷山界。《一统志》：玉垒山在成都府灌县西北。　③［西山寇盗］广德元年，吐蕃陷松维堡三城及云山新筑二城，于是剑南西山诸州，亦入于吐蕃。　④［后主］按：吴曾《漫录》：蜀先主庙在成都锦官城外，西挟即武侯祠，东挟即后主祠。　⑤［梁甫吟］《史记》注：梁甫，泰山下小山。《西溪丛话》：《艺文类聚》载诸葛亮作《梁甫吟》，不知何义。张衡《四愁诗》：欲往从之梁甫艰。注：言人君有德则封泰山。泰山喻人君，梁甫喻小人也。诸葛好为《梁甫吟》，恐取此意。按：杜诗本注，以后主比天子，无理之甚。"梁甫吟"句兼对严公，盖以诸葛勋名望之也。按：钱笺云：代宗任程元振、鱼朝恩，致蒙尘之祸，故以后主之任黄皓比之。

宿　府 府本注：时在严武幕中。

清秋幕府井梧寒①，独宿江城蜡炬残。

永夜角声悲自语，中庭月色好谁看。
_{读二句，上五字略顿，神味倍永。}

风尘荏苒音书断，关塞萧条行路难。

已忍伶俜十年事②，强移栖息一枝安。

①［幕府］《汉书·李广传》：莫府省文书。注：莫府者，以军幕为义。《古字通》：军旅无常居止，故以帐幕言之。［井梧］《鸿书》：世尝言，金井梧桐飘，以叶上有黄圈文如井，故曰金井，非井栏也。
②［伶俜］《寡妇赋》：少伶俜而偏孤兮。［十年事］按：邵注：自禄山初反至此为十年。

阁　　夜

岁暮阴阳催短景，天涯霜雪霁寒宵。
<small>二句十余层。</small>
五更鼓角声悲壮，三峡星河影动摇①。
野哭几家闻战伐，夷歌数处起渔樵②。
卧龙跃马终黄土③，人事音书漫寂寥。
<small>贤愚同归于尽，则寂寥何足计矣。</small>

①［动摇］《天官书》注：左旗九星，在河鼓左。右旗九星，在河鼓右。动摇则兵起。　②［夷歌］《蜀都赋》：陪以白狼，夷歌成章。　③［卧龙］《蜀志》：徐庶谓先主曰："诸葛孔明卧龙也。"［跃马］《蜀都赋》：公孙跃马而称帝。注：《后汉书》曰：公孙述，字子阳，扶风人。王莽时为导江卒正，更始立，述恃其地险众附，遂自立为天子。

咏怀古迹五首

支离东北风尘际,飘泊西南天地间①。
<small>自叙起为五诗总贯。俞云,二句作诗本旨。</small>
三峡楼台淹日月,五溪衣服共云山②。

羯胡事主终无赖,词客哀时且未还。
<small>下四句即庾自喻。</small>
庾信平生最萧瑟③,暮年诗赋动江关。

①〔东北〕〔西南〕公避禄山之乱,自东北而西南。谓从陷贼谒上凤翔,旋弃官客秦,入蜀自乾元二年,至此已八年矣。因风尘故怀及先主、武侯,因飘泊故怀及庾、宋、明妃,知非泛咏古迹。 ②〔五溪衣服〕《水经注》:武陵有五溪,谓雄溪、樠溪、力溪、无溪、酉溪,辰溪其一焉。夹溪悉是蛮左右所居,故谓五溪蛮也。注:《宋书》说五溪曰雄溪、樠溪、酉溪、沅溪、辰溪,无力溪二字。《后汉书》:武陵五溪蛮,皆槃瓠之后。槃瓠者,犬也,得高辛氏少女,生六男六女。织绩木皮,染以草实,好五采衣服,裁制皆有尾形。浦注:五溪在湖广辰州界,正在夔南。
③〔庾信〕〔萧瑟〕《庾信传》:信在周虽位望通显,常有乡关之思,乃作《哀江南赋》。其辞曰:"信年始二毛,即逢丧乱,狼狈流离,至于暮齿。燕歌远别,悲不自胜,楚老相逢,泣将何及。"又云:"将军一去,

大树飘零。壮士不还,寒风萧瑟。"

摇落深知宋玉悲①,风流儒雅亦吾师。
<small>亦字承庚信来,有岭断云连之妙。流水对一往情深。</small>
怅望千秋一洒泪,萧条异代不同时。
江山故宅空文藻②,云雨荒台岂梦思③。
最是楚宫俱泯灭,舟人指点到今疑。
<small>意在言外。</small>

①[摇落]宋玉《九辩》:悲哉,秋之为气也,萧瑟兮草木摇落而变衰。按:玉言此,本怀亡国之忧也。 ②[故宅]赵曰:归州、荆州,皆有宋玉宅。此当指在归州者。 ③[云雨]宋玉《高唐赋》:昔先王尝游高唐,梦见一妇人曰:"妾巫山之女也。"王因幸之。去而辞曰:"妾在巫山之阳,高丘之岨,旦为行云,暮为行雨,朝朝暮暮,阳台之下。"旦朝视之,如言,故为立庙,号曰朝云。《汉书》注:宋玉此赋,盖假设其事,讽谏淫惑也。

群山万壑赴荆门,生长明妃尚有村①。
<small>山水钟灵,生此尤物。</small>
一去紫台连朔漠②,独留青冢向黄昏。
<small>生归异域。 死葬胡沙。</small>
画图省识春风面③,环珮空归月夜魂。
<small>肖与否,未可知。 归与否,未可必。</small>
千载琵琶作胡语④,分明怨恨曲中论。

惟琵琶一曲，千载流传，得悉其怨恨耳。

① ［明妃村］《一统志》：昭君村，在荆州府归州东北四十里。《汉书》注：昭君，本蜀郡秭归人也。　② ［紫台］江淹《恨赋》：若夫明妃去时，仰天太息，紫台稍远，关山无极。注：紫台，汉宫名。　③ ［画图］《琴操》：王昭君名嫱，齐国王襄之女也。年十七入元帝宫。会单于遣使请一女子，帝谓后宫谁肯行者，昭君喟然而起，遂以赐单于。《西京杂记》：元帝后宫既多，使画工画形，按图召幸。宫人皆赂画工，昭君不与，乃恶图之。后匈奴求美人为阏氏，以昭君行，及见，貌第一。帝按其事，画工毛延寿弃市。　④ ［琵琶］石崇《王明君辞》：王明君者，本是王昭君，以触文帝讳改之。昔公主嫁乌孙，令琵琶马上作乐，以慰其道路之思，其送明君亦必尔也。《琴操》：昭君作怨思之歌，后人名为《昭君怨》。

蜀主窥吴幸三峡，崩年亦在永安宫①。
翠华想像空山里，玉殿虚无野寺中②。
古庙杉松巢水鹤③，岁时伏腊走村翁。
武侯祠屋常邻近④，一体君臣祭祀同。

① ［永安宫］《蜀志》：先主忿孙权之袭关羽，遂帅诸军伐吴，次秭归。章武二年，败于猇亭，由步道还鱼复，改鱼复为永安。三年四月，先

主殂于永安宫。《寰宇记》：宫在州西七里。 ②［玉殿］原注：殿今为卧龙寺，庙在宫东。 ③［巢水鹤］《抱朴子》：千岁之鹤，随时而鸣，能登于木。其未千岁者，终不能集于树上。《春秋繁露》：鹤知夜半。注：鹤，水鸟也，夜半水位感其生气，则益喜而鸣。 ④［武侯祠］《寰宇记》：武侯祠在先主庙西。

诸葛大名垂宇宙，宗臣遗像肃清高①。
三分割据纡筹策，万古云霄一羽毛。
<small>其时事已不可为，其人则高不可及。</small>
伯仲之间见伊吕②，指挥若定失萧曹③。
<small>当于伊吕间求之，萧曹不足道也。</small>
运移汉祚终难复，志决身歼军务劳④。
<small>申三分句。　　　　申万古句。</small>

①［宗臣］《蜀志》本传注：张俨曰："一国之宗臣，霸主之贤佐。"②［伯仲］魏文《典论》：傅毅之于班固，伯仲之间耳。［伊吕］彭羕《与诸葛亮书》：足下乃当今伊吕。注：伊尹、吕尚也。 ③［指挥］《陈平传》：诚能去两短，集两长，天下指挥即定矣。［萧曹］《汉书·赞》：萧何、曹参，为一代宗臣。《丙吉传·赞》：高祖开基，萧曹为冠。 ④［军务劳］《魏氏春秋》：亮使至，宣王问其寝食及其事之烦简，使对曰："诸葛公夙兴夜寐，罚二十以上皆亲览焉，所啖食不及数升。"宣王曰："亮将死矣。"

刘长卿

江州重别薛六柳八二员外

生涯岂料承优诏,世事空知学醉歌。
江上月明胡雁过,淮南木落楚山多。
寄身且喜沧洲近,顾影无如白发何。
今日龙钟人共老①,愧君犹遣慎风波。

①[龙钟]《广韵》:龙钟,竹名。年老者如竹,枝叶摇曳,不自禁持。

长沙过贾谊宅①

三年谪宦此栖迟,万古惟留楚客悲。
秋草独寻人去后,寒林空见日斜时。
汉文有道恩犹薄,湘水无情吊岂知。
寂寂江山摇落处,怜君何事到天涯。

① [贾谊宅]《一统志》：贾谊宅在长沙府灌锦坊。

自夏口至鹦鹉洲望岳阳寄元中丞 《唐诗别裁》作阮中丞。①

汀洲无浪复无烟，楚客相思益渺然。
汉口夕阳斜渡鸟②，洞庭秋水远连天。
<small>夏口至洲。　　　　　　　　岳阳。</small>
孤城背岭寒吹角，独树临江夜泊船③。
<small>　　　闻。　　　　　　见。</small>
贾谊上书忧汉室，长沙谪去古今怜。
<small>寄元。</small>

① [夏口]《一统志》：夏口在武昌府荆江之中，正对沔口。唐称鄂州为夏口。本在江北，自孙权取对岸名夏口，而江北之名始晦。
② [汉口]《一统志》：汉口在汉阳府大别山北。　③ [独树] 何逊诗：天边看独树。

钱 起

赠阙下裴舍人

二月黄鹂飞上林，春城紫禁晓阴阴①。
_{句句从阙下生情。}
长乐钟声花外尽②，龙池柳色雨中深③。
_{闻。} _{见。}
阳和不散穷途恨④，霄汉常悬捧日心⑤。
_{时。} _{地。}
献赋十年犹未遇⑥，羞将白发对华簪。
_{赠裴。}

①［紫禁］谢庄《宣贵妃诔》：收华紫禁。注：王者之宫以象紫微，故谓宫中为紫禁。吕注：紫禁即紫宫，天子所居也。　②［长乐］《三辅黄图》：长乐宫本秦之兴庆宫也，高皇帝始居栎阳，七年，长乐宫成，徙居长安城。　③［龙池］沈佺期《龙池篇》：龙池跃龙龙已飞。按：明皇为诸王时，故宅在隆庆坊，宅有井，井溢成池。中宗时，数有云龙之祥，后引龙首堰水注池中，池面遂益广，即龙池也。　④［阳和］《史记》：始皇登之罘刻石曰："时在中春，阳和方起。"　⑤［霄汉］谢灵运诗：结念属霄汉。《玉篇》：霄，云气也。［捧日］《魏书》：程昱少时，常梦见两手捧日，私异之。以语荀彧，或以白太祖，太祖曰："卿当终为吾腹心。"昱本名立，太祖乃加其上日，更名昱。　⑥［献赋］《东观汉记》：班固读书禁中，每行巡辄献赋颂。

韦应物

寄李儋元锡

去年花里逢君别，今日花开又一年。
世事茫茫难自料，春愁黯黯独成眠。
身多疾病思田里，邑有流亡愧俸钱。
<small>范文正叹为仁人之言。</small>
闻道欲来相问讯，西楼望月几回圆。

韩 翃

同题仙游观

仙台初见五城楼①,风物凄凄宿雨收。
山色遥连秦树晚,砧声近报汉宫秋。
<small>见。 闻。</small>
疏松影落空坛静,细草香生小洞幽。
<small>高处。 低处。</small>
何用别寻方外去②,人间亦自有丹丘③。

①〔五城〕《史记》:方士有言,黄帝时为五城十二楼,以候神人。 ②〔方外〕《庄子》:子桑户、孟子反、子琴张三人相与友,子桑户死,孔子闻之,使子贡往待事焉。或编歌,或鼓琴,相和而歌。子贡反以告孔子曰:"彼何人者耶?"孔子曰:"彼游方之外者也,而某游方之内者也。" ③〔丹丘〕《拾遗记》:有丹丘千年一烧,黄河千年一清,至圣之君,以为大瑞。《楚辞》:仍羽人于丹丘。注:丹丘,常明之处也。

皇甫冉

字茂政,丹阳人。十岁能诗文,天宝中成进士第一。官无锡尉,左金吾兵曹。大历中迁右补阙。

春　　思

莺啼燕语报新年,马邑龙堆路几千^①。
家住层城邻汉苑^②,心随明月到胡天。
机中锦字论长恨^③,楼上花枝笑独眠。
为问元戎窦车骑,何时返旆勒燕然。

①[马邑]《搜神记》:秦筑长城于武川塞,有马驰走其地,依以筑城,因名马邑。[龙堆]《汉书·西域传》:楼兰最在东陲,近汉,当白龙堆。乏水草,尝主发导,负水儋粮,送迎汉使。　②[层城]《水经注》:昆仑之山三级,下曰樊桐,一名板松;二曰玄圃,一名阆风;上曰层城,一名天庭。是谓太帝之居。　③[锦字]《晋书》:窦滔妻苏氏,善属文。苻坚时,滔为秦州刺史,被徙流沙。苏氏思之,织锦为回文诗寄滔。循环宛转以读之,词甚凄切。

卢 纶

晚次鄂州①

云开远见汉阳城,犹是孤帆一日程。
估客昼眠知浪静②,舟人夜语觉潮生。
<small>见。　　　　　　　　　闻。</small>
三湘愁鬓逢秋色,万里归心对月明。
旧业已随征战尽,更堪江上鼓鼙声。

①[鄂州]《一统志》:湖广武昌府,楚熊渠封其子红为鄂王,置武昌府,隋置鄂州,唐因之。　②[估客]梁元帝诗:莫复临时不寄人,漫道江中无估客。按:估,市估也。

柳宗元

登柳州城楼寄漳汀封连四州刺史①

城上高楼接大荒,海天愁思正茫茫。
　　　　　陆。　　　　　　水。
惊风乱飐芙蓉水②,密雨斜侵薜荔墙③。
　　二句近景。水。　　　　　　陆。
岭树重遮千里目,江流曲似九回肠④。
　　陆。二句远景。　　水。
共来百粤文身地⑤,犹自音书滞一乡。
　　寄四刺史。

①[四州刺史]本集注:公与韩泰、韩晔、刘禹锡、陈谏、凌准、程异、韦执谊皆贬,号八司马。凌准、执谊皆卒贬所,异先用。余四人与公皆例召至京师,又皆出为刺史,公为柳州,泰为漳州,晔为汀州,禹锡为连州,谏为封州。　②[飐]《说文》:飐,音战,风吹浪动也。[芙蓉水]梁简文帝诗:日暮芙蓉水。　③[薜荔]《楚辞》注:薜荔,香草,缘木而生。　④[回肠]史迁书:肠一日而九回。⑤[百粤]《汉书·高帝纪》:粤人之俗,好相攻击。前时,秦徙中县之民,使与百粤杂处。[文身]《史记》:太伯、虞仲,知古公欲立季历以传昌,乃二人亡如荆蛮,文身断发,以让季历。《正义》:应劭曰:"文身,象龙子,故不见害。"

刘禹锡

西塞山怀古①

王濬楼船下益州②,金陵王气黯然收③。
_{从怀古直起。}
千寻铁锁沉江底,一片降幡出石头④。
人世几回伤往事,山形依旧枕寒流。
_{西塞山。}
从今四海为家日,故垒萧萧芦荻秋。

①〔西塞山〕《广舆记》:山在武昌府大冶县,孙策击黄祖于此。
②〔王濬楼船〕晋咸宁五年,帝大举伐吴,遣龙骧将军王濬等下巴蜀。吴人于江碛要害之处,并以铁锁横截之,又作铁锥长丈余,暗置江中,以逆拒舟舰。濬作大筏数十,方百余步,缚草为人,被甲持仗,令善水者以筏先行,遇铁锥,锥着筏而去。又作火炬,长十余丈,大数十围,灌以麻油,在船前,遇铁,然炬烧之,须臾,融液断绝,船无所碍。吴督孙歆惧曰:"北来诸君,乃飞渡江也。"王濬自武昌顺流径趋建业,戎卒八万,方舟百里,鼓棹入于石头,吴主皓面缚舆榇,诣军门降。〔益州〕《一统志》:成都,汉曰益州。③〔金陵王气〕《建康实录》:秦始皇东巡,望气云:"五百年后,金陵有天子气。"因凿钟阜,断金陵长陇以流,至今

呼为秦淮。 ④［石头］《元和郡县志》：石头城在并州上元县西，即楚之金陵城也。吴改为石头城。

元 稹

《唐韵》：稹，音轸，丛致也，又聚物也。元稹，字微之，河南人。元和初对策第一，官左拾遗。后忤中人仇士良，击稹败面。贬江陵士曹参军。久乃徙虢州长史。长庆初，监军崔潭峻方亲幸，以稹歌辞进，帝大悦，擢祠部郎中、知制诰。俄迁中书舍人、翰林学士，旋进同中书门下平章事。始忤中人，继以依中人进，朝论鄙之。又连次欲倾裴度，盖两截人也。太和中为武昌节度使，卒。《唐书》：稹长于诗，与白居易名相埒，天下传讽，号"元和体"，往往播乐府。穆宗在东宫，妃嫔近习皆诵之，宫中呼为"元才子"。

遣悲怀 三首

谢公最小偏怜女①，自嫁黔娄百事乖②。
<small>古今悼亡诗充栋，终无能出此三首范围者，勿</small>
顾我无衣搜荩箧③，泥他沽酒拔金钗④。
<small>以浅近忽之。</small>
野蔬充膳甘尝藿，落叶添薪仰古槐。
今日俸钱过十万，与君营奠复营斋。

①［谢女］《晋书》：谢安最怜少女道韫，后嫁王凝之。按：元稹前妻韦蕙丛，既贤且美，稹未仕而韦氏卒，此以谢女比韦氏也。　②［黔娄］《高士传》：黔娄，齐人也，修身清洁，以寿终。陶潜诗：安贫守贱者，自古有黔娄。　③［无衣］古诗：游子寒无衣。［苨］音烬。《本草》：一名黄草，一名蕙草，可染黄。　④［泥］泥，乃计切，柔言索物曰泥，谚所谓软缠也。

昔日戏言身后意，今朝都到眼前来。
衣裳已施行看尽①，针线犹存未忍开。
尚想旧情怜婢仆，也曾因梦送钱财。
诚知此恨人人有，贫贱夫妻百事哀。

①［施］音赏是切，诗上声。舍也，改易也，通弛。闲坐悲君亦自悲，百年多是几多时。

闲坐悲君亦自悲，百年多是几多时。
邓攸无子寻知命①，潘岳悼亡犹费词②。
同穴窅冥何所望③，他生缘会更难期。
唯将终夜长开眼，报答平生未展眉。

①［邓攸无子］《晋书·邓攸传》：攸，字伯道，为河东太守。永嘉末，没于石勒。勒过泗水，攸乃以牛马负妻子而逃。遇贼掠其牛马，步走，担其儿及其弟子绥。度不能两全，乃谓其妻曰："吾弟早亡，唯有一息，理不可绝，止应自弃我儿耳。"妻泣而从之，乃弃之而去，卒以无嗣。时人义而哀之，为之语曰："天道无知，使伯道无儿。" ②［潘岳悼亡］岳，字安仁，荥阳中牟人。总角辨慧，摛藻清艳，乡邑称为奇童。弱冠辟司空太尉府，举秀才，高步一时，为众所疾。按：潘岳有《悼亡》诗三首。《风俗通》：慎终悼亡。 ③［同穴］《诗》：谷则异室，死则同穴。

白居易

自河南经乱关内阻饥兄弟离散各在一处因望月有感聊书所怀寄上浮梁大兄於潜七兄乌江十五兄兼示符离及下邽弟妹①

时难年荒世业空,弟兄羁旅各西东。
<small>一气贯注,八句如一句,与少陵闻官军作同一格律。</small>
田园寥落干戈后,骨肉流离道路中。
吊影分为千里雁,辞根散作九秋蓬②。
共看明月应垂泪,一夜乡心五处同。

①［关内］西安府,秦曰关中,唐曰关内。「於潜］於潜县,在浙江杭州府。［乌江］《史记·项羽本纪》:项王乃欲东渡乌江。注:在牛渚。《括地志》:乌江亭即和州乌江县是也。［符离］《汉书·地理志》:沛郡有符离县。［下邽］在西安渭南县。按:汉为下邽、莲勺二县。　②［秋蓬］《说文》:蓬,蒿也。《埤雅》:蓬草之不理者,叶散生,遇风辄拔而旋。《淮南子》:圣人见飞蓬转而知为车。司马彪诗:秋蓬独何辜,飘飘随风转。

李商隐

锦 瑟①

锦瑟无端五十弦②,一弦一柱思华年③。
_{义山悼亡之作,集中屡见,此亦是也。}
庄生晓梦迷蝴蝶④,望帝春心托杜鹃。
_{合。 离。}
沧海月明珠有泪⑤,蓝田日暖玉生烟⑥。
_{悲。 欢。}
此情可待成追忆,只是当时已惘然。
_{生前相聚,漫不经心,日后追思,觉当时已惘然。}

①[锦瑟]《周礼乐器图》:雅瑟二十三弦,颂瑟二十五弦,饰以宝玉者曰宝瑟,绘文如锦曰锦瑟。《汉书·郊祀志》:泰帝使素女鼓五十弦瑟,悲,帝禁不止,故破其瑟为二十五弦。按:《缃素杂记》谓《古今乐府》有《锦瑟》,其声适怨清和。以此诗中间四句分配为苏、黄问答之词。又刘贡父谓:"锦瑟,乃当时贵人爱姬之名。"《唐诗纪事》以为"令狐楚家之青衣名锦瑟"。其说皆非。谓为悼亡,乃定论也。
②[五十弦]按:或谓此诗以二十五弦为五十弦,取断弦之义。 ③[一弦一柱]按:肄园居士注:"杨曰:五十弦,五十柱,合之得百数。思华年者,犹云百岁偕老也。" ④[庄生蝴蝶]《庄子》:庄周梦为蝴蝶,栩栩然蝴蝶也。自喻适志欤,不知周也。俄而觉,则蘧蘧然周也。不知周之

梦为蝴蝶欤？蝴蝶之梦为周欤？周与蝴蝶，则必有分矣。此之谓物化。
⑤〔月明珠泪〕《文选》注：月满则珠全，月亏则珠阙。《博物志》：南海外有鲛人，水居如鱼，不废绩织，其眼泣则能出珠。　⑥〔蓝田玉〕《长安志》：蓝田在长安县东南三十里，其山产玉，亦名玉山。《搜神记》：杨公雍伯家于终山，有人与石子一斗令种之。其时往视，见玉生石上，人莫知也。北平徐氏有女，公试求之。要以白璧一双，伯至玉田求得五双，徐氏遂以女妻之。

无　　题

昨夜星辰昨夜风，画楼西畔桂堂东。
<small>其时。　　　　　其地。</small>
身无彩凤双飞翼①，心有灵犀一点通②。
<small>形相隔。　　　　心相通。</small>
隔座送钩春酒暖③，分曹射覆蜡灯红④。
<small>此楼西堂东，相遇时之景。</small>
嗟余听鼓应官去⑤，走马兰台类转蓬⑥。

①〔采凤〕《山海经》：丹穴山，鸟状如鹤，五采而文，名曰凤。②〔灵犀〕《南州异物志》：犀有神异，表灵以角。《抱朴子》：通天犀角，有白理如线，置犀粟中，鸡见辄惊，南人呼为骇鸡犀。《汉·西域传》：通犀翠羽之珍。如淳曰：通犀，谓中央色白通两头。③〔送钩〕道源注：《汉武故事》：钩弋夫人，少时手拳，帝披其手，得一玉钩，手得

展。故因为藏钩之戏,后人效之。别有酒钩,当饮者以钩引杯。 ④[射覆]《汉·东方朔传》:上尝使诸数家射覆。置守宫盂下射之。注:于覆器之下置诸物,令暗射之,故云射覆。⑤[听鼓]《唐书·百官志》:宫门局,宫门郎二人,掌宫门管龠。凡夜漏尽,击漏鼓而开,漏上水一刻,击漏鼓而闭。 ⑥[兰台]《唐六典》:汉御史中丞掌兰台秘书图籍,故历代建台省秘书,与御史为邻。杜氏《通典》:御史大夫所居之署,谓之宪台,后汉以来,亦谓之兰台寺。按:义山释褐得秘书省校书郎,王茂元辟为掌书记,得侍御史,故此用兰台事。

隋　　宫

紫泉宫殿锁烟霞①,欲取芜城作帝家②。
玉玺不缘归日角③,锦帆应是到天涯④。
<small>唐不受命,巡幸当无极也。</small>
于今腐草无萤火⑤,终古垂杨有暮鸦⑥。
<small>低处。　　　　　　高处。</small>
地下若逢陈后主⑦,岂宜重问后庭花。

①[紫泉]《上林赋》:紫渊径其北。按:唐人避高祖讳改渊作泉。文颖曰:"西河穀罗县有紫泽,长安在其北。" ②[芜城]鲍照《芜城赋》注:宋孝武时,照为临海王子顼参军,随至广陵。子顼叛逆,照见广陵故城荒芜,乃汉吴王濞所都,照以子顼事同于濞,遂为赋以讽之。按:

芜城，即古邗沟城。《隋书》：大业元年，发民十万开邗沟入江。自长安至江都，置离宫四十余所。 ③［玉玺］《独断》：玺者，印也。天子玺以玉螭虎钮，古者尊卑共之。自秦以来，天子独以印称玺，又独以玉，群臣莫敢用也。按：秦始皇得蓝田之玉，命其相李斯篆曰："受命于天，既受永昌。"自此专名玺。汉高祖入咸阳得秦玺，世世相授，号传国玺。［日角］郑玄《尚书》注：日角，谓中庭骨起状如日。《旧唐书》：太宗年四岁，有书生相之曰："龙凤之姿，天日之表。" ④［锦帆］《开河记》：炀帝御龙舟幸江都，舳舻相继，锦帆过处，香闻百里。 ⑤［萤火］《隋书》：大业末，天下已盗起，帝于景华宫征求萤火数斛，夜出游山，放之，光照山谷。⑥［垂杨］《隋书》：炀帝自板渚引河作街道，植以杨柳，名曰"隋堤"，一千三百里。 ⑦［陈后主］《隋遗录》：炀帝在江都，昏湎滋深，尝游吴公宅鸡台，恍惚与陈后主相遇，尚唤帝为殿下。后主舞女数十，中一人迥美，帝屡目之，后主云："即丽华也。"乃以海蠡酌红梁新酝劝帝，帝饮之，甚欢，因请丽华舞《玉树后庭花》。丽华徐起，终一曲，后主问帝："萧妃何如此人？"帝曰："春兰秋菊，各一时之秀也。"

无　　题

来是空言去绝踪，月斜楼上五更钟。

梦为远别啼难唤,书被催成墨未浓。

蜡照半笼金翡翠①,麝薰微度绣芙蓉。
　　灯犹可见。　　　　香犹可闻。

刘郎已恨蓬山远②,更隔蓬山一万重。
　　而其人则已远矣。

①[金翡翠]江淹《翡翠赋》:糅紫金而为色。刘遵诗:金屏障翡翠。 ②[刘郎]《汉武内传》:武帝封禅,其后十二年而还,遍于五岳四渎矣。而方士之候伺神人入海求蓬莱,终无有验。又:西王母曰:"刘彻好道,然形慢神秽,虽语之以至道,恐非仙才也。"

飒飒东风细雨来①,芙蓉塘外有轻雷。

金蟾啮锁烧香入②,玉虎牵丝汲井回③。
　锁虽固,香犹可入,井虽深,汲犹可出。

贾氏窥帘韩掾少④,宓妃留枕魏王才⑤。
　　幸而合。　　　　　不幸终不合。

春心莫共花争发,一寸相思一寸灰。
　　其同归于尽则一也。

①[飒]音靸,《说文》:风也。又风声,宋玉《风赋》:有风飒然而至。 ②[金蟾]道源注:蟾善闭气,古人用以饰锁。 ③[玉虎]玉虎,谓辘轳也。是井栏之饰,或以施汲器者。丝,井索也。 ④[贾氏]《世说》:韩寿美姿容,贾充辟以为掾,贾女于青琐中见寿,悦之,与之通。充秘之,以女妻寿。 ⑤[宓妃]《洛神赋序》:黄初三年,予朝京

师,还济洛川,古人有言,斯水之神,名曰宓妃。注:宓妃,宓牺氏之女,溺洛水为神。又曰:魏东阿王求甄逸女不遂,太祖回,与五官中郎将,植殊不平。黄初中入朝,帝示甄后玉镂金带枕,植见之,不觉泣下,时已为郭后谗死。帝意寻悟,以枕赍植。植还,将息洛水上,忽见女子来,自言:"我本托心君王,其心不遂。此枕是我嫁时物,前与五官中郎将,今与君王。"遂用荐枕席,欢情交集。又云:"岂不欲常相见,但为郭后以糠塞口,今披发掩面,羞将此形貌重睹君王耳。"言讫不见。王悲喜不自胜,遂作《感甄赋》。后明帝见之,改为《洛神赋》。

筹 笔 驿①

鱼鸟犹疑畏简书②,风云常为护储胥③。
<small>　　能动物。　　　　　　　　能感神。</small>
徒令上将挥神笔,终见降王走传车④。
<small>　　不能保暗主之不失国。</small>
管乐有才真不忝,关张无命欲何如⑤。
他年锦里经祠庙,梁父吟成恨有余。

①[筹笔驿]《方舆胜览》:筹笔驿,在绵州绵谷县北九十九里。蜀诸葛武侯出师,尝驻军筹画于此。　②[简书]《诗》:岂不怀归,畏此简书。　③[储胥]《长杨赋》:木拥枪纍以为储胥。注:以木拥栅其外,又以竹枪纍为外储。按:范实《诗眼》:简书,军中约束。储胥,军

中藩篱也。 ④［降王］《蜀志》：邓艾破蜀，后主衔璧舆榇降，遂送洛阳。［传车］《史记·田横传》：高帝赦齐王田横罪，田横乃乘传诣洛阳。《汉书》注：传，若今之驿。古者以车谓之传车，后人单置马，谓之传驿。 ⑤［关张无命］《蜀志·杨戏传》：关张赳赳，陨身匡国。

无 题

相见时难别亦难，东风无力百花残。

春蚕到死丝方尽，蜡炬成灰泪始干①。
一息尚存，志不少懈。可以言情，可以喻道。

晓镜但愁云鬓改，夜吟应觉月光寒。
　　见。　　　　　　　闻。

蓬山此去无多路，青鸟殷勤为探看。

①［蜡泪］庾信《对烛赋》：铜荷承泪蜡，铁铗染浮烟。

春 雨

怅卧新春白袷衣①，白门寥落意多违②。

红楼隔雨相望冷，珠箔飘灯独自归。
　　　　　　　二句十层。
远路应悲春畹晚③，残宵犹得梦依稀。

玉珰缄札何由达④，万里云罗一雁飞。

①［袷］音夹，衣无絮也。　②［白门］《唐书·地理志》：武德九年，更金陵曰白下。按：白下故城在上元县西北。张衡赋：蹶白门而东驰兮。李白诗：驿亭三杨柳，正当白下门。《南史》：建康宣阳门，谓之白门。　③［晼］晼，音宛，明久也，景映也。《楚辞·哀时命》：白日晼晚其将入兮。　④［玉珰缄札］《风俗通》：耳珠曰珰，玉珰缄札，犹今所谓侑缄。《释名》：穿耳施珠曰珰。

无　　题

凤尾香罗薄几重①，碧文圆顶夜深缝②。
扇裁月魄羞难掩③，车走雷声语未通④。
<small>明明可见。　　　　却不可接。</small>
曾是寂寥金烬暗，断无消息石榴红⑤。
<small>岂其事终不谐耶。</small>
斑骓只系垂杨岸⑥，何处西南待好风。

①［凤罗］《黄庭内景经》：盟以金简凤文之罗四十尺。按：《金史·百官志》：官诰二品，翔凤标金凤罗十六副。　②［碧文圆顶］按：程泰之《演繁露》：唐人婚礼多用百子帐，卷柳为圈以相连琐，百开百阖。大抵如今尖顶圆亭子，而用青毡通冒四隅上下，以便移置，义山殆指此。见本集注。　③［扇裁月魄］班婕妤《怨歌行》：新裂齐纨素，皎洁如霜雪。裁成合欢扇，团团似明月。《春秋繁露》：而月之魄常厌于

日光。《书》：惟三月哉生魄。传：始生魄，月十六日明消而魄生。按：哉，始也。魄，月之质也。朔后魄死明生，曰哉生明。望后明死魄生，曰哉生魄。　④［车走雷声］司马相如《长门赋》：雷隐隐而响起兮，声象君之车音。　⑤［石榴］《梁书》：扶南国南界顿逊国，有树似安石榴，采其花汁停瓮中，数日成酒。见本集注。　⑥［斑骓］《说文》：骓，马苍黑杂色。一曰苍白色。陈乐府《明下童曲》：陈孔骄赭白，陆郎乘斑骓。按：陈暄、孔范、陆瑜，皆后主狎客。

重帏深下莫愁堂①，卧后清宵细细长。
神女生涯元是梦②，小姑居处本无郎③。
<small>大彻大悟。</small>
风波不信菱枝弱，月露谁教桂叶香。
<small>风波只是相侵。真香固自难掩。</small>
直道相思了无益，未妨惆怅是清狂。
<small>明知无益，而惆怅不已，直清狂本应耳。</small>

①［莫愁堂］《梁武帝歌》：河中之水向东流，洛阳女儿名莫愁。莫愁十三能织绮，十四采桑南陌头，十五嫁为卢家妇，十六生儿字阿侯。卢家兰室桂为梁，中有郁金苏合香。　②［神女］《襄阳耆旧传》：赤帝女曰瑶姬，未行而卒，葬于巫山之阳。楚怀王游于高唐，昼寝，梦与神遇，自称巫山之女，遂为置馆，号曰朝云。宋玉有《神女赋》。　③［小姑］古乐府《青溪小姑曲》：开门白水，侧近桥梁。小姑所居，独处无郎。按：《异苑》：小姑，蒋侯第三妹也。

温庭筠

利州南渡①

澹然空水带斜晖，曲岛苍茫接翠微。
<small>水中。　　　　　　岸上。</small>
波上马嘶看棹去，柳边人歇待船归。
<small>水中。　　　　　　岸上。</small>
数丛沙草群鸥散，万顷江田一鹭飞。
谁解乘舟寻范蠡②，五湖烟水独忘机。

① [利州]《韵会》：巴蜀地，晋西益州，梁改利州。《唐·地理志》：隋义城郡，武德八年改为利州。　②[范蠡]《吴越春秋》：范蠡既佐越灭吴，遂辞于王，乘扁舟出入三江五湖，人莫知其所适。

苏　武　庙①

苏武魂销汉使前，古祠高树两茫然。
云边雁断胡天月，陇上羊归塞草烟。
<small>抬头看。　　　　　低头看。</small>
回日楼台非甲帐②，去时冠剑是丁年③。
<small>归日。　　　　　　去日。</small>

茂陵不见封侯印,空向秋波哭逝川。

①［苏武］《汉书·苏武传》:武帝遣武以中郎将,使持节送匈奴使留在汉者。单于欲降之,乃幽武至大窖中,绝不饮食。天雨雪,武卧啮雪,与毡毛并吞之,数日不死。匈奴以为神。匈奴徙武北海上无人处,使牧羝,羝乳,乃得归。武仗汉节牧羊,卧起操持,节旄尽落。武留匈奴凡十九岁。注:羝,牡羊也。羝不当乳,故说此言示绝其事。 ②［甲帐］《汉书·西域传·赞》:孝武之世,兴造甲乙之帐。注:其数非一,以甲乙次第名之也。《汉武故事》:以琉璃珠玉,明月夜光,错杂天下珍宝为甲帐,其次为乙帐。甲以居神,乙以自居。 ③［丁年］李陵《答苏武书》:丁年奉使,皓首而归。

薛 逢

字陶臣,蒲州人。会昌初擢进士第。崔铉入相,引直弘文馆,历侍御史。持论鲠切,以谋略高自标显。有荐逢知制诰者,会刘瑑当国,忌之,乃出为巴州刺史,复斥蓬、绵二州刺史。稍迁秘书监。卒。

宫 词

十二楼中尽晓妆,望仙楼上望君王[①]。
锁衔金兽连环冷,水滴铜龙昼漏长[②]。
<small>人静。　　　　　　　　日长。</small>
云髻罢梳还对镜,罗衣欲换更添香。
<small>容颜之美。　　　　妆饰之华。</small>
遥窥正殿帘开处,袍袴宫人扫御床。
<small>反不及宫人之得近君王也。</small>

①［望仙楼］《唐书·武宗纪》：会昌五年作望仙楼于神策军。
②［铜龙］按：《初学记》：殷夔漏刻法,为器三重,圆皆径尺,差立于水舆踟蹰之上,为金龙口吐水,转注入踟蹰经纬之中,流于衡渠之下。

秦韬玉

字仲明,京兆人。为田令孜神策判官,中和二年得准敕及第,擢工部侍郎。

贫　　女

蓬门未识绮罗香,拟托良媒亦自伤。
谁爱风流高格调,共怜时世俭梳妆①。
敢将十指夸针巧,不把双眉斗画长②。
苦恨年年压金线,为他人作嫁衣裳。

①〔俭妆〕郝注:唐文宗下诏:"禁高髻,俭妆,去眉开额。"
②〔眉长〕《古今注》:魏宫人好画长眉。

乐　府

沈佺期

独不见①

卢家小妇郁金堂，海燕双栖玳瑁梁②。

九月寒砧催下叶，十年征戍忆辽阳③。

白狼河北音书断④，丹凤城南秋夜长。
　　　承十年句。　　　　　　承九月句。

谁知含愁独不见，使妾明月照流黄⑤。

①［独不见］《乐府解题》：独不见，伤思而不得见也。按：此题诸本多作"古意"，今从郭茂倩《乐府》本改正。又：少妇作小妇，郁金香作郁金堂，木叶作下叶，谁为作谁知，更教作使妾，俱从茂倩本。凡《乐府》字句有与别本异者，皆从茂倩本故也。　②［玳瑁梁］沈约诗：九华玳瑁梁。　③［辽阳］《汉书·地理志》：辽东郡有辽阳县。　④［白狼河］《水经注》：辽水又会白狼水，水出右北平。　⑤［流黄］古乐府《相逢行》：大妇织绮罗，中妇织流黄。梁简文帝诗：思妇流黄素，温姬玉镜台。羊胜《屏风赋》：饰以文锦，映以流黄。注：流黄，间色素也。

唐诗三百首补注卷七　五言绝句

始汉魏乐府,如《白头吟》《出塞曲》《桃叶歌》等篇,皆其体也。六朝述作渐烦,入唐尤甚。

王　维

鹿　柴①

空山不见人，但闻人语响。
返影入深林②，复照青苔上。

①［鹿柴］《辋川集并序》：余别业在辋川山谷，其游止有孟城坳、华子冈、文杏馆、斤竹岭、鹿柴、木兰柴、茱萸沜、宫槐陌、临湖亭、南垞、欹湖、柳浪、栾家濑、金屑泉、白石滩、北垞、竹里馆、辛夷坞、漆园、椒园等，与裴迪闲暇各赋绝句云尔。按：柴，上迈切，本作寨，篱落也。按：《广韵》：寨，羊栖宿处。鹿柴，盖鹿所宿处也，故裴迪同咏诗云：但有麏麚迹。　②［返影］《四时纂要》：日西落，光返照于东，谓之返影。

竹　里　馆

独坐幽篁里①，弹琴复长啸②。
深林人不知，明月来相照。

①［幽篁］《楚辞》：余处幽篁兮终不见天。注：幽篁，竹林也。吕向注：幽，深也。篁，竹丛也。 ②［长啸］《诗》：其啸也歌。笺：啸，蹙口而出声。《楚辞》：临深渊而长啸。

送　　别

山中相送罢，日暮掩柴扉。
春草年年绿，王孙归不归。

相　　思

红豆生南国①，春来发几枝。
愿君多采撷，此物最相思。

①［红豆］《资暇录》：豆有圆而红，其首乌者，举世呼为相思子，即红豆之异名也。其树大株而白枝，叶似槐，其花与皂荚花无殊，其子若穞豆处于荚中，通身皆红。李善云：其实赤如珊瑚是也。《本草》：相思子，一名红豆。按：穞，与楄同，音边，篦上豆。

杂　　诗

君自故乡来，应知故乡事。
来日绮窗前，寒梅著花未？

裴 迪

《唐诗纪事》：裴迪初与王维、崔兴宗俱居终南。天宝后为蜀州刺史，与杜甫交善。《唐诗品汇》：裴迪，关中人。

送 崔 九

归山深浅去，须尽丘壑美。
莫学武陵人，暂游桃源里。

祖 咏

终南望余雪

终南阴岭秀,积雪浮云端。
林表明霁色,城中增暮寒。

孟浩然

宿建德江①

移舟泊烟渚,日暮客愁新。
野旷天低树,江清月近人。
_{十字十层,咀咏不尽。}

① [建德江]《一统志》:严州府建德县有新安江,又有东阳江。

春　晓

春眠不觉晓,处处闻啼鸟。
夜来风雨声,花落知多少。

李　白

夜　思

床前明月光，疑是地上霜。
举头望明月，低头思故乡。

怨　情

美人卷珠帘①，深坐颦蛾眉。
但见泪痕湿，不知心恨谁。

---

①［珠帘］《拾遗记》：越贡二美人于吴。吴处以椒华之房，贯细珠为帘幌。朝下以蔽景，夕卷以待月。

杜 甫

八 阵 图

功盖三分国①,名成八阵图②。
江流石不转,遗恨失吞吴③。

①［三分国］《出师表》:今天下三分。 ②［八阵图］《东坡志林》:诸葛亮于鱼复平沙之上,垒石为八行,相去二丈,自山上俯视,八行为六十四蕝,蕝正圜不见凹凸处,及就视,皆卵石,漫漫不可辨。刘禹锡《嘉话录》:三蜀雪消之际,颍涌滉漾,大木十围,随波而下,水落川平,万物皆失故态。诸葛亮小石之堆,行列依然,迨今不动。本集注:阵势八:天、地、风、云、龙、虎、鸟、蛇也。按:《成都经》:八阵有三,在夔者六十有四,方阵法也;在弥牟镇者二十有八,当头阵法也;在棋盘市者二百五十有六,下营阵法也。 ③［失吞吴］《东坡志林》:仆尝梦见人云:"是杜子美,世人误会于八阵图谓恨不能灭吴,非也。我谓吴蜀唇齿,不当相图,晋之取蜀,以蜀有吞吴之意,此为恨耳。"此理甚长。钱云:先主征吴败绩,还至鱼复,孔明叹曰:"法孝直若在,必能制上之东行,不至倾危矣。"杜诗云亦如此,世传子瞻云云,坡无此言,纤儿伪托耳。

王之涣

并州人,兄之咸、之贲皆能诗。之涣与王昌龄、高适倡和,名重于时。

登鹳雀楼①

白日依山尽,黄河入海流。
欲穷千里目,更上一层楼。
<small>二十字气象万千。</small>

①[鹳雀楼]《唐诗解》注:《一统志》:鹳鹊楼,在平阳府蒲州城上。雀、鹊声相近,疑传写之误。按:《三体诗》:鹳雀楼,在河中府,前瞻中条,下瞰大河。

刘长卿

送灵澈①

苍苍竹林寺②,杳杳钟声晚。
荷笠带斜阳,青山独归远。

①〔灵澈〕《唐诗纪事》:灵澈生于会稽,本汤氏,字澄源。与吴兴诗僧皎然游,皎然荐之包佶、李纾,以是上人之名由二公而扬。贞元中游京师,缁流嫉之,造飞语激动中贵人,浸诬得罪,徙汀州,后归会稽。元和十一年,终于宣州。 ②〔竹林寺〕《南史》:黄鹄山北有竹林精舍。《舆图备考》:镇江黄鹤山鹤林寺,旧名竹林寺。

弹 琴

泠泠七弦上①,静听松风寒。
古调虽自爱,今人多不弹。

①〔泠泠〕《湘中记》:衡山有悬泉滴沥岩间,泠泠如弦,有白鹤回

翔其上如舞。《文赋》：音泠泠以盈耳。

送 上 人

孤云将野鹤，岂向人间住。
莫买沃洲山①，时人已知处。
即终南捷径之意。

①［沃洲］《云笈七签》：七十二福地，沃洲在越州剡溪县南。《一统志》：沃洲山，在绍兴府新昌县东三十五里，与天姥峰对峙。《道书》为第十五福地。

韦应物

秋夜寄丘员外

怀君属秋夜,散步咏凉天。
空山松子落①,幽人应未眠。

①[松子]《列仙传》:偓佺以松子遗尧,尧不暇服也。时人服者,皆至二三百岁。

李 端

听 筝[①]

鸣筝金粟柱[②],素手玉房前[③]。
欲得周郎顾[④],时时误拂弦。
_{故以误为邀恩之地。}

[①][筝]《风俗通》:蒙恬造筝。《音乐指归》:筝形如瑟,长六尺,以应六律。弦有十二,象十二时,柱高三寸,象三才。或曰十三弦。 [②][金粟]按:本注:金粟柱,所以系弦也。 [③][素手]古诗:娥娥红粉妆,纤纤出素手。[玉房]按:本注:所以安枕也。 [④][周郎]《三国志》:周瑜,吴中呼为周郎。少精音乐,虽三爵之后,有误必知,时人语曰:"曲有误,周郎顾。"

王　建

字仲初，颍川人。大历十年进士。官渭南尉，历秘书丞侍御史。太和中出为陕州司马，从军塞上，数年后归。卜居咸阳，与张籍友善，工为乐府，故张、王并名。

新　嫁　娘

三日入厨下，洗手作羹汤。
未谙姑食性，先遣小姑尝。

权德舆

字载之,略阳人。四岁能诗,第进士。德宗朝,历官礼部侍郎,三典贡举。宪宗即位,以尚书同平章事。贞元、元和间为缙绅羽仪。卒谥曰文。

玉台体 《沧浪诗话》:玉台体,《玉台集》乃徐陵所序,汉魏六朝之诗皆有之。或者但谓纤艳者为玉台体则不然。

昨夜裙带解①,今朝蟢子飞②。
铅华不可弃③,莫是藁砧归④。

①[裙带解]乐府:拾得娘裙带,同心结两头。按:章云仙《唐诗注疏》:"裙带解,主应夫归之兆。" ②[蟢子]《诗》:蟏蛸在户。疏:蟏蛸,长踦,小蜘蛛长脚者俗呼为蟢子。《新论》:今野人昼见蟢子者,则以为有喜乐之瑞。 ③[铅华]《洛神赋》:芳泽无加,铅华不御。 ④[藁砧]古乐府:藁砧今何在,山上更有山。按:砧,捣衣石也。古者妇目其夫每用之。

柳宗元

江　雪

千山鸟飞绝，万径人踪灭。
<small>二十字可作二十层，却自一片，故奇。</small>
孤舟蓑笠翁，独钓寒江雪。

元　稹

行　宫

寥落古行宫，宫花寂寞红。
白头宫女在，闲坐说玄宗。

白居易

问刘十九

绿螘新醅酒①,红泥小火炉。
信手拈来,都成妙谛,诗家三昧。如是如是。
晚来天欲雪,能饮一杯无?

①[绿螘]《南都赋》:醪敷径寸,浮蚁若萍。谢朓诗:嘉鲂聊可荐,绿螘方独持。按:螘同蚁,浮螘,醪汁滓酒也。

张 祜

　　字承吉,清河人。尝客淮南,杜牧深重之。爱丹阳曲阿池,筑室卜隐以终。长庆中,祜为令狐楚所知,自草荐表,令以诗三百首随荐表进。元稹在内廷,上问之,稹曰"雕虫小技,壮夫不为。或奖激之,恐变陛下风教"。上颔之,遂失意东归。

何 满 子①

故国三千里,深宫二十年。
一声何满子,双泪落君前。

　　①〔何满子〕郭茂倩《乐府》:白居易曰:"《何满子》,开元中沧洲歌者临刑进此曲以赎死,竟不得免。"《杜阳杂编》曰:文宗时,宫人沈阿翘为帝舞《何满子》调词。风态率皆宛畅,然则亦舞曲也。按:茂倩《乐府》止载白居易及薛逢二首,而此首不收,故录于此。

李商隐

登乐游原①

向晚意不适,驱车登古原。
夕阳无限好,只是近黄昏。
<small>好景难长久,皆当作此观。</small>

① [乐游原]《关中记》:宣帝少依许氏,长于杜县,乐之。后葬于南原,立庙于曲池之北,亭曰"乐游原"。《名胜志》:乐游原,在灞南五里,本杜县之东南。《两京新记》:汉宣帝乐游庙,一名"乐游苑",亦名"乐游原"。基地最高,四望宽敞。

贾　岛

　　字阆仙,范阳人。初为浮屠,名无本。来东都,韩昌黎奇其诗,令反初服。累举不第,文宗时为长江主簿。

寻隐者不遇

松下问童子,言师采药去。
只在此山中,云深不知处。

李 频

字德新,睦州人。少秀悟,多所记览,尝以诗走谒姚少监合。丐其品藻,合大加奖挹,以女妻之。大中八年登进士第。历秘书郎,南陵尉,武功令,拜侍御史。乾符中,历都官员外郎,建州刺史。

渡 汉 江

岭外音书绝,经冬复立春。
近乡情更怯,不敢问来人。

金昌绪 临安人。

春　　怨

打起黄莺儿①，莫教枝上啼。
啼时惊妾梦，不得到辽西②。

①［黄莺］《诗疏》：黄鹂，幽州人谓之黄莺。　②［辽西］《唐·地理志》：平州北平郡有辽西戍。《一统志》：永平府，秦辽西郡。

西鄙人

哥舒歌①

北斗七星高②,哥舒夜带刀。
<small>先着此五字,比兴极奇。</small>
至今窥牧马③,不敢过临洮。

①[哥舒]《唐书》:哥舒翰事王忠嗣,署牙将。吐蕃盗边,翰持半段枪迎击,所向辄披靡。后筑龙驹岛戍之,吐蕃遂不敢近青海。 ②[北斗七星]《天官书》:北斗七星,所谓璇玑玉衡以齐七政。 ③[牧马]《过秦论》:乃使蒙恬北筑长城而守藩篱,却匈奴七百余里,胡人不敢南下而牧马。

乐　府

崔　颢

长　干　行 二首

君家何处住，妾住在横塘①。
停船暂借问，或恐是同乡。

①［横塘］《一统志》：吴自江口沿淮筑堤，谓之横塘。在今应天府。

家临九江水，来去九江侧。
_{前首问，此首答。}
同是长干人，生小不相识。

李 白

玉 阶 怨①

玉阶生白露,夜久侵罗袜②。
却下水精帘③,玲珑望秋月。

①[玉阶怨]王僧虔《技录》:相和歌楚调十曲有《玉阶怨》。
②[罗袜]《洛神赋》:凌波微步,罗袜生尘。 ③[水精帘]沈佺期诗:水精帘外金波下,云母窗前银汉回。萧士赟曰:"水精帘以水精为之,如今之琉璃帘也。"

卢 纶

塞 下 曲

鹫翎金仆姑①,燕尾绣蝥弧②。
独立扬新令,千营共一呼。
_{发令之初。}

①［鹫］疾救切,音袖。大雕也,黑色多子。［金仆姑］《左传》:乘丘之役,公以金仆姑射南宫长万。注:金仆姑,矢名。《嫏嬛记》:鲁人有仆忽不见,旬日而返。曰:"臣之姑得道,白日上升,昨降于泰山,召臣饮,极欢,不觉旬日。临别赠臣以金矢一乘,曰:'此矢不必善射,宛转射人而复归于笮。'"试之果然,因以"金仆姑"名之。自后鲁之良矢皆以此名。　②［燕尾］《尔雅》:继旐曰旆。注:帛续旒末为燕尾者。［蝥弧］《左传》:颖考叔取郑伯之旗蝥弧以先登。注:蝥弧,旗名。

林暗草惊风,将军夜引弓。
平明寻白羽,没在石棱中①。

①［石没羽］《汉书·李广传》：广居右北平，出猎，见草石以为虎而射之。中石没羽，视之石也。他日射之，终不能入矣。《新序》：楚熊渠子夜行，见寝石以为虎，关弓射之，灭矢饮羽。

月黑雁飞高，单于夜遁逃。
_{却敌。}
欲将轻骑逐，大雪满弓刀。

野幕敞琼筵①，羌戎贺劳旋。
_{凯旋。}
醉和金甲舞，雷鼓动山川②。

①［琼筵］谢朓诗：既通金闺籍，复酌琼筵醴。　②［雷鼓］《周礼》注：雷鼓，八面鼓也，祀天神则鼓之。《东京赋》：雷鼓鼜鼜，六变既毕。

李　益

江　南　曲《古今乐录》:梁武帝改西曲制《江南弄》七曲,一曰《江南弄》,二曰《龙笛曲》,三曰《采莲曲》,四曰《凤笙曲》,五曰《采菱曲》,六曰《游女曲》,七曰《朝云曲》。又:沈约作四曲,一曰《凤瑟曲》,二曰《秦筝曲》,三曰《阳春曲》,四曰《朝云曲》。

嫁得瞿塘贾[①],朝朝误妾期。
早知潮有信[②],嫁与弄潮儿[③]。

[①][贾]按:贾音古。行贩曰商,坐卖曰贾。　[②][潮信]按:潮者,地之喘息也,随月消长。早曰潮,晚曰汐,所以应月者,从其类也。一日之内,自子后阳升之时,阳交于阴而潮生。午后阴升之时,阴交于阳而汐至,如人喘息之象也。一月之内,自三日明生之时则阳长,犹一日之子后也,故潮势大。十八日魄生之时则阴长,犹一日之午后也,故潮势亦大。此天地间阴阳造化之妙,莫知其所以然者。大抵朔望前三日潮势长,朔望后三日潮势大。　[③][弄潮]《元和志》:浙江潮每日昼夜再至,常以月十日、二十五日最小,月三日、十八日极大。小则水渐涨不过数尺,大则涛涌

高至数丈。每年八月十八日,数百里士女,共观舟人渔子溯涛触浪,谓之"弄潮"。

唐诗三百首补注卷八

七言绝句

古乐府《挟瑟歌》，梁元帝《乌夜曲》等作，皆七言四句，唐人始稳顺声势，定为绝句。

贺知章

字季真,越州永兴人。性旷夷,善谈说。证圣初,擢进士,超拔群类科,累迁太子右庶子充侍读。肃宗为太子,知章迁宾客,授秘书监。弃官徒步归里,自号"四明狂客"及"秘书外监"。天宝初,请为道士,诏许之,以宅为"千秋观"而居。又求周公湖数顷为放生池,有诏赐镜湖一曲。卒年八十八。《李白传》:白与知章、李适之、汝阳王琎、崔宗之、苏晋、张旭、焦遂为"饮中八仙"。李白《送贺监归四明应制诗序》云:贺知章官秘书监,号"四明狂客"。天宝中请为道士还乡,诏许之。既行,帝赐诗,太子百官饯送,百官和之。

回乡偶书

少小离家老大回,乡音无改鬓毛衰。
儿童相见不相识,笑问客从何处来。

张　旭

　　字伯高，苏州吴人。嗜酒，每大醉，呼叫狂走乃下笔。或以头濡墨而书，自视以为神，世号"张颠"。自言始见公主担夫争道，又闻鼓吹而得笔法意，观公孙舞剑器得其神。后人论书，至旭无非短者。《李白传》：文宗时，诏以李白歌诗，裴旻剑舞，张旭草书为"三绝"。《金壶记》：旭官右率府长史。

桃　花　溪①

隐隐飞桥隔野烟，石矶西畔问渔船。
<small>四句抵得一篇《桃花源记》。</small>
桃花尽日随流水，洞在清溪何处边。

①［桃花溪］《一统志》：常德府桃源县西南有桃源洞，洞北有桃花溪。

王 维

九月九日忆山东兄弟

独在异乡为异客,每逢佳节倍思亲。
遥知兄弟登高处,遍插茱萸少一人①。

<small>孝友之思。</small>
<small>蔼然言外。</small>

① [茱萸]《风土记》:俗于九月九日折茱萸以插头,言辟邪恶。

王昌龄

芙蓉楼送辛渐①

寒雨连江夜入吴,平明送客楚山孤。
洛阳亲友如相问,一片冰心在玉壶②。

①[芙蓉楼]《一统志》:芙蓉楼在镇江府城上西北隅。 ②[玉壶]鲍照《白头吟》:直如朱丝绳,清如玉壶冰。

闺　怨

闺中少妇不知愁,春日凝妆上翠楼。
<small>偏先着此三字,返起下文。</small>
忽见陌头杨柳色,悔教夫婿觅封侯。

春 宫 怨

昨夜风开露井桃①,未央前殿月轮高。
平阳歌舞新承宠②,帘外春寒赐锦袍。

①[露井桃]古乐府:桃生露井上,李树生桃傍。 ②[平阳]《汉书》:卫皇后字子夫,为平阳主讴者。武帝过平阳,既饮,讴者进,帝悦子夫,赐平阳主金千斤。

王 翰

字子羽,并州晋阳人。为汝州长史,徙化州别驾。杜甫诗:"李邕求识面,王翰愿卜邻。"

凉 州 曲①

蒲萄美酒夜光杯②,欲饮琵琶马上催。
醉卧沙场君莫笑,古来征战几人回。
<small>作旷达语倍觉悲痛。</small>

①[凉州曲]《晋书·地理志》:汉改雍州为凉州。《乐苑》:《凉州》,宫调曲。开元中,西凉都督郭知运所进。 ②[夜光杯]《十洲记》:周穆王时,西域献夜光常满杯,杯受三升,是白玉之精,光明夜照。暝夕出杯于中庭以向天,比明而水汁满中,汁甘而香美,斯实灵人之器。

李 白

送孟浩然之广陵

故人西辞黄鹤楼,烟花三月下扬州。
孤帆远影碧空尽,惟见长江天际流。
<small>千古丽句。</small>

下 江 陵①

朝辞白帝彩云间②,千里江陵一日还。
两岸猿声啼不住,轻舟已过万重山。

①[江陵]盛弘之《荆州记》:朝发白帝,暮宿江陵,凡一千二百余里,虽飞云迅鸟不能过也。《汉书·地理志》:南郡,县,江陵。按:注:故楚郢都,楚文王自丹阳徙此。《唐书·地理志》:荆州江陵府,隋为南郡,天宝元年改为江陵郡。 ②[白帝]《寰宇记》:公孙述更鱼复曰"白帝城"。

岑 参

逢入京使

故园东望路漫漫,双袖龙钟泪不干①。
马上相逢无纸笔,凭君传语报平安。

① [龙钟] 卞和歌云:空山歔欷涕龙钟。

杜 甫

江南逢李龟年①

岐王宅里寻常见②,崔九堂前几度闻③。
世运之治乱,年华之盛衰,彼此之凄凉、流落,俱在
正是江南好风景,落花时节又逢君。
其中。少陵七绝此为压卷。

①〔李龟年〕《明皇杂录》:乐工李龟年特承恩遇,于东都道通里大起第宅。后流落江南,每遇良辰胜景,常为人歌数阕,座客闻之,莫不掩泣。 ②〔岐王〕《旧唐书》:岐王范,好学工书,雅爱文章之士,为时所称。开元十四年薨。 ③〔崔九〕《旧唐书》:崔湜弟涤,素与玄宗款密,用为秘书监,出入禁中。后赐名澄,开元十四年 卒。按:原注:崔九,即崔涤。

韦应物

滁州西涧①

独怜幽草涧边生,上有黄鹂深树鸣。
春潮带雨晚来急,野渡无人舟自横。

①〔滁州西涧〕《一统志》:隋改南谯州为滁州,因滁水得名。西涧在州城西,俗名上马河。

张 继

字懿孙,襄州人。天宝末进士,大历末授祠部员外郎。

枫桥夜泊①

月落乌啼霜满天,江枫渔火对愁眠。
姑苏城外寒山寺②,夜半钟声到客船。

①〔枫桥〕《一统志》:枫桥,在苏州府城西十里,南北往来,必经于此。 ②〔寒山寺〕在枫桥东。《一统志》:寒山寺,在苏州府城西十里。

韩 翃

寒 食[①]

春城无处不飞花，寒食东风御柳斜。

日暮汉宫传蜡烛，轻烟散入五侯家[②]。

唐代宦官之盛，不减于桓灵。诗比讽深远。

①［寒食］《荆楚记》：去冬至一百五日，即有疾风甚雨，谓之寒食，禁火三日。《岁时记》：介子推三月五日为火所焚，国人哀之，每岁春暮不举火，谓之禁烟。犯之，则雨雹伤田。《邺中记》：并州俗，为介子推断火冷食三日，作干粥，今之糗是也。　②［轻烟］唐《辇下岁时记》：清明日取榆柳之火以赐近臣。［五侯］按：《唐诗别裁》注云：五侯，或指王氏五侯，或指宦官灭梁冀之五侯。总之，先及贵近之家也。《后汉书·宦者传》：桓帝封单超新丰侯、徐琼武原侯、贝琼东武侯、左悺上蔡侯、唐衡渔阳侯，世谓五侯。

刘方平

河南人。不乐仕进,元鲁山与之善,萧颖士称之。

月　　夜

更深月色半人家,北斗阑干南斗斜①。
今夜偏知春气暖,虫声新透绿窗纱。

①［阑干］《吴都赋》:杂䥽纷纭,器用万端,金镒磊砢,珠琲阑干。注:阑干,纵横也。古乐府《善哉行》:月落参横,北斗阑干。

春　　怨

纱窗日落渐黄昏,金屋无人见泪痕。
寂寞空庭春欲晚,梨花满地不开门。

柳中庸

本名淡,以字行,京兆人。官洪府户曹。

征 人 怨

岁岁金河复玉关①,朝朝马策与刀环②。
三春白雪归青冢,万里黄河绕黑山③。

①[金河]《唐书·地理志》:单于大都护府,龙朔二年置,县一,金河。 ②[马策]《吴志·孙策传》:挥马策下江南数十城。注:策,马筴也。[刀环]《乐府解题》:大刀头者,刀头有环也。何当大刀头者,何日当还也。吴均诗:莲花穿剑锷,秋月掩刀环。 ③[黑山]苏晋《丞相赐宴序》:寝黑山之柝,包青海之戈。按:黑山在榆林卫。

顾 况

字逋翁,苏州海盐人。与柳浑、李泌善,浑辅政,以校书征泌为相,稍迁况为著作郎。坐以诗语调谑,贬司户参军。隐居茅山,自号"华阳真逸",以寿终。

宫 词

玉楼天半起笙歌,风送宫嫔笑语和。
月殿影开闻夜漏①,水精帘卷近秋河。

①〔月殿〕谢庄《月赋》:去烛房,即月殿。萧子良诗:月殿风转,层台气寒。

李 益

夜上受降城闻笛[①]

回乐峰前沙似雪[②],受降城外月如霜。
<small>低头见。　　　　　　抬头见。</small>
不知何处吹芦管,一夜征人尽望乡。
<small>　　　　　　　总上一句。</small>

[①][受降城]《唐书·张仁愿传》:仁愿请乘虚取漠北地,于河北筑三受降城,绝虏南寇路。　[②][回乐]《唐书·地理志》:灵州大都护府有回乐县。

刘禹锡

乌 衣 巷①

朱雀桥边野草花②,乌衣巷口夕阳斜。
旧时王谢堂前燕,飞入寻常百姓家。

①[乌衣巷]《一统志》:乌衣巷在应天府南,晋王导、谢安居此。其子弟皆乌衣,故名。 ②[朱雀桥]《六朝事迹》:晋咸康二年作朱雀门。新立朱雀浮航,在县城东南四里,对朱雀门,南渡淮水,亦名朱雀桥。《一统志》:朱雀桥,在乌衣巷口。

春 词

新妆宜面下朱楼,深锁春光一院愁。
行到中庭数花朵,蜻蜓飞上玉搔头。
无情处都有情。

白居易

宫　　词

泪尽罗巾梦不成，夜深前殿按歌声。
红颜未老恩先断，斜倚熏笼坐到明①。

①［熏笼］《东宫旧事》：太子纳妃，有漆画熏笼二，大被熏笼三，衣熏笼三。刘遵诗：金屏障翠被，蓝帕覆熏笼。

张　祜

赠　内　人

禁门宫树月痕过，媚眼惟看宿鹭窠。
斜拔玉钗灯影畔，剔开红焰救飞蛾。
<small>慧心仁术。</small>

集　灵　台①

日光斜照集灵台，红树花迎晓露开。
昨夜上皇新授箓②，太真含笑入帘来。

①［集灵台］《一统志》：集灵台，在华清宫长生殿侧。　②［授箓］《魏书·释老志》：寇谦之奏曰："陛下以真君御世，应登受符书，以彰圣德。"世祖从之，于是亲至道坛受符箓。《隋书·经籍志》：《道经》受道之法，初受《五千文箓》，次受《三洞箓》，次受《洞玄箓》，次受《上清箓》。箓皆素书，记诸天曹官属佐吏之名。

其　二

虢国夫人承主恩，平明骑马入宫门①。
却嫌脂粉污颜色，淡扫蛾眉朝至尊②。

①［骑马］《明皇杂录》：虢国夫人常乘骢马入禁行。　②淡扫句：《杨妃外传》：虢国不施朱粉，自有美艳，常素面朝天。

题金陵渡

金陵津渡小山楼，一宿行人自可愁。
潮落夜江斜月里，两三星火是瓜州①。

①［瓜州］《名胜志》：瓜州在扬州府南，本名瓜州渡，亦名瓜州村，扬子江之砂碛也。唐为镇，今其上有城。按：《虞允文传》：金主率大军临采石，而别以兵争瓜州。《正字通》：今镇江有瓜州，异地同名。

朱庆馀

《唐书》作朱庆,名可久,以字行,又字庆绪,越州人。登宝历进士第而官不达。

宫 中 词

寂寂花时闭院门,美人相并立琼轩。
含情欲说宫中事,鹦鹉前头不敢言[①]。
<small>深得慎言之旨。</small>

① [鹦鹉]《礼》:鹦鹉能言,不离飞鸟。《禽经》:鹦鹉出陇西,能言鸟也。

近试上张水部[①]

洞房昨夜停红烛[②],待晓堂前拜舅姑[③]。
妆罢低声问夫婿,画眉深浅入时无[④]。

① [张水部]《全唐诗话》:庆馀遇水部郎中张籍,因索庆馀新旧篇

什，择二十六章，置之怀袖而推赞之。时人以籍重名，皆缮录讽咏，遂登科。庆馀作是诗以献。籍酬之曰："越女新妆出镜新，自知明艳更沉吟。齐纨未足时人贵，一曲菱歌敌万金。"由是朱之名流于海内矣。　②［洞房］《长门赋》：徂清夜于洞房。吕向注：洞，深也。　③［舅姑］《礼·昏义》夙兴，妇沐浴以俟见，质明，赞见妇于舅姑。　④［画眉］《汉书》：张敞为妇画眉，长安中传张京兆眉妩，有司以奏。上问之。对曰："臣闻闺房之内，夫妇之私，有过于画眉者。"上爱其能，弗责也。《琐碎录》：画眉石出武昌樊湖。

杜　牧

将赴吴兴登乐游原①

清时有味是无能，闲爱孤云静爱僧。
欲把一麾江海去②，乐游原上望昭陵③。
<small>惓惓不思去，忠爱之思，溢于言表。</small>

①［吴兴］《晋书·地理志》：吴兴郡，吴置，统县十一。又：建安郡统县吴兴。按：牧为司勋员外，乞为湖州刺史。　②［一麾］按：肆园居士注云：颜延年为阮始平诗，"屡荐不入官，一麾乃出守"。沈存中谓山涛荐咸为吏部郎，三上帝不用，后为荀勖一挤，遂出始平，故有此句。一麾者，乃指麾，非旌麾之麾也。后人以一麾为牧守故事，误自此诗始。
③［昭陵］唐太宗因九嵏山为陵，在醴泉北。

赤　壁 <small>此诗亦载《李商隐集》。</small>①

折戟沉沙铁未销，自将磨洗认前朝。
<small>诗谓无此东风，则二乔当为铜雀中人矣。</small>
东风不与周郎便，铜雀春深锁二乔②。
<small>或以乔作桥，便与东风句不贯。</small>

①［赤壁］《元和郡县志》：赤壁山，在鄂州蒲圻县西一百二十里，北临大江，其北岸即与乌林相对。一云在鄂州上流八十里，与百人山相对。江边石皆赤色，故号为赤壁矶。《一统志》：赤壁山，在武昌府东南九十里。《图经》：赤壁山，在嘉鱼县西七十里大江滨。按：今江汉间言赤壁者五，汉阳、汉川、嘉鱼、江夏。惟江夏之说合于史。《通鉴》：孙权以周瑜、程普为左右督，将兵与刘备并力逆曹操，进与操遇于赤壁。时操军众已有疾疫，初一交战，操兵不利，引次江北。瑜等在南岸，部将黄盖曰："操军方连船舰，首尾相接可烧而走也。"乃取蒙冲斗舰数十艘，载燥荻、枯柴，灌油其中，裹以帷幕，上建旌旗，豫备走舸，系于其尾。先以书遗操，诈云欲降。时东南风急，盖以舰最著前，中江举帆，余船以次俱进，操军吏士皆出营立观，指言盖降。去北军二里余，同时发火，火烈风猛，船往如箭，烧尽北船。延及岸上营落，烟炎张天，人马烧溺，死者甚众。瑜等率轻锐继其后，雷鼓大震，北军大坏。操引军从华容道步走。　②［铜雀］《魏志》：武帝作铜雀台，铸大铜雀，高一丈五尺，置之楼巅。《邺中记》：邺城西北立台，皆因城为基趾。中央名铜爵台，北为冰井台，西台高六十七丈，上作铜凤，皆铜笼疏，云母幌，日之初出，流光照耀。一作铜雀台。刘孝绰诗：雀台三五日，歌吹似佳期。［二乔］《吴纪》：乔公有二女，大乔属孙策，小乔属周瑜。按：三国时，乔公有二女皆国色，孙策纳大乔，周瑜纳小乔。策从容谓瑜曰："乔公二女虽然流离，得吾二人作婿，亦足为欢。"

泊 秦 淮①

烟笼寒水月笼沙,夜泊秦淮近酒家。
商女不知亡国恨,隔江犹唱后庭花②。

①〔秦淮〕《建康实录》:秦始皇东巡,望气者云:"五百年后,金陵有天子气。"因凿钟阜,断金陵长陇,以疏淮水,至今呼为秦淮。《六朝事迹》:秦始皇凿钟山,断金陵长陇,以疏淮水,后人因名"秦淮"。
②〔后庭花〕《南史》:陈后主、袁大舍等为友客共赋新诗,采其尤艳者有《玉树后庭花》《临春乐》等曲。陈后主《玉树后庭花曲》:丽宇芳林对高阁,新妆艳质本倾城。映户凝娇乍不进,出帷含态笑相迎。妖姬脸似花含露,玉树流光照后庭。

寄扬州韩绰判官

青山隐隐水迢迢,秋尽江南草木凋。
二十四桥明月夜①,玉人何处教吹箫。
二句与谪仙烟花三月七字,皆千古丽句。

①〔二十四桥〕《一统志》:扬州二十四桥在府城,隋置,并以城

门坊市为名。后韩令坤别立桥梁,所谓二十四桥不可考矣。按:《补笔谈》:扬州在唐时最为富盛,旧城南北十五里一百一十步,东西七里三十步。可纪者有二十四桥,最西浊河茶园桥,次东大明桥,入西水门有九曲桥,次当帅牙南门有下马桥,又东作坊桥,桥东河转向南有洗马桥、次南桥,又南阿师桥、周家桥、小市桥、广济桥、新桥、开明桥、顾家桥、通明桥、太平桥、利国桥,出南水门有万岁桥、青园桥、自驿桥,北河流东出有参佐桥,次东水门东出有山光桥,又自牙门下马桥。直南有北三桥、中三桥、南三桥,号九桥,不通船,不在二十四桥之数,皆在今州城西门之外。按:沈氏所列桥下或自注今存,知已有不存者,且数亦不合。

遣　怀

落魄江湖载酒行①,楚腰纤细掌中轻②。
十年一觉扬州梦③,赢得青楼薄幸名。

①［落魄］《韵会》:魄,音托,落魄贫无家业。《史记·郦生传》:家贫落魄。《汉书注》:落魄,志行衰恶之貌。师古曰:失业无倚也。②［楚腰］《汉书·马廖传》:吴王好剑客,百姓多疮瘢。楚王好细腰,宫中多饿死。［掌中］《飞燕外传》:赵飞燕体轻,能为掌上舞。《南史·羊侃传》:儛人张净婉,腰围一尺六寸,时人咸推能为掌上舞。

③〔十年一觉〕《传灯录》：十年一觉红尘梦，不定风灯是此身。〔扬州梦〕《杜牧别传》：牧在扬州，每夕为狭斜游，所至成欢，无不会意，如是者数年。《全唐诗话》：杜牧不拘细行，故诗有是句。吴武陵以《阿房宫赋》荐于崔郾，遂登第。

秋　夕

银烛秋光冷画屏，轻罗小扇扑流萤。
<small>层层布景，是一幅着色人物画，只卧看二字，</small>
天街夜色凉如水，卧看牵牛织女星①。
<small>逗出情思，便通身灵动。</small>

①〔牵牛织女星〕《星经》：牛六星，在天河东，上抵天津扶筐，又名天谷，木星也。天之关梁，日月五星之中道，主牺牲之事。织女三星，在河西北，又名东桥。天帝之女，水官也，春夏必先见，主果蓏丝棉珍宝，二星俱明天下平，女工善。《天官书》：牵牛为牺牲，其北河鼓，婺女其北织女。织女，天女孙也。

赠　　别 按：《才调集》《留青日扎》：张好好年十三，杜牧以善歌置乐籍中，赠诗云云。

娉娉袅袅十三余①，豆蔻梢头二月初②。
春风十里扬州路，卷上珠帘总不如。

①［娉］《韵会》：娉婷，美好貌。［袅袅］《九歌》：袅袅兮秋风，洞庭波兮木叶下。《吴都赋》：蔼蔼翠幄，袅袅素女。 ②［豆蔻］《宋史·地理志》：庆远府贡生豆蔻，草豆蔻。梁简文帝诗：别观葡萄带宝垂，江南豆蔻生连枝。《桂海虞衡志》：豆蔻花，春末发。初开花，先抽干，有大箨包之，箨解花见，一穗数十蕊，每蕊心有两瓣相并，词人托兴比目连理云。刘孟熙引《本草》云：豆蔻未开者，谓之含胎花，言少而娠。按：《丹铅总录》：牧之诗咏娼女，言美而少，如豆蔻花之未开。

多情却似总无情，唯觉尊前笑不成。
蜡烛有心还惜别①，替人垂泪到天明。

①［烛心］梁简文帝《烛赋》：挂同心之明烛，施雕金之露盘。

金 谷 园①

繁华事散逐香尘②，流水无情草自春。
日暮东风怨啼鸟，落花犹似堕楼人③。
二句十三层。

①〔金谷〕石崇《金谷诗序》：有别庐在河南县界金谷涧。《水经注》：金谷水，出河南太白原，东南流，历金谷，谓之金谷水，东南流，经石崇故居。庾信《枯树赋》：若非金谷满园树，即是河阳一县花。 ②〔香尘〕《拾遗记》：石季伦屑沉水之香如尘末，布象床上，使所爱者践之，无迹者赐以真珠。 ③〔堕楼人〕《晋书·石崇传》：崇有妓曰"绿珠"，美而艳，善吹笛。孙秀使人求之。崇勃然曰："绿珠吾所爱，不可得也。"秀怒，矫诏收崇。崇正宴于楼上，介士到门。崇谓绿珠曰："我今为尔得罪。"绿珠泣曰："当效死于官前。"因自投于楼下而死。

李商隐

夜雨寄北

君问归期未有期,巴山夜雨涨秋池①。
何当共剪西窗烛,却话巴山夜雨时。

①[巴山]《一统志》:四川保宁府大巴岭,在通江县东北五百里,与小巴岭相接,世传九十里巴山是也。

寄令狐郎中①

嵩云秦树久离居,双鲤迢迢一纸书②。
休问梁园旧宾客,茂陵秋雨病相如③。

①[令狐郎中]《令狐绹传》:大中二年拜考功郎中,寻知制诰,充翰林学士。 ②[双鲤]古诗:客从远方来,遗我双鲤鱼。呼儿烹鲤鱼,中有尺素书。按:肆园居士注:《升庵诗话》:古乐府诗:"尺素如残雪,结成双鲤鱼。要知心里事,看取腹中书。"据此,则古人尺书结为鲤

鱼形，即缄也。　③［相如］《史记》：司马相如客游梁，梁孝王令与诸生同舍，后为孝文园令。病免，家居茂陵。

为　　有

为有云屏无限娇①，凤城寒尽怕春宵②。
无端嫁得金龟婿③，辜负香衾事早朝。

①［云屏］《西京杂记》：赵飞燕皇后女弟赵昭仪，遗云母屏风、琉璃屏风。　②［凤城］梁戴嵩诗：丹凤俯临城。赵次公杜注：秦穆公女吹箫，凤降其城，因号丹凤城。其后言京师之盛曰凤城。　③［金龟］《唐书》：天授二年改佩鱼皆为龟，三品以上，龟袋饰以金。

隋　　宫

乘兴南游不戒严①，九重谁省谏书函。
春风举国裁宫锦，半作障泥半作帆②。

①［南游］大业十二年幸江都，奉信郎崔民象表谏，上大怒，先解其颐乃斩之。　②［障泥］道原注：障泥，以披马鞍旁者。《西京杂记》：

武帝时，贰师得天马，以绿地五色锦为蔽泥。《晋书》：王济所乘，不肯渡水，曰："马必是惜障泥。"解之乃渡。

瑶　　池

瑶池阿母绮窗开①，黄竹歌声动地哀②。
八骏日行三万里③，穆王何事不重来。

①［瑶池］《太平广记》：西王母所居，宫室九层，玄室紫翠丹房，左带瑶池，右环翠水。《列子》：穆王肆意远游，命驾八骏之乘驰驱，遂宾于西王母，觞于瑶池之上。　②［黄竹］《穆天子传》：天子游黄台之丘，猎于苹泽，有阴雨，天子乃休。日中大寒，北风雨雪，有冻人，天子作诗三章以哀之曰："我徂黄竹员闵寒。"谢惠连《雪赋》：岐昌发咏于来思，姬满申歌于黄竹。　③［八骏］《拾遗记》：穆王八骏，一名绝地、二名翻羽、三名奔宵、四名起影、五名一辉、六名超光、七名腾雾、八名挟翼。《穆天子传》：八骏之乘，曰赤骥、盗骊、白义、逾轮、山子、渠黄、骅骝、騄耳。刘孝绰诗：二龙巡夏代，八骏驭周朝。

嫦　娥

云母屏风烛影深①，长河渐落晓星沉。
嫦娥应悔偷灵药②，碧海青天夜夜心。

①〔云母〕按：《本草纲目》：《荆南志》云："华容方台山出云母，土人候云所出之处，于下掘之，无不大获。有长五六尺可为屏风者。"　②〔嫦娥〕《后汉书·天文志》注：羿请无死之药于西王母，姮娥窃之以奔月。将往，枚筮之于有黄，有黄筮之曰："吉。翩翩归妹，独将西行，逢天晦茫，毋惊毋恐，后且大昌。"姮娥遂托身于月，是为蟾蜍。按：姮亦作嫦。嫦娥，羿妻。蟾蜍，月中三尺物也。

贾　生

宣室求贤访逐臣，贾生才调更无伦。
可怜夜半虚前席，不问苍生问鬼神。

温庭筠

瑶 瑟 怨

冰簟银床梦不成,碧天如水夜云轻。
<small>通首布景,只梦不成三字露怨意。</small>
雁声远过潇湘去①,十二楼中月自明②。

①[潇湘]本集注:《图经》:湘水自扬海发源,至零陵北而营水会之,二水合流,谓之潇湘。潇者,水清深之名也。按:《一统志》:潇湘虽自古并称,然《汉志》《水经》俱无潇水之名。唐柳宗元《愚溪诗序》,始称谪潇水上,然不详其源流。宋祝穆始称潇水出九疑山。今细考之,唯道州北出潇山者为潇水,其下流皆营水故道也。 至祝穆所谓出九疑山者,乃《水经注》之冷水,北合都溪以入营者也。又:零陵蒋本厚《山水志》云:"潇水,一支出江华,一支出永明,一支出濂溪。唯出濂溪者犹为近之,出江华者乃以沱水为潇水,出永明者以掩水为潇水。"盖后人以营水所经注谓之潇水,而遂不知有营水矣。 ②[十二楼]《神仙传》:昆仑阆风苑有玉楼十二,立台九层,左瑶池,右翠水,有弱水九重,盖不可到。

郑 畋

字台文,系出荥阳。会昌进士第。授检校司徒,太子太保。僖宗朝同平章事。为人仁恕,姿采如峙玉。黄巢之乱,先诸军破贼,虽功不终,而还相天子,坐筹帷幄,终能复国云。

马 嵬 坡①

玄宗回马杨妃死,云雨难忘日月新②。
<small>唐人马嵬诗极多,惟此首得温柔敦厚之意,故录之。</small>
终是圣明天子事,景阳宫井又何人③。

①[马嵬]《阙史》:马嵬,太真缢所,题诗者多凄感。郑畋为凤翔从事,飏是诗,观者以为有宰辅之器。 ②[云雨]宋玉《高唐赋序》:昔者楚襄王与宋玉游于云梦之台,望高唐之观,其上独有云气,王问玉曰:"此何气也?"玉对曰:"所谓朝云者也。"王曰:"何谓朝云?"玉曰:"昔者先王尝游高唐,怠而昼寝,梦见一妇人曰:'妾巫山之女也,为高唐之客,闻君游高唐,愿荐枕席。'王因幸之。去而辞曰:'妾在巫山之阳,高丘之阴,旦为朝云,暮为行雨,朝朝暮暮,阳台之下。'旦朝视之,如言,故为立庙,号曰'朝云'。" ③[景阳井]《南畿

志》：景阳井，在台城内。陈后主与张丽华、孔贵嫔投其中以避隋兵将。旧传阑有石脉，以帛拭之作胭脂痕，名胭脂井，一名辱井。

韩偓

字致光，本字致尧，冬郎其小字也。昭宗龙纪元年擢进士第。召拜左拾遗，累翰林学士、中书舍人。刘季述之变，佐崔胤反正为功臣，韩全诲等劫上西幸，偓夜追及鄠，见上恸哭。至凤翔，迁兵部侍郎，进承旨。上欲用偓为相，偓荐赵崇、王赞自代。忤朱全忠，贬濮州司马，上与泣别，偓曰："是人非复向来之比，臣得贬死为幸，不忍见篡弑之辱。"及昭宗被弑，挈其族依王审知，终身不食梁禄。捐馆日，有一箧缄镝甚密，家人意其中有珍玩，发观之，唯得烧残龙凤烛百余条，蜡泪尚新。盖在翰苑日，昭宗诏对金銮，深夜，宫伎秉烛以送，偓悉藏之，识不忘也。其大节与司空表圣略相等。而《唐书》本传但言偓不敢入朝，不少发明其心迹，惜哉。偓富才情，词致婉丽，幼喜为闺阁诗。后遭国祸，出语依于节义，得诗人之正焉。

已凉

碧阑干外绣帘垂，猩色屏风画折枝[①]。
<small>此亦通首布景，并不露情思，而情愈深远。</small>

八尺龙须方锦褥②,已凉天气未寒时。

①［猩色］《尔雅》:猩猩小而好啼。注:人面而豕身,能言语,今交趾封谿县出猩猩,状如獾豚,声似小儿啼。《华阳国志》:猩猩血可以染朱罽。 ②［八尺］《东宫旧事》:皇太子拜有八尺褥一,中褥一,步舆褥一。［龙须］《水经注》:自洮强南北三百里,地草遍是龙须而无樵柴。胡三省《通鉴》注:龙须席以龙须草织成,今淮上安庆府居人多能织。

韦 庄

金 陵 图

江雨霏霏江草齐,六朝如梦鸟空啼[①]。
无情最是台城柳[②],依旧烟笼十里堤。

[①]〔六朝〕按:东吴、晋、宋、齐、梁、陈,皆都金陵,是谓六朝。
[②]〔台城〕《一统志》:台城,在上元县治东北五里。《容斋随笔》:晋宋间,谓朝廷禁近为台,故称禁城为台城,官军为台军,使为台使。

陈 陶

字嵩伯,岭南人。大中时游学长安,善天文历数,于时不合,隐居洪州西山,种柑橙,令卖之自给。妻子亦知读书,自号"三教布衣"。宋开宝中犹见之,或云仙去。

陇 西 行[①]

誓扫匈奴不顾身,五千貂锦丧胡尘[②]。
可怜无定河边骨[③],犹是春闺梦里人。
_{较之一将功成万骨枯句更为深痛。}

①[陇西行]《通典》:秦置陇西郡,以居陇坻之西为名也。按:此系乐府旧题,而茂倩不收,故录于此。又按:古乐府瑟调十三曲有《陇西行》。 ②[五千]李陵《答苏武书》:昔先帝授陵步卒五千,出征绝域。[貂锦]按:岑参诗:将军纵得场场胜,赌得单于貂鼠袍。鼠,亦作锦。 ③[无定河]《舆地记》:唐立银州,东北有无定河。《一统志》:无定河,在陕西延安府。

张　泌

淮南人。初官句容尉,上书言治道,后主征为监察御史舍人。入宋后,家毗陵。按:《南唐书》作张佖。

寄　　人

别梦依依到谢家,小廊回合曲阑斜。
多情只有春庭月,犹为离人照落花。

无名氏

杂　诗

近寒食雨草萋萋,著麦苗风柳映堤。
<small>二句十数层。</small>
等是有家归未得,杜鹃休向耳边啼①。

①〔杜鹃〕《零陵记》:杜鹃,其音云"不如归去"。按:康与之词:镇日丁宁千百遍,只将一句频频说。道不如归去,不如归,伤情切。

乐　　府

王　维

渭　城　曲①

渭城朝雨浥轻尘，客舍青青柳色新。
劝君更尽一杯酒，西出阳关无故人②。

①［渭城曲］渭城，一曰阳关。《王右丞全集》本作《送元二使安西》诗，后遂被于歌。刘禹锡《与歌者》诗云：旧人唯有何戡在，更与殷勤唱渭城。白居易《对酒》诗云：相逢且莫推辞醉，听唱阳关第一声。注：即"劝君更尽一杯酒，西出阳关无故人"也。渭城，阳关之名，盖因辞云。按：本集注，此诗唐人歌入乐府，以为送别之曲，至阳关句反复歌之，谓之《阳关三叠》，亦谓之《渭城曲》。又按：相传曲调最高，倚歌者笛为之裂。《水经注》：太史公曰："长安，故咸阳也。高帝更名新城，武帝别为渭城。"　②［阳关］《汉书·西域传》：西域，孝武时始通。东接汉，厄以玉门阳关，西则限以葱岭。又，《地理志》：龙勒县有阳关、玉门关。按：阳关在中国外，安西更在阳关外。此诗言阳关已无故

人矣,况安西乎。

秋　夜　曲 他本俱作王涯,今照郭茂倩本。

桂魄初生秋露微①,轻罗已薄未更衣。
银筝夜久殷勤弄②,心怯空房不忍归。
貌为闹热,心实凄凉,非深于涉世者不知。

①〔桂魄〕唐太宗《望月》诗:魄满桂枝圆。《酉阳杂俎》:月中桂树高五百丈,下有一人常斫之,树创随合。人姓吴名刚,学仙有过,谪令伐树。　②〔银筝〕《南史·何承天传》:承天好棋,颇用废事。又善弹筝,文帝赐以局子、银装筝,承天奉表陈谢,上答曰:"局子之赐,何必非张武之金耶?"

王昌龄

长　信　怨[①]

奉帚平明金殿开[②]，暂将团扇共徘徊[③]。
玉颜不及寒鸦色，犹带昭阳日影来[④]。

①［长信］《汉官仪》：帝祖母称长信宫，帝母称长乐宫。《汉书·外戚传》：班婕妤，左曹越骑校尉况之女，少有才学，成帝选入宫以为婕妤，赵飞燕谮其祝诅，遂求养太后长信宫，帝崩后充奉陵园。
②［奉帚］柳恽诗：奉帚长信宫，谁知独不见。　③［团扇］班婕妤《怨歌行》：新裂齐纨素，皎洁如霜雪。裁为合欢扇，团团似明月。出入君怀袖，动摇微风发。常恐秋节至，凉飙夺炎热。弃捐箧笥中，恩情中道绝。
④［昭阳］按：《唐诗别裁》注：昭阳宫，赵昭仪所居，宫在东方。寒鸦带东方日影而来，言己不如鸦也。

出　塞[1]

秦时明月汉时关，万里长征人未还。
但使龙城飞将在[2]，不教胡马度阴山。

[1]〔出塞〕郭茂倩《乐府》：《晋书·乐志》曰："《出塞》《入塞》曲，李延年造。"曹嘉之《晋书》曰："刘畴尝避乱坞壁，贾胡数百欲害之，畴无忧色，援笳而吹之，为《出塞》《入塞》之声，以动其游客之思，群胡皆垂泣而去。"按：《西京杂记》：戚夫人善歌《出塞》《入塞》《望归》之曲。则高帝时已有之，疑不起于延年矣。又有《塞上曲》《塞下曲》，盖由于此。　[2]〔龙城〕《史记·卫青传》：元光五年，青为车骑将军，击匈奴出上谷至茏城，斩首虏数百。《汉书》注：茏，读作龙。《晋书·张轨传》：姑臧城，本匈奴所筑，南北七里，东西三里，地有龙形，故曰"龙城"。〔飞将〕《魏志·吕布传》：布便弓马，膂力过人，号为飞将。又：《汉书·李广传》：李广猿臂善射，结发从征，大小七十余战，人莫敢敌，上拜广北平太守。广在郡，匈奴号曰"汉飞将军"，避之，数岁不敢入界。按：龙城、飞将盖二事，此合之，误也。

李　白

清　平　调①

云想衣裳花想容，春风拂槛露华浓。
_{此言妃子之美，花似之。}
若非群玉山头见②，会向瑶台月下逢③。

一枝红艳露凝香，云雨巫山枉断肠。
_{此言花之艳，妃似之。}
借问汉宫谁得似，可怜飞燕倚新妆④。

名花倾国两相欢，常得君王带笑看。
_{此花与妃合写，归到君。}
解释春风无限恨，沉香亭北倚阑干⑤。

①〔清平调〕《太真外传》：开元中，禁中重木芍药，即今牡丹也。得数本红、紫、浅红、通白者，上因移植于兴庆池东，沉香亭前。会花方繁开，上乘照夜白，妃以步辇从，诏选梨园子弟中尤者，得乐一十六色。李龟年以歌擅一时之名，手捧檀板，押众乐前，将欲歌之。上曰："赏名花，对妃子，焉用旧乐词为？"遽命龟年持金花笺，宣赐翰林学士李白立

进《清平乐词》三章。白承旨，宿酲未解，因援笔赋之。龟年捧词进，上命梨园子弟略约词调，抚丝竹，遂促龟年以歌之。太真妃持颇梨七宝杯，酌西凉州蒲桃酒，笑领歌辞，意甚厚。上因调玉笛以倚曲，每曲遍将换，则迟其声以媚之。妃饮罢，敛绣巾再拜。上自是顾李翰林尤异于诸学士。《通典》：平调、清调、瑟调，皆周房中之遗声也。《唐书·礼乐志》：俗乐二十八调中，有正中调、高平调，则知所谓清平调者，亦其类也。　②〔群玉山〕《穆天子传》：天子北征，至于群玉之山。《山海经》：玉山，西王母所居也。郭璞注：此山多玉石，因以为名。　③〔瑶台〕《楚辞》：望瑶台之偃蹇兮，见有娀之佚女。王逸注：有娀，国名。佚，美也。谓帝喾之妃，契母简狄也。沈约诗：含吐瑶台月。按：昆仑瑶台，是西王母之宫。　④〔飞燕〕《汉书》：赵成皇后，本长安宫人。及壮，属阳阿主家，学歌舞，号曰飞燕。成帝尝微行出，过阳阿主，作乐。上见飞燕而悦之，召入宫，大幸。有女弟，复召入，俱为婕妤，贵倾后宫。许后之废也，乃立婕妤为皇后。皇后既立后，宠少衰，而弟绝幸，为昭仪，居昭阳舍。《西京杂记》：赵后体轻腰弱，善行步进退，女弟昭仪不能及也。但昭仪弱骨丰肌，尤工语笑，二人并色如红玉，为当时第一，皆擅宠宫中。　⑤〔沉香亭〕按：沉香亭以沉香为之，如柏梁台以香柏为之也。

王之涣

出 塞

黄河远上白云间,一片孤城万仞山。
羌笛何须怨杨柳①,春风不度玉门关。

①[杨柳]《技录》:《折杨柳》,古曲名也。按:《折杨柳》《落梅花》,皆笛曲名。《演繁露》:笛亦有《落梅》《折柳》二曲,今其曲亡,不可考矣。

杜秋娘

杜牧《杜秋娘诗序》：杜秋，金陵女也，年十五为李锜妾，后锜叛灭，籍之入宫，有宠于景陵。穆宗即位，命秋娘为皇子傅母。皇子壮，封漳王，被罪废削，秋因赐归故乡。

金　缕　衣①

劝君莫惜金缕衣，劝君惜取少年时。

花开堪折直须折，莫待无花空折枝。

即圣贤惜阴之意，言近旨远。

① [金缕衣]《乐府诗集》：《金缕衣》，近代曲词。

陈晋蕃跋

忆晋蕃初识之无,姊伯英即教以《唐诗三百首》。逮稍长,姊方事补注,间为指陈典实,始知作诗不可一字无来历,读诗不可一字不考核也。岁壬子,姊归桐城,晋蕃寻避地寄濑邑,春朝秋夜,感事兴怀,偶事咏吟,以不睹补注唐诗为惜。乙卯冬,镜缘姊丈偕姊来濑,欢叙之余,悉《唐诗三百首补注》未遭兵燹,且有增帙焉,急索而读之。博引旁征,字梳句栉。罄胸藏之积轴,更益新裁;溯口授于曩年,如逢故我。觉郝天挺注《唐诗鼓吹》,尚嫌简陋;高士奇注《三体唐诗》,无此清整。吾家信有秀才,何必效关氏之夸进士也。爰事雠校,请付枣梨,虽莫当考古之资,庶足为发蒙之助云。

同怀弟康侯陈晋蕃谨跋。